그때
알았더라면

좋았을
것들

KB045603

그때
알았더라면

좋았을
것들

Recover Edition

나는 20대에 놓쳐버린 기회보다
놓쳐버린 감성을 이야기하고 싶다

정여울 지음·이승원 사진

 21세기북스

···서툴러서 상처밖에 줄 수 없었던
나의 20대에 사과하며···

'멘토' '힐링' '테라피' 등으로 시작되고 끝나는 단어들이 넘쳐나는 시대, 각종 치유의 담론이 범람하는 시대다. 어느 순간부터 우리는 스스로를 '아프다'고 생각하는 것에 익숙해졌다. 이런 치유의 담론이 유행하기 훨씬 전에는 오히려 아픔을 있는 그대로 자연스럽게 받아들였던 것 같다.

걸핏하면 '나도 혹시 우울증?'이란 의문을 불러일으키게 만드는 각종 미디어의 협공 속에서 우리는 아픔에 대한 알레르기 반응을 배운다. 아픔을 담담하게 바라보는 능력을 키우기보다 혹시라도 아플까 봐 전전긍긍하는 두려움을 배운다. 우린 정말 그렇게 심각하게 아픈 것일까. 혹시, 아픔을 걱정하느라 아픔에서부터 무언가를 배우는 능력을 잃어가는 것은 아닐까.

이 광적인 치유의 열풍 속에서 가장 중심이 되고, 동시에 가장 소외되는 세대가 20대다. 누군가의 진심 어린 조언을 가장 많이 필요로 하는 시기이지만, 그 조언으로부터 튕겨나가고 싶은 욕망도 가장 강한 나이. 게다가 세상이 너희는 '지금 특히 더 아프다', '우리 세대보다 훨씬 아프다'고 떠들어대니까, 괜스레 더 억울해지고 부아가 치미는 나이. 사실 뚜렷한 아픔보다도 막연한 분노 때문에 늘 먹먹한 나이.

스무 살이 되는 순간 억지로 등 떠밀려 어른이 되지만, 사실 진짜 어른이 되는 순간은 저마다 다르다. 돈을 벌 수 있다고 어른이 되는 것일까. 내 한 몸의 의식주를 잘 챙길 수 있다고 어른이 되는 것일까. 그것만은 아닐 것이다. 어른이 된다는 것은 자기 고민에 책임을 진다는 것, 고민 끝에 내린 결정은 아무리 힘들어도 책임을 진다는 것이 아닐까. 어려운 일이 생겼을 때, 도움을 요청하는 것과 도움에 의존하는 것은 다르다. 어쩌면 어른이 된다는 것은 '도움을 청하는 능력'과 동시에 '도움에 의존하지 않는 능력'을 길러야 하는 모순을 견디는 일인지도 모른다. 우리는 혼자 살 수 없다. 하지만 결정적 순간에 혼자임을 견뎌야 한다. 사랑도, 우정도, 더욱 성숙하게 '혼자일 수 있는 사람들'의 심리적 연합이다.

아픔에 대한 두려움보다 나쁜 것은 행복에 대한 강박이다. 행복은 좋은 것이지만, 행복을 지상목표로 삼는 것은 좋지 않다. 늘 '덜 행복한 현재' 때문에 실망하게 되기 때문이다. 아픔 또한 그렇다. 지금보다 덜 아팠던 과거에 대한 그리움, 혹은 나보다 덜 아파 보이는 사람에 대한 질투는 아픔을 제대로 인식하는 데 방해가 된다.

아픔은 증상이지 본질이 아니다. '내가 얼마나 아픈지' 강조하는
사람은 넘쳐나도 '내가 왜 아픈지' 제대로 아는 사람은 드물다. 아픔
에 질색하기 전에 아픔의 원인을 담담하게 바라보는 능력. 나는 이것
이야말로 나의 20대에 가장 부족했던 능력이었음을 최근에야 깨닫게
되었다. 왜 아픈지를 제대로 알았다면, 그토록 아픔에 짓눌리진 않았
을 것이다. 왜 아픈지를 차분히 돌아보았더라면, 아픔 자체에 굴복하
지도 않았을 것이다. 방황도 멋지게, 슬픔도 아름답게 즐길 수 있었
을 것이다. 그리고 '내가 그때 몰랐지만, 지금에야 깨달은 소박한 앎'
이야말로 내가 20대에게 전해줄 수 있는 유일한 지식임을 깨달았다.

"선생님, 20대를 향한 메시지를 한 권의 책으로 만들 수 있을까
요."
반짝이는 눈빛과 새하얀 피부를 가진 사랑스런 20대 편집자에게
이 글을 청탁받았을 때 나는 어느 때보다도 당황했다. 글쓰기 모드로
진입할 때, 나도 모르게 어느 정도는 적당히 숨기고 싶은 주어, 바로
'나'를 직접 내세우라는 요청처럼 들렸기 때문이다.
글을 쓸 때 '나'라는 주어를 쓰긴 하지만, 그때마다 나는 엄청나게
긴장한다. 글 속의 나와 글 밖의 나를 완전히 분리해야 간신히 나의
이야기를 꺼낼 수 있다. 내가 너무 많이 노출되지 않도록, 그러나 나
에 대해 거짓말을 하지 않도록. 그러나 쓰고 난 후에는 항상 나의 어
설픈 연기력을 발견한다. '나'라는 주어를 쓸 때조차도, 나는 나다운
어떤 것을 연기하고 있구나. 정말 아무런 수식어가 필요 없는 '그냥,
나'란 없는 걸까. 글을 쓸 때마다 나는 나도 모르게 엄청난 분장술을

발휘해 '나'라는 풋내기 연기자를 훈련시키고 있었다.

그런데 지금 내가 준비하고 있는 '20대를 향한 편지'는 글 속의 나와 글 밖의 나를 완전히 일치시키는 모험을 요구하는 것이었다. 아름다운 작품, 대단한 위인들, 이런 것에 기대지 말고 그저 투명하게, '너를 보여달라'는 요청이었다. '우리의 20대'를 향해 이야기하려면 나의 부끄러운 20대를 끄집어내지 않을 수 없다.

나는 편집자에게 미리 '쉴드'를 쳐두었다. 나는 아름다운 희망의 메시지도 대단한 위로의 메시지도 쓸 수 없다고. 내 글은 자기계발서도 심리치유 에세이도 될 수 없다고. 한창 20대의 절정을 달리고 있는 풋풋한 편집자는, 담담하게 '괜찮다'고 했다. 그냥 내가 생각하는 것을 그대로 이야기하면 된다고 했다.

사실 조금 놀랐다. 아름다운 희망의 메시지 없이, 대단한 위로의 메시지 없이, 어떻게 20대와 대화할 수 있냐는 반응을 예상했기 때문이다. 그래서 나는 더욱 두려워졌다. 아, 이건 진짜 장난이 아니구나. 내가 '오케이'를 한다면 그건 곧 숨김없는 나를 보여준다는 것이구나. 멀리서만 안타깝게 바라보던 20대의 맨얼굴과 진짜 만난다는 것이구나. 나는 비로소 글쓰기를 시작한 이후 최고의 두려움과 맞서게 된 것이다. 문학 뒤에도, 영화 뒤에도 숨지 않고, 철학자 뒤에도, 위인들 뒤에도 숨지 않고 '그냥 나'를 말할 수 있을까.

그런데 이런 생각을 하다 보니 '그냥 나'라는 것이 왠지 뜻밖에도 달콤한 해방의 메시지 같았다. '그냥 나'와 '그냥 20대'가 만나면 어떨까. 나라는 존재 앞에 붙어 있는 각종 어설픈 수식어를 떼고, 특히

'20대' 앞에 붙어 있는 각종 복잡한 수식어, '88만원 세대' '이태백' '청년실업', 이런 거추장스러운 꼬리표들을 모두 떼어내고 '그냥 나' 와 '그냥 20대'가 만난다면, 우린 더 많은 것들을 꾸밈없이 나눌 수 있지 않을까.

이렇게 마음을 먹으니 비로소 첫 번째 글을 시작할 수 있었다. 편집자의 기다림을 알면서도 미처 원고를 시작하지 못한 것은, 이런 담담한 마음을 먹기까지 정말 많은 고민이 있었기 때문이다. 난 위대한 업적을 이룬 사람도 아니고, 인생을 아주 오래 산 사람도 아니다. 하지만 이토록 편안한, '만만한 나'이기에, '그냥 나'와 '그냥 20대'는 보다 솔직담백하게 '너와 나, 우리의 20대'에 대해 허심탄회하게 이야기 나눌 수 있지 않을까.

우리에게 필요한 것은 남들이 다 '너흰 아프다'고 하니까, '그래, 나도 아픈가보다'라고 미루어 짐작하는 것이 아니라, 사실 우리는 아직 충분히 아파보지 않았다고 고백할 수 있는 솔직함 같은 것인지도 모른다. 많은 사람들은 '절망의 끝에서 길어올린 용기'의 중요성을 말하지만, 사실 일상 속에서 더 필요한 것은 '미적지근한 실망의 웅덩이 속에서 간신히 빛나는 아주 작은 사금파리'를 길어올리며 묵묵히 살아가는 배짱이다.

내가 한때 힘겹게 건너왔던 20대여, 당신은 아픈가. 당신은 많은 순간 아플 것이고, 또 많은 순간 괜찮을 것이다. 중요한 것은 '내가 아픈가 아닌가'가 아니라, 내 아픔의 맨얼굴을 투시하는 용기다. 내 아픔을 관찰하고, 이해하고, 마침내 스스로 치유하는 용기를 얻기 위해, 이제부터 나는 여러분들과 '그때 알았더라면 훨씬 더 좋았을 것들'에 대한 질펀한 수다를 떨어보고자 한다.

우리는 몸에 난 상처의 원인은 잘 알지만, 마음에 난 상처의 원인은 잘 모를 때가 많다. 불에 덴 상처로 인해 불을 조심하는 법을 알게 되듯이, 우리의 맘도 그렇게 다룰 수 있다면 얼마나 좋을까. 화상의 원인이 '온도'임을 알 듯 트라우마의 원인도 무엇인지 정확하게 인식하면 그 자체가 치유의 시작이 된다. 그런데 마음은 몸보다 훨씬 연기력이 뛰어나서, 아파도 안 아픈 척할 수 있을 뿐 아니라, 내 아픔을 스스로 인식하지 못할 수도 있다. 우리가 할 일은 그 '마음의 가면'을 잠시 내려놓고, 스스로에게 질문을 시작하는 것이다. 나는 정말 그렇게 아픈가. 어디가, 왜 아픈가. 아픔에 맞서 나는 무엇을 할 수 있는가. 나처럼 아픈 다른 이는 없을까.

이런 고민을 함께할 수 있다면, 우리는 훨씬 덜 힘겹게, 훨씬 더 멋지게, 우리의 20대를 버텨낼 수 있을 것이다. 그럴 수만 있다면 우리의 20대는, '다시는 기억하고 싶지 않은 어둠의 시절'이 아닌, '든든한 영혼의 빽'으로, 누구도 빼앗아갈 수 없는 영혼의 자산으로 남을 수 있을 것이다.

P. S. 내 눈부신 벗, 에지디오에게 이 책을 바칩니다.

차례

우정

이런 친구라면
평생을 함께하고 싶다

···나보다 더 나를 잘 아는
진정한 타인과의 만남···

무엇인가 슬픈 일이 있을 때, 따뜻한 자리에 눕는 것도 좋은 일이다.
그러나 그것보다 더 좋은 자리, 거룩한 향기가 가득히 떠도는 자리가 있다.
그것은 상냥하면서도 깊고 측량할 수 없는, 우리들의 우정인 것이다.
—마르셀 프루스트

나는 동창회를 싫어한다. 친구들끼리 주판알 퉁겨가며 인생의 속도
를 비교하고, 괜스레 남의 삶을 곁눈질하기 싫어서. 누구는 의사가
되고 누구는 변호사가 되고 누구는 강남의 어느 아파트에 살고. 이
런 요란한 소식들로 우리 삶의 가치를 저울질하기 싫어서.

전쟁 같은 대학 입시의 굴레에서 간신히 풀려난 후에도, 우리는
수많은 엄친아와 엄친딸 들의 압박 속에서 좀처럼 벗어나기 어렵다.
꼭 이럴 필요가 있을까. 이것이 정말 행복의 지름길일까. 이렇게 또
래 집단으로부터 받는 사회적 압력을 피어 프레셔peer pressure라고 한
다. 나는 피어 프레셔를 어떻게든 느끼지 않기 위해 온갖 동창회와
각종 모임으로부터 줄기차게 도망 다니지만 피어, 친구 자체는 정말
좋아한다. 어떻게 하면 이 지긋지긋한 피어 프레셔에서 벗어나 친구
들이 '가진 것'이 아니라 친구들 자체를 사랑할 수 있을까. 정말 대
학생이 되면 진정한 친구를 사귀기 어려운 것일까. 더 나은 스펙, 더
나은 삶을 준비하느라 바빠서, 진정한 친구를 사귈 여유가 없는 것
일까.

내가 20대에 느낀 첫 번째 갈등은 바로 그것이었다. 세상의 속도

를 따라가느라 내 삶의 고유한 속도를 지닐 수 없을까 봐. 그렇게 세상의 속도를 동경하다가 진정한 친구를 찾을 수 없을까 봐.

나는 본능적으로 예감했다. 모두들 모이기만 하면 누가 누구를 좋아한다는 이야기, 누가 누구를 짝사랑하는데 한쪽은 꿈쩍도 안 한다는 이야기에 열을 올리지만, 사실 변덕이 죽 끓듯 하루가 다르게 변하는 사랑이야기보다 중요한 것은 그 사랑의 천태만상을 함께 이야기하고 있는 '친구들' 그 자체라는 것을. 사랑이 떠나도, 사랑이 변해도, 남는 것은 친구들이라는 것을. 미처 시작되지 않은 사랑도, 이미 끝나버린 사랑도, 사랑에는 당최 소질이 없는 자신에 대한 푸념도, 함께 나눌 수 있는 것은 바로 친구들이라는 것을.

나는 20대에 가장 중요한 것은 스펙도 연애도 어학연수도 아닌 '친구'라고 믿는다. 누가 대학 가면 진정한 친구를 찾기 어렵다고 했을까. 천만의 말씀이다. 나는 대학교 때, 그것도 대학교 4학년 때 겨우 친해진 벗과 지금까지 매주 만나고 있고, 그 친구야말로 내 인생을 바꾼 최고의 스승이 되어주었다.

나의 베프 K는 '편들지 않는 우정'의 힘을 보여준 멋진 친구다. 사실 친구의 존재는 '아, 저 사람은 내 편이구나'라는 느낌이 들 때 증명되곤 한다. 어디서 억울한 일을 당하고 왔을 때도 내 말을 차분히 들어주는 사람만 있다면 금방 응어리가 풀리기 마련이다. 하지만 이 친구 K는 10년 넘게 만나면서도 한 번도 제대로 내 편을 들어주지 않아 사실은 좀 얄미울 때도 있었다.

텅 빈 의자에
함께 앉고 싶은 사람, 친구

           텅 빈 의자를 보면 불현듯 떠오르는 사람이 있다. 저렇게 넓고 아늑한 의자에는 그 친구와 함께 앉아야 할 것 같다. 그 사람과 함께 앉아 있으면 아무 말 하지 않아도 기분이 좋아진다. 그저 함께 있기만 해도 마음 안쪽에서 환한 등불이 켜지는 것 같은 느낌. 아무런 목적 없는 시간을 보내도 시간이 아깝지 않은 사람. 단 한 번 이야기를 나눈 것만으로도 오랫동안 기억에 남는 사람. 연인이 '서로의 눈을 바라보는 관계'라면 친구는 '가만히 옆에 앉고 싶은 관계'가 아닐까.

그런데 이 친구의 어법은 매우 독특했다. 예컨대 내가 A라는 사람에게 기막힌 봉변을 당했다고 하소연을 하면, 그 친구는 배시시 웃으면서 때로는 얼굴을 찡그리면서 열심히 이야기를 들어주다가 갑자기 끼어든다. 그래서 그 사람은 어떤 사람인데? 그 사람 취향이 혹시 이런 거야? 그 사람의 성향이 혹시 이러저러해? 이런 식으로 '내 이야기'가 아니라 'A의 이야기', 그러니까 내 '적들의 이야기'에 더욱 커다란 관심을 기울이는 것이다. 나는 빨리 내 편을 들어주었으면 좋겠는데, 그 친구는 내 적들의 편에 서서 이야기를 들어주는 것이었다. '친구는 곧 무조건 내 편'이라고 믿어왔던 나의 인식이 와르르 무너지는 순간이었다.

그런데 이 친구의 쌀쌀맞은 멘토링에는 묘한 중독성이 있었다. 내 편, 내 감정을 심화시키는 것을 가로막고, 잠시 저 사람의 편이 되어 생각할 수 있는 기회를 주는 것이었다. 나에게 적대적인 감정을 가지게 만든 그 사람의 편에서 생각을 해보면, 나는 어떤 사람으로 비춰질까. 혹시 나도 모르게 그 사람에게 나에 대한 적대감을 품도록 부추긴 것은 아닐까. 나의 존재 자체가 그 사람을 불편하게 한 것은 아닐까. 이런 생각을 하게 만들었던 것이다. 나로서는 매우 새로운 경험이었다. 물론 가슴이 아팠다. 아니, 왜 이 아이는 내 편을 들어주지 않는 걸까. 안 그래도 서러운 내 마음에는 야속함까지 더해져 더욱 기분이 나빠질 때가 한두 번이 아니었다.
하지만 나는 열심히 내 편을 들고, K는 열심히 A의 편을 들다 보면, 나도 모르게 나도 적도 아닌 제3자의 입장이 되어 사건에 '거리'를 두고 바라보는 시선이 생기곤 했다. 사실 난 친구란 취향이 비슷하고, 입장도 비슷하고, 감성의 사이클도 비슷한 사람이라고 믿어왔다. 그런데 이 친구는 모든 면에서 나와 달랐다. 집안 분위기도 다르고, 감정의 표현법도 다르고, 심지어 남자를 보는 눈도 확연히 달랐다.

하지만 어느 순간 그 '다름'이 그 아이를 더욱 매력적으로 보이도록 만들었다. '친구는 내 편을 만드는 것'이라는 나의 오랜 대전제가 무참하게 깨어지는 순간들. 나는 조금씩 내 시야의 한계를 깨닫기 시작했고, 한 번도 내 편을 고분고분하게 들어주지 않는 그 친구에게 뜻밖에도 고마움을 느끼기 시작했던 것이다. 그리고 내 편을 만든다는 일에 집착하는 나의 소심함이 얼마나 편협한 인간관계를 만들어왔는지도 차츰 알아가게 되었다.

인간관계란 곧 아군我軍을 만드는 일이라 믿어왔던 편견은 조금씩 빛을 잃어갔다. 아군을 만드는 일보다 중요한 것은 적군을 만들지 않는 일이고, 적군을 만들지 않는 일보다 중요한 것은 적군과 맞서는 상황에서도 마음의 평정을 잃지 않고 대화할 수 있는 용기가 아닐까. 세상을 살다 보면 적도 아도 구분할 수 없는 아비규환에 휩쓸리기도 한다. 그럴 때 중요한 것은 적과 아를 가르는 분별심이 아니라 내 안에도 적이 있고, 적 안에도 내가 있음을 인정할 수 있는 공정함이 아닐까.

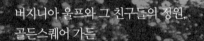

버지니아 울프와 그 친구들의 정원,
골든스퀘어 가든

　　　　　　　　오랫동안 우울증을 앓았던 버지니아 울프는 친구들을
통해 창작의 영감을, 글쓰기를 계속할 수 있는 용기를 얻었다. 버지니아 울프와 그 친구들
이 자주 산책하고 모임을 가졌던 골든스퀘어 가든은 지금도 삼삼오오 모여 담소를 나누는
젊은이들의 싱그러운 미소로 가득하다. 런던의 빛나는 지성들이 참가했던 블룸스버리 그룹
은 버지니아 울프에게 우정의 힘과 연대의 힘을 가르쳐준 소중한 인식처였다. 내 꿈을 '판
단'하지 않고 '지지'해주는 사람. 그 일이 '될까 말까'를 판가름하기보다, 내가 그 일로 인해
'행복할까'를 걱정해주는 사람. 그가 우리의 친구다.

…우정은 명사가 아니라,
영원히 움직이는 동사…

너 자신을 속이고 사랑받느니,
너 자신을 드러내고 미움받는 게 낫다.
—앙드레 지드

내가 세상에서 가장 나쁜 짓을 한 다음 경찰에 쫓긴다면 누가 나를
숨겨줄까? 어릴 때 '베프의 요건'을 생각하며 가장 많이 시도했던
극단적인 상상이다. 내가 누군가에게 쫓기고 있을 때, 어떤 영문이
나 곡절도 묻거나 따지지 않고, 나를 무작정 숨겨주는 사람. 나는 그
런 사람이 진짜 베프라고 생각했다.

　하지만 살다 보니 그런 극단적인 가정보다 더 중요한 것은 친구가
나를 대하는 일상적인 태도였다. 특히 나의 장단점을 향한 친구의
즉각적인 반응은 관계의 지속성을 결정하는 바로미터가 되곤 했다.
처음엔 당연히 나에게 칭찬을 해주는 친구들에게 마음이 끌리곤 했
다. 누구나 칭찬은 듣기 좋고 비난은 듣기 싫다. 하지만 상대방의 눈
치를 살피며 칭찬만 하다 보면, 결국 진심이란 눈 녹듯 사라져가고
관계는 딱딱하게 응고되어버린다. 칭찬은 상대방이 알아차리지 못
하게 스리슬쩍. 비판은 지성과 감성의 최대치를 담아 눈부시게. 나
는 그것이 친구를 향한 최고의 예우라고 생각한다.

　K는 사실 나에 대한 칭찬에 가장 인색한 친구다. 타인이 자신을 어
떻게 보든 말든 오직 자신이 바라보는 자신에만 흠뻑 빠져 있는 K.

친구, 맛있는 걸
함께 먹고 싶은 사람

어떤 음식을 보면 그걸 좋아하는 사람이 떠오를 때가
있다. 향기로운 커피를 마실 때 떠오르는 친구, 달콤한 케익을 먹을 때 떠오르는 친구, 얼큰
한 김치찌개를 먹을 때 떠오르는 친구가 모두 다르다. 무언가를 혼자 하는 것보다는 함께하
는 게 훨씬 나을 때가 있다. 아니 그와 함께해야만 이 시간의 소중함을 온전히 느낄 수 있는
순간이 있다. 어딘가에 그가 있다는 것만으로도 든든한 느낌. 내가 그를 알고 있다는 것만
으로도 축복받은 느낌. 친구는 '함께 있음'의 의미를 끝없이 확장시키는 존재다.

나는 그런 K의 세련된 무관심이 좋았다. 표현은 잘 못하지만 오지랖이 태평양인 나는, 타인을 향한 내 마음의 일렁임을 다스리지 못해 좌충 우돌하기 일쑤였다. 하지만 나와는 정반대의 유전자만 골라 정교하게 짜 맞춘 듯한 K의 성격은 매번 '나'라는 사람의 인격을 시험하는 리트머스 시험지가 되어주었다. K의 칭찬은 예측 불가능한 순간에 불현듯 찾아와 미처 알아차릴 수가 없었다. 집에 가서 곰곰 생각해보면 그게 바로 나를 향한 눈물겨운 칭찬이었다.

반면 나를 향한 K의 비판은 너무도 정교하고 심오해서 때로는 그 비판의 내용보다 그 비판의 논리에 홀딱 반할 정도였다. 하지만 잘 생각해보면 그건 뼈아픈 비판이었다. 그런데 그 비판의 수사학이 워낙 아름다워, 나는 그때마다 K의 현란한 말솜씨에 혀를 내둘렀다. 그렇게 그 비판의 정교함을 섬세하게 곱씹다 보면, 어느새 나는 나의 치명적인 단점들을 스스로 반추해볼 수 있었다. 내가 나의 장점 탓에 우쭐하지 않도록 무심하게 칭찬해주고, 내가 나의 결점 탓에 질식사하지 않도록 열과 성의를 다해 비판해주는 것. 그것이 나를 향한 K의 진심 어린 우정임을 깨달은 것은, 사실 서른이 훌쩍 넘은 후였다. K의 칭찬을 수없이 곡해하고, K의 비판에 수없이 상처받은 후이기도 했다.

예컨대 나를 향한 K의 기념비적인 비판은 이런 문장으로 기억된다. 내 마음 속에 아로새겨진 말은 이런 것이었다.

"너랑 내가 안 친했을 때 말이지. 우리가 20대 초반이었지, 아마. 내가 기억하는 네 모습은 항상 주먹을 꽉 쥐고 있는 것 같은 모습이 었어. 실제로 주먹을 쥐고 있진 않았지만, 마음속으로 항상 주먹을 꽉 쥐고 있는 것 같은 표정이었지. 사실 난 그런 스타일 딱 싫어하는데, 너는 이상하게 마음에 들어오더라고. 그땐 저 녀석이 저 작은 주먹으로 뭐라도 던질 것 같았어. 세상을 향해서 제대로 한 방 날릴 것 같은 주먹이었거든. 전혀 아무것도 던지지 않고 있는데도, 있는 힘을 다해 뭔가 던지는 것 같더라고. 그런데 요샌 말이야. 네가 세상을 향해 돌을 던지는 빈도는 그때보다 훨씬 많아졌는데, 그 돌이 별로 힘세 보이지도 않고, 정확한 방향인 것 같지도 않아. 왜 그렇지?"

나는 생각지도 못한 순간에 허를 찔려 그 자리에서 픽 쓰러질 것만 같았다. 사실 난 그때 심각한 일중독과 매너리즘에 빠져 있었다. 돈을 벌기 위해 하기 싫은 아르바이트도 엄청나게 많이 하고 있었고, 늘 피곤에 절어 진정 내가 무얼 하고 있는지도 모를 때가 많았다. 하지만 '그래도 난 열심히 살 테야'라는 대책 없는 방향성을 자부하며 하루하루 버티고 있는 중이었다. 가장 친한 벗을 향해 뭔가 내 입장을 거창하게 변명하고 싶은데, 아무런 멋진 말도 떠오르지 않았다. 수치와 모멸감에 눈물이 삐져나올 것 같았지만 간신히 참았던 기억만 남아 있다. 솔직히 그 순간엔 K가 끔찍이도 미웠다. 쳇, 제까짓 게 뭔데 나를 판단한담!

진정 하고 싶은 일을 하기 위해 결코 하기 싫은 일들도 꾹 참고 견뎌야 한다고 생각했던 그때는, 그 수많은 하기 싫은 일들을 해치우느라 나의 나다움이 얼마나 속수무책으로 닳아 없어지고 있는지도 몰랐다. 그런데 시간이 지날수록 그 문장들이 마음속에서 새록새록 아픔을 더해가면서, 비수 같은 날카로움이 모지라지고 환하고 따스한 울림으로 변해갔다. 그건 단순한 비난이 아니라 나를 진정 아끼는 사람만이 할 수 있는 충고임을 깨닫게 되었다.

그때부터 나는 '내가 뭘 할 수 있는가'보다는 '내가 뭘 하고 싶은가'를 진심으로 고민하게 되었다. 외부상황 때문에 어쩔 수 없이 해야 하는 일보다는 오랜 시간이 흘러도 후회하지 않을 일이 무엇인가를 생각하게 되었다. 일에 대한 욕심이 많았던 나는 한때 일중독이야말로 진정한 꿈을 향한 우회로라고 믿었지만, 돌이켜보면 '일 욕심'과 '꿈'은 전혀 상관이 없었다. 오히려 꿈을 위해서는 일을 접어야 할 필요가 있었다. 진짜 나와의 투명한 대면을 위해서는, 외부를 향한 시끌벅적한 스피커를 끄고 내 안에서 울리는 내 마음의 복화술을 들어야 했다.

한참 지나 생각해보니, 친구의 그 충격적인 비난의 메시지는 더없는 칭찬이기도 했다. 내 안에는 누구도 빼앗아갈 수 없는 내면의 황금이 있다는 것. 굳이 세상을 향해 눈에 보이는 짱돌을 던지지 않아도, 나라는 존재 자체가 이미 있는 그대로 충분히 씩씩하고 단단한 돌멩이였음을, 그 친구는 알아봐주었던 것이다.

오히려 20대 초반에는 아무것도 가진 것이 없었기 때문에 '보여줄 돌'도 없었다. 글 쓰는 사람으로 조금씩 자리를 잡기 시작했던 서른 즈음의 그때가 오히려 다른 사람에게는 '괜찮은 돌'이었을 것이다. 하지만 K는 얼핏 보면 '괜찮아 보이는 돌' 속에 숨은 심각한 병증을 꿰뚫어보고, 내가 더 망가지기 전에, 내가 더 타락하기 전에, 시들어가는 내 영혼의 등짝에 상큼한 죽비竹篦를 날려주었던 것이다.

톨킨과 친구들의 단골클럽,
이글 앤 차일드

톨킨은 친구들을 불러 모아놓고 자신이 쓴 작품을 읽
어주는 낭독회를 즐겼다. 아직 완성되지 않은 작품을 읽어주며 친구들의 생생한 반응을 듣
는 흥미진진한 낭독의 밤. 미완의 작품을 왈가왈부할 수 있다는 건 아무리 친한 사이라도 매
우 민감한 문제였을 것이다. 작가의 자존심에 상처를 입힐 수도 있고, 친구 사이의 우정에
금이 갈 위험도 감수해야 했을 것이다. 그러나 톨킨과 그의 친구들은 이 모임을 수십 년 동
안 평화롭게 유지했다. 톨킨의 아내가 '당신은 나보다 그 친구들이 중요하냐'고 물으며 질투
했을 정도로, 톨킨에게 우정은 언제나 창작의 영감을 주는 눈부신 뮤즈와도 같은 존재였다.

내가 누군가에게 쫓기고 있을 때 우리의 새침데기 K가 과연 나를 숨겨줄지는 정녕 알 수 없다. 지금까지의 데이터를 종합해보자면, K는 그 와중에도 온갖 질문을 퍼부으며 궁지에 빠진 나를 결국 안 숨겨줄 가능성도 매우 높다. 하지만 난 그런 K가 좋다. 내가 진정 나쁜 짓을 했다면 아무리 친구라도 숨겨주어서는 안되고, 내가 불가피하게 궁지에 빠졌다면 자신이 아무리 힘들어도 숨겨주겠지. K는 어떤 순간에도 공정할 것이다. 묻지도 않고 따지지도 않는 맹목적인 편들기, 그건 우정이 아니니까.

벗이 한밤중에 이상한 길로 빠지기 일보 직전에, 벗 앞에 '짠!'하고 나타나 헤드라이트를 밝혀주는 센스. 벗을 더 오래 제대로 사랑하기 위해 서로를 향한 '미적 거리'를 둘 줄 아는 여유와 예의. 진정한 벗이 되기 위한 마음의 레시피는 수도 없이 많을 것이다.

하지만 그 수많은 우정의 매뉴얼 중에 굳이 하나를 꼽자면, 나는 이걸 뽑고 싶다. '나'를 '내 편'이 아닌 관점에서 바라보는 참신한 시점. 나를 1인칭 주인공 시점이 아닌 3인칭 관찰자 시점으로 바라볼 수 있는 용기를 지닌 사람. 그런 사람과의 우정이라면, 평생을 함께해도 매너리즘에 빠지지 않을 수 있지 않을까. 사랑처럼, 여행처럼, 문학처럼. 우정은 얌전히 고여 있는 '명사'가 아니라 영원히 움직이는 '동사'니까.

여행

당신에겐 가슴 두근거리는
장소가 있나요?

…잃어버린 공간, 혹은
잃어버릴지도 모르는 공간을 찾아서…

> 쾌락은 우리를 자기 자신으로부터 떼어놓지만,
> 여행은 스스로에게 자기 자신을 다시 끌고 가는 고행이다.
> ─알베르 카뮈

나는 20대에 놓쳐버린 '기회들'보다 20대에 놓쳐버린 '감성'을 이야기하고 싶다. 기회는 노력해서 다시 만들 수 있지만, 감성은 노력만으로는 좀처럼 회복되지 않는다. 지식은 추구하여 얻을 수 있지만, 감성은 노력보다 그때 그 순간의 우연에 기댈 때가 많다.

　게다가 20대에게 가장 잘 어울리는 감성 중에서도 '설렘' 같은 것은 정말 아무리 애를 써도 인위적으로 만들어지지 않는다. 첫사랑의 설렘을 억지로 조작해낼 수 없듯이, 나이가 들수록 순수한 설렘을 느끼기는 참 어려운 일이다. 무슨 일을 새로 시작해도 대부분 웬만하면 설레게 되어 있는 20대야말로 '설렘'을 있는 그대로 즐길 수 있는 가장 멋진 시기가 아닐까. 전혀 준비가 되어 있지 않을 때 갑자기 찾아오는 두근거림. 이런 건 정말 20대다운 감성, 20대가 제대로 누릴 수 있는 특권인 것이다.

　20대에 간직해야 할 소중한 키워드, 그 두 번째 이야기로 사랑이 아니라 여행을 꼽은 것은 바로 그 소중한 '감성'의 보물창고가 나에겐 여행이기 때문이다. 사랑은 너무나 강조하는 사람들이 많아서 오히려 과대평가된 측면도 있다. 모두가 응원하는 사랑보다 여행의 손을 먼저 들어주는 것은, 사랑이 덜 중요해서가 아니다.

여행자의 눈에 비친
여행자들

저마다 다른 곳에서 파리를 찾은 여행자들. 서로가 서로를 모르지만, 언어도 문화도 피부색도 다르지만, 여행자의 표정들은 어쩐지 묘하게 서로 닮았다. 일상의 리듬을 깨뜨리는 긴장감, 새로운 무언가를 찾아 헤매는 자 특유의 설렘, 버리고 떠나온 일상에 대한 약간의 궁금증, 지금 이 순간을 한순간도 놓치고 싶지 않은 절박함. 이런 것들이 고루 섞여 있는 여행자들 특유의 어슴푸레한 표정이 있다. 오늘 처음 만나는 사람들인데도 어쩐지 낯익은 그런 느낌은 '여행자표'라는 공통의 아이덴티티에서 나온 것이 아닐까.

나는 20대가 스스로 통과해야 할 가장 중요한 미션 중 하나가 '혼자서도 행복해질 수 있는 법을 배우는 것'이라고 생각한다. 미래의 위험에 대비하기 위하여 스스로 자기 치유 시스템을 만드는 것. 그것이야말로 '스스로 행복해지는 법'의 핵심이 아닐까. 짝사랑조차도 상대를 필요로 하는 것에 반해, 여행은 혼자서도 자신을 행복하게 해줄 수 있는 훌륭한 방법이기 때문이다.

유난히 겁도 많았고, 여행 하면 '돈'이 먼저 떠올랐던 20대의 나는 여행을 막연히 두려워했다. 사실 여행이 정말 가고 싶었는데, 부모님께 폐를 끼치기도 싫고 수중에 목돈도 없었기 때문에, 나는 여행을 그저 '거대한 신 포도'로 만들어버렸다. 여행이라는 탐스러운 포도열매를 '아, 별것 아닐 거야, 분명히 시고 떨떠름할 거야'라고 폄하해버림으로써 멀리 여행을 떠날 수 없는 나 자신을 합리화했던 것이다. 부모님이 어학연수를 보내주신다고 등을 떠밀어도, 나는 짐짓 괜찮은 척 '필요 없다'고 이야기했다. 부모님께 부담을 드리기 싫어서였다.

지금 생각해보면 정말 어리석었다. 멀리 나갈 수 있는 아주 사소한 기회라도 있다면, 언제든 어디로든 떠나는 게 최고라는 것을 너무 늦게 깨달은 '현재의 나'는 '20대의 나'를 부질없이 타이르곤 한다. 그때 이것저것 뒤돌아보지 말고 훌쩍 떠나지 그랬니. 다녀오면 더 밝고 씩씩해진 모습으로 부모님을 더욱 기쁘게 해드릴 수 있었을 텐데. 돈보다 중요한 것들이 얼마나 많은데. 돈 자체보다도 돈에 대한 생각에 짓눌려 있었던 20대. 나는 여행이야말로 그런 어리석음에서 빠져나올 수 있는, '놓쳐버린 경험'이라는 것을 너무 늦게 깨달았다.

여행 늦바람이 불어 틈만 나면 적금을 깨서라도 '어디로 여행갈까'를 궁리하는 나는 이제야 깨닫는다. 시간은 좀처럼 사람을 바꿀수 없지만, 공간은 기어이 사람을 바꾼다는 것을. 공간은 필연적으로 인간의 동선을 바꾼다. 동선이 바뀌면 감각을 사용하는 패턴이 바뀌고, 감각의 패턴이 바뀌면 생각의 회로도 바뀌고, 생각의 회로가 바뀌면 당연히 행동도 욕망도 관계도 달라지기 때문이다.

29살, 드디어 내가 모은 돈으로 첫 번째 유럽여행을 가게 되었을 때, 나는 내 삶에 가장 부족한 것이 무엇인지를 깨달았다. 아름다움에 대한 관심. 아름다움에 대한 이해. 그리고 아름다움을 알아보는 혜안. 나에겐 바로 그런 것들이 부족했다. 난 국문학을 전공하는 어설픈 문학청년이었지만 실은 문학보다 삶에 지쳐 있었다. 목전에 다가온 서른 살이 두려웠고, 열심히 살았는데 이룬 건 하나도 없다는 생각 때문에 피로했고, 사랑하는 사람은 있었지만 사랑은 행복보다는 고통에 가까운 무엇이라고 생각했다. 그렇게 삶에 지쳐 있던 내 눈에는 세상의 아름다움이 좀처럼 잘 보이지 않았다.

그러나 유럽에서 내가 본 아름다움은 단지 위대한 문화유산이 아니었다. 아름다움을 지키기 위해 삶을 바치는 사람들. 아름다움을 온몸으로 느껴보기 위해 저마다 큰 대가를 치르고 산 넘고 물 건너 이국산천을 찾아온 사람들. 아름다움 하나로 이 세상 모든 사람들을 한 자리에 모으는, 아름다움의 위대한 힘이었다.

타인의 흔적에
매혹되다

센 강과 루브르 박물관을 잇는 아름다운 다리, 퐁 데 자르Pont des arts에 걸려 있는 수많은 자물쇠들. 보행자 전용 다리로서 밤늦게 '술'만 마시지 않으면 모든 행동(?)이 용납되는 자유와 낭만의 상징이다. 사람들은 모델 포즈를 취하며 사진을 찍기도 하고, 지나가는 유람선을 향해 손을 흔들기도 하고, 거리의 아티스트들이 연주하는 아름다운 음악을 듣기도 하며 여유로운 한때를 보낸다. 다리 위에 걸려 있는 수많은 자물쇠들은 '저마다의 이야기'를 담고 있는 소중한 기억의 보물창고다.

여행의 두 번째 즐거움은 낯선 공간에서의 새로운 의사소통이었다. 말이 잘 안 통하기 때문에 수많은 '언어의 대체재'로 소통하는 것이 정말 재미있었다. 전 세계에서 모여든 수많은 여행객들은 서로에게 사진을 찍어주고, 손짓 발짓으로 길을 물어보고 대답하며, 서로 전혀 모르는 사이여도 반갑게 웃어주고 인사하며, 때로는 소박한 영어 실력을 십분 발휘해 손짓 발짓을 섞어가며 꽤 긴 대화를 나누기도 했다.

그리고 나는 화폐가 그토록 소중한 소통의 미디어라는 것을 처음 알았다. 화폐는 그저 물물교환의 매개에 그치는 것이 아니라, 서로 전혀 말이 안 통하는 사람들끼리 아주 짧게나마 대화를 할 수 있게 만드는 소통의 매개였다. 나는 '1유로의 행복'이 얼마나 큰지 그때 깨달았다.

당시 유럽은 커피 값이 매우 싸서— 물론 다국적기업의 브랜드 커피는 우리나라처럼 비싸다— 현지인들이 먹는 보통 커피는 1유로면 충분히 살 수 있었다. 그런데 정말 아무데서나 파는 그 1유로짜리 커피가 어찌나 맛있던지, 나는 카페오레와 에스프레소의 맛에 단단히 중독되었다. 당시에는 유로화의 환율도 매우 낮았기 때문에 정말 부자가 된 느낌으로 신기하고 재미난 물품들을 신나게, 마음껏 사는 기쁨을 누릴 수 있었다. 사진 한 방, 엽서 한 장, 1유로짜리 동전 하나. 이렇게 사소한 사물들로 진솔한 소통을 할 수 있구나. 1유로 만으로 이렇게 커다란 행복을 살 수 있구나. 이런 자잘한 행복을 느끼며 점점 나는 나도 모르게 배시시 웃는 일이 많아졌고, 여행을 다녀올 때마다 사람들은 '얼굴이 밝아졌다'고 칭찬해주었다.

여행의 세 번째 즐거움은 '타인의 삶'을 자연스럽게 엿보는 기쁨에서 우러나왔다. 스페인의 한 공항에서 나는 아랍 계통의 한 가족을 우연히 만났는데, 그 집 아기가 너무 예뻐서 나도 모르게 넋을 잃고 쳐다보고 있었다. 그런데 내 눈길의 따스함(?)을 그 부부도 알아봤는지, 처음 보는 나에게 자기 아기를 한번 안아보라는 제스처를 취했다. 나는 깜짝 놀랐지만 엉겁결에 아기를 부여안고 그 보송보송한 아기의 볼에 내 얼굴을 맞대었다. 아기의 그 새까맣고 윤기 나는 피부와 해맑은 눈동자가 너무 예뻐서 왠지 눈물이 나올 것 같았다.

내가 유난히 아기를 좋아하는 것이 전혀 말이 안 통하는 외국인에게도 저절로 느껴졌나 보다. 서로 말이 안 통하는 우리는 어떤 '언어적' 소통도 할 수 없었지만, 자기 아기를 선뜻 처음 보는 외국인에게 안겨주는 그 부모의 열린 마음을 통해 누구보다도 깊이 있는 '비언어적' 소통을 할 수 있었던 것이다.

어떤 사람들은 말한다. 차이는 차별을 낳는다고. 하지만 나는 오히려 '차이'를 통해 '동질성'을 회복하는 것이 여행의 묘미임을 깨달았다. 피부색도, 언어도, 문화도, 그 모든 것이 이렇게나 다른데 따스한 새 생명 앞에서 경외감을 느끼는 '우리'는 그 순간 더할 나위 없는 하나였다. 차이를 통해 갈등을 확인하는 것이 아니라 차이를 통해 오히려 더 깊은 동질성을 회복한 것이었다. 우린 이렇게나 멀리 떨어져 있었지만, 이렇게나 다르게 살아왔지만, 우리도 모르게 이렇게나 닮아 있었구나.

…여행 한 스푼,
미소 1리터가 필요한 시간…

여행은 인간을 겸허하게 합니다.
세상에서 인간이 차지하고 있는 입장이 얼마나 하찮은가를
두고두고 깨닫게 하기 때문입니다.
—구스타프 플로베르

불현듯 삶의 운전대를 확 놓아버리고 싶은 순간이 있다. 삶을 끝내려는 것이 아니라, 내 삶의 주인공인 걸 잠시 쉬고 싶을 때. 삶의 구심력이 너무 강해서, 그 삶의 폭풍에 내가 자칫하면 빨려들어갈 것만 같을 때. 정말 잠시만, 잠시만 내 삶의 운전대를 놓고 싶을 때가 있다. 그런데 그 '잠시'라는 것이 잠깐 영화를 본다든지 낮잠을 늘어지게 자는 것만으로는 충족되지 않을 때가 있다. DVD플레이어의 '일시정지' 버튼을 누르듯이, 잠시 내 삶을 멈춘 채로 다른 시간대를 살고 싶은 마음. 여행은 바로 그럴 때 떠나야 제맛이다.

여행은 삶의 고삐를 놓은 채로 삶에 대해 치열하게 생각할 수 있는 여유를 선물한다. 삶의 목적을 생각하며 앞으로, 앞으로만 달려가는 것이 아니라, 삶 자체를 생각하며 두리번두리번 타인의 삶을 둘러볼 수 있는 여유가 필요한 순간. 그럴 때 우리는 일단 떠나야 한다. 더 큰 사고를 치기 전에. 더 큰 마음의 상처를 입기 전에.

사람의 성격은 좀처럼 변하지 않는다고 흔히들 말한다. 하지만 좀더 길게, 좀 더 멀리, 내 일상의 중력이 영향을 미칠 수 없는 곳으로

여행을 가보면, 어쩌면 성격도 '일상의 잔여물'이 아닐까 하는 생각이 든다. 일상의 패턴이 바뀌면 성격도 조금씩 요동을 친다. 아무리 빨리빨리 해도 괜히 내 속만 쓰리다는 것을 알게 되면, 그저 느긋하게 기다리게 된다. 아무리 노심초사 해도 계획한 볼거리를 다 볼 수 없다는 것을 알게 되면, 그저 우연히 마주치는 아주 사소한 풍경에서도 루브르박물관의 대작에 맞먹는 감동을 느낄 수 있다. 여행을 떠날 때마다 나는 상상해본다. 평생 데리고 다녀서 이제는 지긋지긋한 내 성격도, 조금은 바뀔 수 있지 않을까.

여행지에서 찍은 사진들을 오랜 시간이 지난 후에 꺼내 보면, 깜짝 놀랄 때가 많다. 평소에 찍힌 사진에는 갑자기 작위적으로 만든 어색한 미소가 가득한데, 여행 중에 찍힌 사진에는 그저 아무렇게나 찍은 경우에도 기본적으로 웃음이 깔려 있다. 내가 이렇게 잘 웃는 사람이었던가. 내가 이렇게 유쾌한 사람이었던가.

그러다 보면 거꾸로 이렇게 되묻게 되는 것이다. 왜 나는 평소에 이렇게 웃지 못할까. 왜 좀 더 상냥하고 다정하게 사람들을 대하지 못했을까. 왜 평소에 좀 더 세상에 관심을 갖고, 타인에게 친절하고, 열정을 가지고 내 삶에 임하지 못했을까. 멀리 떠나지 않고도, 지금 내가 있는 이곳에서도 이런 표정과 마음과 태도로 세상을 살 수 있다면 얼마나 좋을까. 그래서 힘들 때마다 여행 사진을 꺼내 보며 조금은 정신 나간 사람처럼 키득키득 웃곤 한다. 그래, 이거였어. 왜 이렇게 아름다운 장면을 잊고 있었을까.

가면 뒤의
미소

아름다운 가면을 쓰고 걸어가는 여인의 매혹적인 미소. 그녀가 사진의 프레임을 찢어내고 내게 가까이 걸어와서, 금방이라도 말을 건넬 것만 같다. 이렇게 멋진 가면을 쓰면 훨씬 자유로워진다고. 그렇게 갑옷같이 답답한 맨얼굴로 물끄러미 바라만 보고 있지 말라고. 자, 우리 함께 다 같이 가면을 쓰고 제대로 한번 놀아보자고.

앞의 사진은 바로 내가 잊고 있었던 그 순간을 포착해준다. 아, 맞아. 베니스에서 저렇게 아름다운 사람을 만난 적이 있었지. 가면과 그녀는 처음부터 하나였던 것처럼 너무도 잘 어울려서, 오히려 가면을 쓰고 있지 않은 나머지 사람들이 머쓱해질 지경이었다.

수공예로 가면을 만드는 장인들의 가게들이 곳곳에 흩어져 있는 베니스. 그곳에서 나도 푸른 가면을 하나 샀다. 그녀처럼 자연스럽게 가면을 쓰고 돌아다니고 싶었지만, 내가 가면을 쓰면 어설픈 배트맨 같아 보일 것 같아서 여행가방 속에 고이 모시고 돌아왔다.

베니스 곳곳에 넘쳐나는 가면극, 가면 가게, 가면을 쓴 사람들은 내게 수많은 영감을 불러일으켰다. 어쩌면 우리는 내 맘대로 가면을 바꿔 쓸 수 있는 눈부신 자유를 찾기 위해 여행을 떠나는 것인지도 모른다.

우리는 살아가면서 수많은 가면을 쓴다. 가정에서는 착한 딸과 아들, 다정한 부모의 가면을, 학교에서는 모범생의 가면을, 직장에서는 성실한 직장인의 가면을, 친구들과 놀 때는 유머러스하고 풍류를 즐길 줄 아는 사람의 가면을, 버스나 지하철에서는 스마트폰이나 책에 빠져 주변에 아무런 관심도 없어 보이는 사람의 가면을……

사람들은 주어진 시공간의 분위기에 따라 격에 맞는 가면을 바꿔 쓰느라 하루 종일 무대 위의 연기자가 된다. 하지만 그 중에 우리가 진정으로 원하는 가면, 별다른 연기력을 필요로 하지 않는 자연스러운 가면은 몇 개나 될까.

아무도 없는 집에 혼자 있을 때 가장 편안한 가면을 쓸 수 있는 것처럼, 여행은 때로는 아무런 가면도 쓰지 않고 집 밖으로 당당히 나갈 수 있는 자유를 선물한다. 어떤 여행이든 우리는 일상과는 조금 다른 가면을 쓰게 된다. 좀 더 먼 곳에 나오면 좀 더 낯선 나 자신의 가면을 만나게 된다.

여행자의 가면은 대부분 모든 것이 낯설기 때문에 어린애 같은 표정이나 놀란 토끼눈 같은 표정이 많다. 낯선 언어, 낯선 습관 때문에 조금은 유치해지고, 아주 많이 겸허해지는 그 느낌. 간단한 정보를 묻는 그 쉬운 영어조차 가끔은 제대로 떠오르지 않아 머리를 긁적이는, 그러나 그렇게 '바보여도 좋은 나'를 만나는 순간. 그 순간이 정말 미치게 좋다.

여기서는 내가 이 세상의 주인공이 아니구나. 나는 그저 모든 가면을 내려놓고, 또는 내가 진정으로 원하는 가면 하나만 쓰고, 이 거대한 '타인의 삶'이라는 연극을 관람하는 행복한 관객이면 되는 거구나. 이런 느낌이 그렇게 편안할 수가 없었다. 우리는 일상 속에서 상황을 통제해야 한다는 강박에 시달리지만, 여행자가 되면 많은 것들을 제대로 컨트롤할 수 없고, 컨트롤할 필요도 없다. 그저 더 신나는 여행을 위해 잘 먹고 잘 자기만 하면 된다. 애써 무언가를 컨트롤할 필요가 없다는 것, 그 어떤 상황의 책임도 질 필요가 없다는 것이 이토록 큰 자유를 준다는 것을, 나는 여행을 통해 처음 깨달았다. 그 정도로 20대의 내 영혼은 나이에 어울리지 않게 삭막하고 무신경했던 셈이다.

언제나 여행자인,
새

　　　　　　　　　여행을 다니면서 제대로 촬영하기 가장 힘든 것이 바로 '새'의 날갯짓이다. '바로 저 모습이다' 싶으면, 어느새 자세를 바꾸어 아까 내가 언제 그랬냐는 듯 능청을 떠는 새들. 아, 지금이야, 빨리 찍자, 이렇게 생각하는 순간 이미 새는 멀리 날아가버린다. 새의 저 자유로운 날갯짓을 백분의 일만이라도 따라갈 수 있다면 얼마나 좋을까. 어떤 무거운 짐도 욕심 사납게 꾸리지 않고, 그저 맨몸으로, 언제든지, 자유롭게 날아오르는 저 새처럼 살 수 있다면.

손바닥만 한 가면 하나를 보면서도 이렇게 수많은 생각을 떠올리며 조용히 삶을 돌아보는 스스로를 발견하곤 깜짝 놀랐다. 피로로 얼룩진 내 삶 속에 이런 사유의 근육이 숨어 있구나. 이 세상에 이토록 눈부신 것들이 버젓이 꿈틀대고 있었는데 이토록 눈 뜬 장님인 채 살아왔구나.

나는 '젊어 고생은 사서도 한다'는 말에 결사반대한다. 돌이켜보면, 그 속담을 믿고 견뎌냈던 20대의 고생이 나에게 결코 도움이 된 것 같지는 않다. 고난에 어떤 대단한 의미를 부여하게 되면, 사람은 반드시 그 고난에 대한 미래의 보상을 바라게 마련이다. 그러다 보면 무리하게 자기 인생에서 '잃어버린 시간'을 보상받기 위해 잔꾀를 쓰거나, 뒤늦게 20대에 잃어버린 시간은 무슨 수를 써도 다시는 되찾을 수 없다는 것을 깨닫고 우울증에 빠지기 쉽다.

고생 자체에는 아무런 아름답고 화려한 의미가 없다. 육체와 영혼을 피폐하게 만들고, 우리 자신의 미래에 대한 암울한 전망만 가속화시키는 고생을 미화하지는 말자. 특히 자신의 인권을 심각하게 침해하는 '젊어 고생'은 더더욱 말리고 싶다.

돈은 물론 중요하다. 하지만 우리의 소중한 삶을 저당 잡힐 정도로 중요하지는 않다. 부당한 차별과 각종 폭력을 견디고, 나이 어린 사람에 대한 어른들의 무시를 견디고, '내가 약자다'라는 사실 때문에 저항조차 하지 않는다면, 세상은 점점 더 나빠지고, 나뿐만 아니라 미래의 또 다른 20대가 견뎌야 할 사회적 고통은 더 커질 것이다.

이것이 우리가 굳이 '사서' 해야 할 아름다운 고생은 결코 아니다.

나 또한 아르바이트 수고비를 제대로 받지 못한 적이 많았고, 돈 때문에 내가 하고 싶지 않은 일을 억지로 한 적도 많다. 그때는 그런 고생이 언젠가는 진흙 속의 연꽃처럼 아름다운 의미로 피어날 것이라고 믿었다. 그런데 웬걸. 전혀 의미가 없었다. 의미가 없음을 넘어서, 그저 끔찍한 의미만이 그득했다. 시간이 지날수록 그 시간이 아깝기만 했고, 그때 축난 몸과 마음의 건강이 아쉽기만 했다. 가장 나쁜 것은 '그래, 세상이 원래 그런 거지' '세상은 이렇게 냉혹한데, 나만 멍청하게 굴었어'라는 식의 비관적인 세계관을 갖게 된 것이었다.

'젊기 때문에 사서 하는 고생'의 엄청난 후유증을 치유하기 위해 정말 많은 시간이 걸렸다. 세상의 아름다움을 다시 알아볼 만한 명랑한 시선을 회복하는 데 많은 노력이 필요했다. 잃어버린 영혼의 명랑성을 회복하기 위해 내가 썼던 달콤한 극약처방이 바로 '여행'이었다.

여행 늦바람을 통해 나는 정말 많은 것을 배웠다. 내가 사는 곳에서 통용되는 게임의 법칙이 결코 절대적인 것이 아니라는 것. 바쁜 인생 속에서 때로는 '돈을 벌지 않을 권리'를 적극적으로 향유할 필요가 있다는 것. 20대에 가장 필요한 것은 미래를 위한 막무가내식 스파르타 훈련이 아니라, 내가 진정으로 원하는 것이 무엇인지를, 내게 필요한 것이 과연 무엇인지를, 바쁨을 핑계 대며 내가 잊고 있는 것이 무엇인지를 속속들이 알아내는 것이라는 것을 깨달았다.

고생에 억지로 다채로운 의미를 부여하고, 남모르게 세상에 대한 원한을 쌓아갈 필요는 없다. 차라리 과감하게 자기 자신에게 시간과 돈을 투자하고, 정말 자신을 위해 필요한 일이 무엇인지 알아보는 시간. 그것을 위해서는 정말 '내 삶'을 훌쩍 떠나봐야 한다. 그것이 꼭 여행일 필요는 없지만, 여행은 그 영혼의 유체이탈에 가장 쉽게 성공하는 방법이다.

구도자가 참선을 하듯, 예술가가 칩거에 빠지듯, 우리는 우리 인생의 중력으로부터 철저히 이탈하는 경험을 필요로 한다. 앞으로, 앞으로만 나아가다가는 언젠가는 앞으로도 나아갈 수 없게 된다. 누구의 도움 없이, 오직 내 자신의 힘으로 '인생 전체를 디자인하는 명상'에 잠겨볼 필요가 있다.

여행자가 되면, 평소의 내가 아닌 또 다른 내가 되어 나 자신의 삶을 조감할 수 있다. 분명히 나지만, 나의 삶을 마치 남의 삶처럼 멀리서 굽어볼 수 있는 '새의 시점'. 그것이야말로 여행의 가장 큰 선물이다. 되도록 멀리, 되도록 휴대폰도 없이, 되도록 부모님과도 연락하지 않고, 되도록 모국어가 통하지 않는 곳에서. 오직 자기 자신과 투명하게 만날 수 있는 여행자의 시점을 배우는 것. 우리가 평소에 공기나 물처럼 당연하게 인식하는 언어와 화폐와 문화가 달라지면, 우리는 자신도 모르게 '내 인생의 토털 리모델링'에 적극 참여할 수 있는 용기를 얻게 된다.

나는 20대에 여행을 좀 더 일찍 시작하지 못한 것을 진심으로 후회한다. 가끔 여행을 다니다 보면, 아주 어린 시절부터 세계 각국을 돌아다니는 어린이들을 만나게 된다. 나는 그 친구들에게 맹렬한 질투심을 느낀다. 내가 30대가 되어서야 간신히 깨닫게 된 것을 저 친구들은 벌써 알고 있겠구나.

하지만 지금부터라도 늦지 않았다. 언제든 떠날 수는 없더라도, 나는 늘 '떠날 궁리'를 하는 것이 좋다. '평소의 나'로부터 있는 힘껏 탈주하여, 마침내 이전과 전혀 다른 새로운 나 자신에게로 더 멋지게 되돌아오는 모험. 그것이야말로 여행이 가진 그 무엇과도 바꿀 수 없는 매력이기에.

사랑

너와 나의
경계가 엷어지는 것

…부끄러워 말고 사랑받기 위한
모든 노력을 게을리하지 말자…

> 사랑의 문제는 인류가 겪고 있는 커다란 고통이다.
> 그러므로 누구도 사랑에 대가를 지불해야 한다는 사실을
> 부끄러워해서는 안 된다.
> ─ 칼 구스타프 융

미처 제대로 시작해보기도 전에 두려움부터 앞서는 것. 진짜 실천하는 시간보다는 미리부터 고민하는 시간이 많은 것. 시작하기 전의 마음과 끝나고 난 후의 마음이 너무 달라, 마치 내가 전혀 다른 사람이 된 것처럼 느껴지는 당혹스러운 신비. 갓 스무 살이 되던 해, 내게 사랑의 이미지는 그런 것이었다. 나는 짝사랑 말고는 해본 적이 없으면서 사랑에 대해 매우 잘 알고 있다는 기이한 확신으로 가득 차 있었다.

지금 생각해보면 그것은 느닷없이 닥쳐올 사랑에 대한 어설픈 방어심리였다. 나는 문학 작품 속에 나오는 온갖 사랑의 서사를 알고 있기에, 사랑에 빠지는 마음에도 일종의 '경우의 수'가 있다고 믿었다. 그래서 이런 사랑이 오면 저렇게 대처하고, 저런 사랑이 오면 이렇게 대처하리라 하는 식의 얼토당토않은 사랑의 방정식을 머릿속에 그려놓고, '난 절대로 사랑 때문에 무너지지 않을 거야'라고 결심해버렸다. 스무 살 풋내기에게 사랑은 가장 원하는 것이면서 동시에 가장 두려운 것이었다.

너와 나의 경계가 엷어지는 것

누구에게나 평등하게 쏟아지는 축복,
큐피드의 화살

런던 피카딜리 광장에서. 지나가는 모든 사람들에게
1년 365일 쉴 틈 없이 화살을 쏘아대고 있는 장난꾸러기 소년 큐피드. 나는 올림포스의 어
떤 신들보다도 말썽꾸러기 소년 큐피드가 좋다. 아무리 위대한 존재도 큐피드의 화살에 맞
으면 '사랑의 포로'가 되어버린다니, 이 얼마나 공평하고 유머러스한 신의 은총인가.

천방지축 날라리 여고생이었던 나는 막상 대학생이 되자 집안에서만 반짝반짝 빛나는 공주님이고 집 밖에 나가면 무미건조한 '행인1'로 전락해버리는, 전형적인 소심녀가 되어갔다. 사랑은 물론이고 어떤 감정이든 어떻게 표현해야 하는지를 알 수 없었기 때문이다. 왜 그렇게 사랑이 두려웠을까. 그 가장 큰 이유 중의 하나는 사랑에 대한 잘못된 선입견들 때문이었다.

20대의 사랑을 둘러싼 고민 중의 하나는 '사랑의 생물학적 지속 기간'에 대한 무성한 갑론을박이었다. 모두들 그렇게 이야기했다. 진짜 사랑이 지속되는 시간은 아무리 길어봐야 3년 정도라고. 어떤 선배는 '2개월', 어떤 선배는 '4주'라고 힘주어 말했다.

정말 그럴지도 모른다. 하지만 진정 신기한 건, 그 사람만 봐도 심장박동이 빨라지는 생물학적인 떨림이 어느 정도 가시고 난 후에도, 새로운 설렘이 기다리고 있다는 것이다. 지금 나와 함께 살고 있는 사람을 만난 후 10여 년이 지난 지금, 물론 손잡을 때마다 가슴이 떨리던 심각한 증상은 없어졌지만, 우리에게는 새로운 설렘이 시작되었다.

함께할 시간에 대한 설렘, 함께 만들어갈 인생에 대한 설렘. 그 것이 바로 연애 시절과는 또 다른 사랑의 기쁨이다. 멀리서 그 사람의 뒷모습만 봐도 가슴이 뛰던 시절은 지났지만, '우리가 함께 또 무엇을 할 수 있을까'를 생각하면, 우리가 함께 만들어갈 시간이 얼마나 풍요로운 가능성으로 넘쳐날까를 생각하면, 그 설렘은 오히려 연애 초기의 설렘보다도 더 애틋한 것 같다. 오랫동안 인생을 함께 살아온 커플들의 특징은 '사랑의 유효기간'에 대한 스트레스에서 해방되었다는 것이다. 연애 기간에는 '사랑'에 매진했다면, 결혼 후에는 '함께할 인생'에 매진해야 하기 때문이다.

'사랑은 이런 것이다'라는 모든 현란한 정의들은 부분적으로만 맞는 것 같다. 그 모든 사랑의 정의는 커플들마다, 인생의 시기마다, 조금씩 바뀔 수밖에 없다.

우리가 만들어갈 '사랑'을 넘어서서, '우리가 함께할 미래'에 대한 설렘은 오히려 시간이 지날수록 더욱 커진다. 우정이나 의리 때문만은 아니다. 오랫동안 사랑하고 함께 지내온 사람하고만 은밀하고 배타적으로 공유할 수 있는 시간에 대한 설렘. 그것은 연애 초기에는 결코 느낄 수 없었던 인생에 대한 충만한 기쁨이 아닐까.

사랑이란, 그가 내 아픔의 끝없는 기원임을 기쁘게 인정하는 것이다. 사랑에 대한 설렘보다 두려움이 컸던 나의 20대, 항상 사랑보다 자존심이 더 앞서고, 사랑보다 나를 지키는 것이 더 중요하다고 생각했던 날들이 후회된다. 자존심은 언제든 되찾을 수 있지만, 깨어진 사랑은 되찾을 수 없다. 무슨 일이든 신중함보다 열정이 앞섰던 20대에는, 사랑에도 예의가 필요하다는 것을 잘 몰랐다. 가장 깨어지기 쉬운 마음의 그릇, 사랑이 서로의 마음에 상처를 남기지 않게, 조심, 또 조심해야 한다.

에로스와 프시케,
영원한 사랑을 연주하다

　　　　　　　위대한 아폴론에게도 건방지게 화살을 쏘아, 천하의
아폴론을 '외사랑에 빠진 불쌍한 총각'으로 전락시킨 에로스. 다프네에게는 '절대로 사랑에
빠지지 않는 화살'을 쏘아 그녀는 아폴론에게서 도망치다가 마침내 월계수 나무로 변해버린
다. 이렇게 오만하고 철없던 에로스도 막상 자신이 사랑에 빠지자 어쩔 줄 모르고 걷잡을 수
없이 프시케에게 빠져든다. 그 모든 치명적인 금기를 뛰어넘어, 마침내 절대로 용납될 수
없었던 '신'과 '인간'의 사랑은 마침내 이루어진다.

부끄러워 말고, 사랑받기 위한 모든 노력을 게을리하지 말자. 사랑하기 위해 드는 모든 발품을 귀찮아하지 말자. 사랑이 끝난 후에 다가올 어떤 아픔도, 미리부터 두려워하지 말자. 그 사람이 아니라면 절대로 경험하지 못했을 어떤 낯선 공간, 시간, 경험을 공유하게 된다는 것. 그것이 사랑이 가진 무엇과도 바꿀 수 없는 힘이고, 그런 사랑을 한다는 건 정말 멋진 일이다.

실패로 끝난 사랑도 오랜 시간이 지나면 신기하게도 우리 인생의 또 다른 에너지가 되어준다. 사랑이 끝나도, 다시는 그 사람을 만날 수 없어도, 추억은 마치 사랑과는 무관한 독립적인 개체처럼 끈질기게 살아남아 불현듯 한기에 떨고 있는 우리의 삶을 따스하게 밝혀주곤 한다. 어떤 공부보다도, 어떤 경험보다도, 우리 자신을 가장 많이 변화시킬 수 있는 힘. 그건 바로 사랑만이 가진 특별한 힘이니까.

…그가 내 아픔의 기원임을
기쁘게 인정하는 것이 진정한 사랑이다…

연애는 늘 하고 있었지만 사랑에는 늘 실패한 것 같은 느낌. 그것이 내 20대 사랑이 줄곧 아픔으로 끝나던 이유였다. 연애보다는 사랑을, 사랑보다는 나 자신을 더 사랑했기 때문에 나는 계속 실패할 수밖에 없었다. 이제야 아주 어렴풋이 알 것 같다. '완벽한 사랑'을 상정해놓고, '내 불완전한 사랑'의 모자람에 조바심쳤기 때문에, 바로 옆에 있는 사람의 아픔을 헤아리지 못했다는 것을.

나는 언젠가는 사랑에 있어 '흔들리지 않는 중심'이 생길 거라 믿었다. 그러나 지금 나는 그 '흔들리지 않는 중심'을 살짝 고쳐놓는다. '흔들리지 않는 중심'이 아니라, '흔들려야 중심'이라고. 이 사람 저 사람 사이에서 흔들린다는 뜻이 아니라, 살아 있는 한 우리는 방황할 수밖에 없기 때문에, 사랑의 모습 또한 그 방황의 그림자처럼 변할 수밖에 없다는 뜻이다.

그러니 '영원한 사랑'을 향해 목맬 필요는 없다. 언젠가는 저절로 알게 된다. 인생이라는 배 위에서 함께 흔들리고, 함께 낭떠러지로 떨어져 가끔은 어푸어푸 잠수도 하면서, 내가 아무리 흔들려도 나와 함께 같이 흔들려줄 사람을 찾게 되면. 사랑이라는 이상향보다는 사랑하는 사람이 중요하다는 것을. 사랑이라는 개념보다는 연애라는 현실이 중요하다는 것을. 사랑도, 연애도, 지금 내 곁에 있는 사람보다 더 중요하지는 않다는 따끔한 진실을.

사랑하는 사람의 마음이 마치 난해한 기호처럼 우리 앞을 가로막을 때가 있다. 애인에게는 얼짱 각도만 있는 것이 아니라 우리 영혼의 감시카메라가 좀처럼 닿을 수 없는 사각지대가 숨어 있다. 언제 뜻밖의 모습을 드러낼지 모르는, 섬뜩한 부분.

그건 사실 세상에서 가장 잘 안다고 착각하는 '내 마음'에도 있다. 애인과의 말다툼이야말로 바로 이 '나도 모르는 나'가 언제 튀어나올지 모르는 응급상황을 연출한다. 우리가 사랑하는 사람에게 서운한 감정을 느낄 때, 가장 먼저 떠오르는 문장. '네가 나한테 어떻게 이럴 수가 있어?' 이 문장은 사실 '바로 너이기 때문에 나를 가장 아프게 할 수밖에 없는 부분'을 건드리는 것이라는 의미이다. 그토록 사랑하지 않았다면, 그렇게 마음 아플 일도 없음을, 우린 알고 있지만, 당할 때마다 가슴이 찢어지는 것은 어쩔 수 없다.

'네가 나한테 어떻게 이럴 수가 있어?' 이 문장이 생각날 때, 그 사랑은 우리를 시험대 위에 세운다. 그가 날 정말 사랑한다면, 그럴 수가 있을까. 어쩌면 이 정도 상황에 서운해하는 나야말로 그 사람을 덜 사랑하는 것이 아닐까. 내 사랑은 이것밖에 안되는 것일까.

하지만 시간이 지나고 나면, 이렇게 서로 이해할 수 없는 상황이 '사랑의 부족'이 아니라 '이해의 부족' 때문임을 깨닫게 된다. 여자들이 가장 '내 편'이 필요할 때, 남자들이 선뜻 '편'을 들어주지 않는 것은, 그 상황의 '억울함'보다는 그 상황의 '해결 가능성'을 먼저 생각하기 때문일 때가 많다. 여자들은 어떻게든 '대화'를 시도할 때, 남자들이 마음의 동굴 속으로 숨어버리는 것은, 그 순간은 '연인과의 대화'보다 '자기와의 대화'가 필요하기 때문이다.

이 세상에서 가장 이해하고 싶은 사람이 도저히 이해되지 않을 때. 우리는 사랑에 절망하고, 나 자신에게 실망한다. 하지만 그럴 때마다 필요한 것은 '더 나은 이해력'보다는 '더 담백한 기다림'이다. 사랑하는 사람이 도저히 이해되지 않을 때, 일단 진실을 캐내기 위해 전전긍긍하거나, 마치 죄인을 심문하듯 상대를 다그쳤던 나의 20대. 그때는 이 '기다림'이라는 만병통치약을 믿지 못했다. 그렇게 대책 없이 기다리다가는 사랑마저 식어버릴까 봐 두려웠던 것이다.

하지만 '나는 당신을 이해할 준비가 되어 있다'는 최소한의 사인만 보내면서 묵묵히 기다린다면, 상대방은 언젠가 마음을 열어준다. 알고 보면, 이해하지 못하는 나보다, 이해받지 못하는 그 사람이 더 답답하기 때문이다. 그 마음이 열릴 때까지, 우리는 좀 더 열심히 사랑하면 된다. 핑퐁처럼 신출귀몰한 속도로 주고받는 말싸움보다, 양궁처럼 활을 쏘기 전에 우선 '나 자신의 마음'부터 가다듬는 기다림이 마침내 보약이 된다.

로댕의 키스,
'너'와 '나'의 경계가 사라지는 순간

　　　　　　　　　　　　파리의 로댕 박물관에서 〈키스〉를 처음 봤을 때, 나도
모르게 탑돌이를 하듯 작품 주변을 빙글빙글 돌았다. 아무리 '그의 입술'과 '그녀의 입술' 사
이의 경계를 찾으려 해도 찾을 수 없었다. 그 점이 너무 좋았다. 사랑이란 이런 것, 그러니까
'너'와 '나'의 경계를 아무리 구분하려 해도 결코 구분할 수 없는 것이 아닐까.

사랑을 통해 우리는 인간의 마음 가장 깊은 곳까지 들어가게 된다. 신기하게도, 그 '가장 깊은 곳'이란 점점 더 깊어지는 것만 같다. 아무리 읽으려 해도 잘 읽히지 않는 상대의 마음보다는 오히려 자기의 마음 깊은 곳에 가 닿기도 한다. 나에게 이런 면이 있었나? 내가 과연 이런 사람이었나? 사랑 때문에 우리는 자기 내부에 숨은 뜻밖의 공격성을 발견하기도 하고, 의외의 냉혹함과 차분함을 발견하기도 한다.

이 사랑이 나를 시험하는 것 같아, 어디까지 갈 수 있니, 어디까지 갈 수 있겠니, 스스로를 다그쳐보기도 한다. 이 사랑의 성패 여부가 마치 내 인생의 향방을 결정지을 것 같은, 불타는 승부욕을 느낄 때도 있다. 하지만 그런 시간이 지나고 나면, 가장 오래 남고, 가장 소중한 감정은, 내가 사랑하는 사람에게 내가 가진 최선을 다하는 것임을 알게 된다. '사랑의 정의'가 아니라, '연애의 법칙'이 아니라, 내 앞에 서 있는 이 사람의 지친 어깨를 한 번 더 안아주는 것이 지금 우리에게 허락된 가장 아름다운 기적임을 알게 된다.

20대의 사랑은 어느 때보다도 힘들다. 사랑이란 그저 순수한 것인 줄 알았는데, 처음으로 '현실'이라는 벽 앞에서 사랑의 가능성을 시험당하고, 사랑하는 사람의 성격이나 조건 때문에 부모님과 갈등을 겪기도 한다.

하지만 20대의 사랑만큼 싱그럽게 빛나는 열정을 다시 회복하기는, 나이가 들수록 어려워진다. 그러니 '모태솔로'라는 말도 안 되는 유행어로 자신을 무장하지 말자. 정말이지 그런 건 없다. 우리는 그

렇게 사람의 성격이나 운명을 규정하는 폭력적인 호칭들에 저항해
야 한다. 스스로의 상태를 고정된 것으로 규정하는 모든 유행어들
에 결코 속지 말자. 모태솔로도 없고, 건어물녀도 없다. 아직 사랑이
'제때'를 맞지 못했을 뿐이다. 그 '찬란한 제때'는 지금 내 마음의 닫
힌 문을 열고 세상 속으로 뛰쳐나가야만 발견할 수 있다.

　사랑하기 때문에 어쩔 수 없이 생기는 상처, 그것은 사랑을 시작
조차 하지 않았기 때문에 한 번도 상처받지 않은 마음보다 훨씬 아
름답다. 세계 명작 100권을 읽는 것보다도, 지구를 한 바퀴 도는 것
보다도, 한 사람을 미친 듯이 사랑하는 일에서 우리는 더 많은 것을
배운다. 그러니 물러서지 말자. 두려워하지도 말자. 당신이 방문할
수 있는 가장 아름다운 장소, 그곳은 바로 사랑하는 사람의 마음속
이니까.

사랑 앞에서 우린 모두,
로미오와 줄리엣

테오도르 샤세리오의 〈로미오와 줄리엣〉을 보며 마음 한구석이 속수무책으로 무너져내리는 것 같았다. 이 그림은 마침내 네가 없어지고, 네가 없어졌기에 나 또한 저절로 없어질 것 같은, 그 끔찍한 상실의 고통을 그려내고 있는 것 같다. 그러나 연인이 죽지 않아도, 내가 죽지 않아도, 사랑의 원형은 본래 이런 모습이 아닐까. 너와 나의 경계가 자꾸만 엷어져가는 것, 너의 것과 내 것을 어느새 구분할 수 없게 되는 것, 너의 안녕이 나의 행복만큼 소중해지는 것, 아니 너의 안녕이 없다면 나의 행복도 더 이상 불가능해지는 것.

재능

나는 무엇을 할 때
가장 빛나는가

…재능의 발견은
나에 대한 뜨거운 믿음에서 온다…

하나의 재능을 갖고, 하나의 재능을 위해서 태어난 자는,
그 속에 그의 가장 아름다운 생존을 발견해낸다.
ㅡ요한 볼프강 폰 괴테

며칠 전 술자리에서 '재능'에 대한 갑론을박이 이루어졌다. 타인의
숨겨진 재능을 어떻게 발견하는가에 대한 밑도 끝도 없는 수다를 떠
는데, 선배 한 분이 좌중의 두서없는 수다를 한 칼에 정리해주셨다.
세상에서 가장 섹시한 건 바로 '재능'이라고. 인간이 끊임없이 매력
적인 다른 인간을 찾는 한, 재능은 저절로 발견되는 것이라고.

정말 사람들의 무의식에는 타인의 재능을 발견하는 무의식의 감
별장치가 달려 있는 것 같다. 그래서 질투심 많은 사람들은 자신보
다 뛰어난 사람의 재능을 발견하면, 그 사람을 무턱대고 증오하기
시작한다.

다른 사람의 재능이 찬란하게 빛나는 것을 고통 없이 바라볼 줄
아는 사람들은 극히 드물다. 그런 사람들은 누구와도 비견할 수 없
는 압도적인 재능을 가졌거나, 타인의 재능을 인정하고 키워주는 일
이야말로 우정의 제1요건임을 아는 사람들이다. 재능은 그 자체로
관능적이고 매혹적이기에, 언젠가는 사람들의 마음을 사로잡게 되
어 있다.

열정,
재능을 불태우는 연료

                    재능을 발견하는 것은 '감각'이지만, 재능을 실현하는 것은 '열정'이다. '저 사람은 재주가 참 많은데, 왜 저렇게 인생이 안 풀리지?'라는 평가를 듣는 사람들의 특징은 열정과 재능을 일치시키는 뚝심이 부족하다는 점이다. 열정이야말로 재능의 연료이고, 성실이야말로 재능의 보호자가 아닐까. 플라멩코를 볼 때마다 느끼는 것은, 열정이야말로 최고의 재능이라는 것이다. 춤의 열정에 흠뻑 빠져서 온몸의 소름끼치는 고통조차 망각하는 엑스터시를 느끼는 춤꾼의 지극한 순수함을 배우고 싶다.

타인의 재능을 바라보는 일은 기쁨과 질투를 함께 동반하지만, '나의 재능'이라는 문제에 부딪히면 우리는 쉽게 소심증에 빠지곤 한다. 20대 시절의 나는 항상 재능에 대한 불안에 시달렸다. 일단 내가 무엇을 원하는지를 알아내는 데 오랜 시간이 걸렸다. 재능이 있든 없든, 일단 내가 원하는 것을 찾는 일이 시급했던 것이다.

평소에는 그토록 영혼의 멘토를 찾아 헤매면서도, 정작 중요한 순간에 나는 내 문제를 혼자 결정하기를 원했다. '내가 어디에 재능이 있을까'를 집요하게 찾기보다는, 내가 진정 원하는 것을 찾아 그곳에 나를 던지고 싶었기 때문이다.

대학 졸업 시즌, 내 마음을 사로잡는 화두는 바로 '재능과 직업을 일치시킬 수 있는가'였다. 나는 사실 글쓰기를 너무 좋아했기 때문에 오히려 글로 밥을 벌어먹고 싶지 않았다. 왠지 수치심이 들었다. 좋아하는 일을 하는데, 그것으로 밥벌이를 걱정해야 한다면 정말 원하는 글을 쓸 수 없을 것만 같았다.

돌이켜보면, 인생에 대한 그런 지레짐작은 막연한 두려움에서 나오는 것이었다. 나는 나도 모르게 나 자신을 속이고 있었다. '내가 재능이 있든 없든, 난 열심히 글을 쓸 거야'라는 것이 '의식'의 선택이었다면, '무의식'의 진심은 이런 것이었다. 정말 열심히 글을 쓴다 해도 인정받지 못하면 어떡하지? 누가 뭐라 해도 묵묵히 나의 길을 갈 만큼 나는 과연 용기 있는 사람일까? 칭찬받으면 금세 기분이 날아갈 듯 하고, 비판받으면 언제라도 절망할 준비가 되어 있는 나는, 정말 나약한 인간이 아닐까. 도대체 나는 글쓰기에 재능이 있기는 한 걸까. 나는 그 두려움과 정면으로 맞서는 것이 두려웠기 때문에, '아, 그냥 글쓰기는 취미로 삼아야지'라는 식의 비겁한 비상구로 도망치고 있었던 것이다.

나의 뿌리 깊은 두려움을 인정하고 나자, 이상하게도 마음이 편해졌다. 칭찬은 보약일 수 있지만, 매일 먹는 '밥'이 될 수는 없다는 것을 뒤늦게 깨달았다. 인정받을 수 없을지도 모른다는 두려움 때문에 평생 원하는 걸 하지 못한다면, 결국 잃어버린 꿈을 보상받을 길은 영원히 닫힐 것이다.

그렇게 생각하고 나니, 기이한 마음의 평온이 찾아왔다. 인정받지 못해도 좋다. 돈을 벌지 못해도 좋다. 누가 뭐라 하든, 내 마음이 가리키는 꿈의 화살표를 따라가자. 그때부터는 재능보다도 열정이 관건이었다. 어느 순간에는 재능보다 열정이 중요했고, 열정보다 성실함이 중요했다. 재능과 열정과 성실이 하나되는 순간이야말로 우리의 꿈이 이루어지는 순간이다.

스물네 살, 진로를 결정하던 그 시절의 나는 두려움도 많았지만, 무엇과도 바꿀 수 없는 소중한 '첫 마음'이 있었다. 글을 처음 쓸 수있게 되었을 때 그 미칠 듯한 떨림과 설렘, 그 순간은 생애 딱 한 번뿐인 열광의 순간이다. 내 안의 문턱을 오직 내 힘으로 넘는 순간의 짜릿한 희열. 칭찬받고 싶은 욕심, 인정받고 싶은 열망의 늪을 조금씩 벗어나니, 무엇보다도 글쓰기의 과정 자체를 즐길 줄 알게 되었다. 원고 마감일이 찾아오면 괜히 온몸이 욱신욱신 아플 때도 많지만, 원고를 끝내는 순간 날아갈 듯한 해방감은 점점 더 커지는 것 같다. 그 해방감은 내가 책임져야 하는 원고를 힘겹게 써야만 느낄 수 있는 짜릿한 기쁨이다.

그리고 이제는 아주 조금 알 것 같다. 재능은 타인에게 발견되기를 기다리는 숨은 보석이 아니라, 자신의 노력과 의지를 믿는 자의 자발적인 열정에서 우러나오는 것임을. 재능의 진정한 비밀은, 자기 자신에 대한 뜨거운 믿음이라는 것을.

…숨어 있는 재능을 발견하는
세 가지 방법…

재능이란 자기 자신을, 즉 자기의 힘을 믿는 것이다.
−막심 고리키

타인의 재능을 발견하는 재능이야말로 멘토의 첫 번째 요건이다. 숨겨진 타인의 재능을 발견하는 것. 그것은 숯검정이 시커멓게 칠해진 수만 개의 돌들 중에 숨겨진 단 하나의 다이아몬드를 찾아내는 것만큼이나 어렵다. 특히 자신의 재능을 어디에다 써먹어야 될지 전혀 모르는 사람일 경우에는 더욱 어려운 일이다.

재능을 발견하는 재능은 타인에 대한 무한한 관심에서 우러나온다. 재능 있는 젊은이가 일찌감치 시끌벅적한 세상의 장터에서 스카우트되는 경우도 있지만, 스스로도 자신의 재능을 몰라 엉뚱한 곳에서 방황하다가 뒤늦게 재능을 발견하는 사람들도 많다.

재능을 실컷 발휘하며 원 없이 자유롭게 살아가는 사람들의 특징은 무엇일까. 그런 사람들이 자기 재능과의 전투에서 롱런하는 비결은, 구도자처럼 일정한 삶의 규칙대로 살아간다는 점이다. 요컨대 재능의 첫 번째 비밀은 절제다. 너무 많은 재능을 한꺼번에 탕진하지 않고, 스스로의 재능에 대해 겸손해하고 감사하면서, 매일매일 벽돌을 쌓듯이 재능을 발휘하는 사람들이야말로 재능을 소중히 다룰 줄 아는 사람들이다.

매일매일,
그 자리에 있는 것

　　　　　　　　재작년 여름, 베니스에서 유리 공예에 몰두하는 한 청
년의 모습을 한참이나 물끄러미 바라보았다. 청년은 매일 아침 공방에 나와 청소를 하고,
가게 문을 열고, 손님들을 기다리며, 아름다운 유리구슬을 만든다. 그 하루하루의 노동이
그의 재능을 만들고, 그의 미래를 만들 것이다. 비가 오고 눈이 와도, 가끔은 때려치우고 싶
은 생각이 들어도, 결국은 매일매일 그 자리에 묵묵히 있는 것. 그것이야말로 재능이 탄생
하는 비밀의 화원이 아닐까. 매일매일 그의 손끝에서 피어난 영롱한 유리구슬은 팔찌가 되
고, 목걸이가 되고, 장식품이 되어, 사람들의 몸에, 집에, 일터에 존재할 것이다. 길을 걷다
가 자신이 만든 작품을 멋들어지게 착용하고 있는 낯선 사람을 보면, 청년의 가슴이 얼마나
뿌듯해질까. 재능의 힘이란 바로 그런 것이 아닐까. 내가 가진 솜씨를 타인을 위해 발휘하
는 것, 그리하여 나만이 아니라 남들과 함께 기쁨을 나누는 일상의 기적.

재능의 유일한 비결은 매일매일 그 자리에 있는 것이다. 모든 것을 포기하고 싶을 때조차도, 심지어 마음대로 통제할 수 없는 꿈속에서도, 의무감 때문이 아니라 타오르는 열정 때문에 오직 그것만 생각하는 것. 그리하여 아름다운 재능은 자신이 사랑하는 일에 대한 무구한 '집중'에서 우러나온다.

무한미디어 사회에서는 자신의 재능을 발견하는 일이 훨씬 어려워졌다. 전통사회에서는 재능을 발견하는 일도, 재능을 키우는 일도, 공동체의 장 안에서 이루어졌다. 매일 얼굴을 마주보고, 매일 이야기를 나누고, 그 사람의 가족과 집안 내력까지 잘 아는 사람들이 젊은이의 재능을 키워주는 멘토들이었다.

개인적으로 전혀 모르는 타인의 삶을 미디어를 통해 매일매일 엿보고 사는 무한미디어 사회에서는, 미디어를 통해 노출되는 유명인들의 일거수일투족에 대한 막연한 관심이 늘어난다. 아이들의 꿈이 '연예인'과 '공무원'으로 극단적으로 이분화되는 한국 사회. 이런 분위기에서 사람들은 경제적인 의미의 '적성'에는 무한한 관심을 보이지만, 자신의 진정한 '재능'을 찾는 데는 상대적으로 무관심한 것이 아닐까. 우리는 그럴수록 미디어의 유혹을 넘어서서, '나 자신의 내부에서 타오르는 불길'이 무엇인지를 스스로 탐구해야 한다.

미디어에서 '대단하다, 멋지다'고 선전하는 직업들을 향해 모든 사람들이 우르르 몰려간다면, 세상은 연예인과 운동선수들로만 가득해질지도 모른다. 인간의 재능은 훨씬 다양할 뿐 아니라, 세상은 더욱 다양한 재능들의 풍요로운 축제를 필요로 한다.

그런 의미에서 우리 시대에 필요한 첫 번째 재능은 우선 '내가 진정 원하는 것이 무엇인가'를 스스로의 힘으로 알아내는 재능이 아닐까. 그러기 위해서는 내가 가장 빛나는 순간은 언제인가를 예리하게 포착해내는, 스스로에 대한 집요한 관찰력이 필요하다. 나는 어떤 순간에 가장 빛나는 존재일까.

그런데 그 '빛남'의 기준은 주변 사람들의 '칭찬'이 아니다. 칭찬은 빛나는 축복일 수도 있지만, 평생 벗어날 수 없는 속박일 수도 있다. '이것을 하면 칭찬받는다'는 정보가 학습되면, 우리의 인체는 좀처럼 '다른 길'을 바라보지 않게 되기 때문이다. 다른 사람들이 뭐라고 해도, 심지어 혹평을 해도, 그럼에도 불구하고 나의 내부에서 스스로 들끓는 열정의 기원을 찾아내야 한다.

재능을 키울 수 있는 또 하나의 방법은 '질투'다. 내가 좋아하는 일을, 나보다 더 잘하는 사람에 대한 질투는 열정을 불사르는 도화선이 될 수 있다. 그런데 재능을 키울 수 있는 가장 일반적인 방법도 '질투'지만, 동시에 재능이 더 뻗어나가지 못하게 만드는 가장 큰 장애물도 '질투'다. 질투가 극한으로 치달으면, 원래의 목적, 즉 '내 꿈을 향한 순수한 집중' 자체가 흐려지고, 질투는 너무도 손쉽게 '증오'로 바뀌어버리기 때문이다. 어떻게 하면 나보다 더 뛰어난 사람을 향한 질투를 넘어설 수 있을까. 질투의 에너지를 지혜롭게 활용하면서, 질투의 유독가스로부터 영혼의 건강을 지켜낼 수 있을까.

재능,
친구와 소통하는 미디어

비엔나의 오래된 카페에서 손님들의 신청곡을 무엇이
든 연주해주는 피아니스트를 만났다. 누구에게나 친근하게 말을 걸고, '무슨 곡을 듣고 싶냐'
고 물어보고는 어떤 곡이든 척척 쳐내는 그의 모습은 정말 멋졌다. 그는 자신의 재능으로 낯
선 사람들의 어색하고 서먹서먹한 마음을 무장 해제하고 있었다. 무표정하게 식사만 하던 손
님들도, 그가 말을 걸면 빙그레 미소 지으며 '이런 곡을 듣고 싶다'고 수줍게 웃는다. 이렇듯
재능이야말로 친구를 만드 는 소중한 무기이자, 친구와 소통하는 멋진 미디어가 아닐까.

질투는 열정의 도화선일 뿐 다이너마이트 자체가 될 수 없다. 나 또한 친구를 향한 질투 때문에 가슴앓이를 한 적이 있었는데, 그때 내가 선택한 방법은 질투의 노선을 버리고 고독의 노선을 택한 것이었다.

질투의 이면에는 자신을 향한 냉정한 시선의 결핍이 숨어 있다. 자신에 대한 확신이 없기 때문에 타인의 삶을 쓸데없이 곁눈질하며 자꾸만 괴로워지는 것이다. 반면에 고독은 자신을 향한 온전한 집중이다. 자신을 향한 무구한 집중을 통해 재능은 새롭게 눈을 뜬다. 때로는 고독을 쟁취하기 위해 의도적으로 고립을 선택해야 할 때도 있다. 그 엄격한 고독 속에서 우리는 비로소 깨닫는다. 내가 어디로 가고 있고, 어디까지 갈 수 있으며, 또 어디까지 가야만 하는지를.

도대체 나는 무엇을 잘하는 것일까, 머리를 쥐어뜯으며 잠을 설치던 밤들. 그 고민을 아무에게도 보여줄 수 없는 일기로 풀어내면서 '이 길이 무엇인지는 잘 모르겠지만, 일단은 글을 쓰면서 살고 싶다'는 생각을 했다. '나는 무엇을 잘하는 것일까'보다도, '내가 무엇을 할 때 가장 행복할까'를 선택했던 그 순간의 선택이 대견스럽다. '번듯한 직장'을 원하셨던 우리 부모님은 나의 비실용적인 진로선택을 못마땅해 하셨지만, 10여 년이 지난 지금은 이런 나를 있는 그대로 인정해주신다.

어수룩하기 이를 데 없었던 나의 20대. 머리카락을 쥐어뜯으며 내 작은 방 안에 누워서, 어슴푸레한 형광등 불빛을 하염없이 바라보며 진로를 결정했던 그날 밤의 두근거림이 아직도 생생하다. 무엇인지는 모르겠지만, 그저 그 길을 따라 끝없이 걸어가고 싶었다. 지금도 어딘가에 도착한 것이 아니라, 그 길이 무엇인지 모르는 채로 그저 마음을 다해 뚜벅뚜벅 걷고 있다. 그런데 신기하게도 이 목적지 없는 여정은 뜻밖에도 아름다운 풍경들을 곳곳에서 내 앞에 펼쳐놓는다. 더 이상 한 발짝도 내디딜 힘이 없을 때조차도, 지친 나를 일으켜 세우는 것은, 내 작지만 소중한 재능에 대한 믿음이다.

재능,
노년을 밝혀주는 등불

　　　　　　　　피렌체의 한 가죽 공방에서 가방을 만드는 장인의 모
습. 할아버지의 섬세하고도 신출귀몰한 손끝이 빚어내는 아름다운 가방들을 보면서, 나는
재능이야말로 노년을 밝혀주는 따스한 등불이 아닐까 하는 생각을 했다. 젊은 시절 잠깐 불
꽃놀이처럼 휘황하게 빛났다가 사라지는 '재주'가 아니라, 살아 있는 한 끝까지 자신의 삶을
불태울 수 있는 '솜씨'야말로 우리 삶을 매너리즘에 빠지지 않게 한다.

멘토

달콤하지만
위험한 중독

…나는 늘 묻고 싶었다, 도대체 어떻게 살아야 할지…

교사의 첫째 임무는 한 시간의 강의가 끝난 다음
학생들이 그들의 노트갈피에 살짝 끼워 벽난로 위에 놓고서
오랫동안 간직할 수 있는 순수하고 진실한 가치의 덩어리를 건네주는 것이다.
―버지니아 울프

어린 시절 나는 선생님이 좋으면 성적이 쑥쑥 올라가고, 선생님이 무서우면 성적이 금세 곤두박질치는 아이였다. 방학만 되면 담임선생님께 가장 열심히 편지를 보내는 아이, 선생님의 칭찬을 들으면 날아갈 듯이 행복했던 아이였다. 내게 선생님은 어린 아이의 한 세계를 지배하는 공인된 독재자였다. 그래서 선생님은 무서울 수는 있어도 결코 무시할 수는 없는 존재였다. 그런데 대학생이 되니 이제 더 이상 '선생님의 매트릭스'란 존재하지 않았다. 뭐든지 알아서 척척 해야 하고, 누군가에게 뭘 묻는다는 것 자체가 두려운 일이 되어버렸다.

하지만 나는 늘 묻고 싶었다. 도대체 어떻게 살아야 할지. 내 운명의 방향타는 무엇인지. 20대가 되자 어린 시절과는 차원이 다른 질문들이 삶의 화두가 되었다. 수강신청을 할 때도 단지 학점 잘 나오는 수업이 아니라 진정으로 내 삶에 커다란 메시지를 주는 수업을 찾아 듣고 싶었고, 형형색색으로 눈과 귀를 유혹하는 대자보와 플래카드들 속에서 어떤 진실을 찾아야 하는지도 알고 싶었다. 그때는 멘토라는 말이 유행하지 않았지만, 내가 찾고 있던 것은 바로 눈을 뜨고도 길을 못 찾는 내게 길잡이가 되어줄 멘토였다.

독서, 누구에게나 평등하게 쏟아지는
멘토의 축복

책 읽는 사람만큼 무조건 아름다워 보이는 피사체는
없다. 남녀노소 누구든, 낯선 곳에서 책을 읽는 사람은 매력적이고 신비로워 보인다. 그것
은 아마도 책 읽기가, 제3자는 결코 틈입할 수 없는, '일대일의 은밀한 만남'이기 때문일 것
이다. 저자와 독자 간의 아주 은밀하고도 배타적인 일대일 미팅. 그것이야말로 독서가 주는
피할 수 없는 매혹이다. 사진 속의 그녀는 지금 저 책을 통해 어떤 목소리를 듣고 있을까. 그
녀에게만 쏟아지고 있는 달콤한 축복의 메시지를, 우리는 결코 들을 수 없다. 그 틈입 불가
능성이 그녀를 신비롭게 만든다. 책 속에는 언제나 그렇게 다정한 멘토가 있다. 간절히 들
으려는 자라면 누구에게나, 온몸을 활짝 열어 오랫동안 갈고 닦은 아름다운 메시지를 토해
내는.

더 이상 '담임선생님의 매트릭스' 안에 속할 수 없는 20대가 되자, 그 정신의 공백을 메워주는 것은 바로 '멘토를 향한 갈망'이었다. 선생님이 학교라는 제도 안의 슈퍼에고superego였다면, 멘토는 학교 밖에서 성인이 된 이후 마음속의 슈퍼에고가 되었다. 특정한 사람에게서 멘토를 찾을 수 없었기에 나는 끊임없이 책 속에서 멘토를 찾았다. 내가 20대 때 가장 좋아했던 책의 종류가 자서전이나 회고록이었던 이유를 나는 30대가 되어서야 알았다. 나는 책 속에서 정보나 지식을 찾기보다는 책 속에서 '사람'의 온기를 찾고 있었던 것이다.

그런데 그 사람이란 성공의 아이콘이 아니라, 몸으로 부딪쳐야만 알 수 있는 삶, 그 자체의 아이콘이었다. 그 사람이 얼마나 위대한가라는 기준보다는 그 사람이 얼마나 자신의 문제에 온몸으로 맞섰는가가 중요했다.

멘토 담론에서 유행하는 '성공'이나 '자기계발'이라는 키워드는 왠지 불편했다. 성공이나 자기계발을 위한 멘토 찾기는 왠지 주체의 불안을 가중시키는, 아슬아슬한 덫 같았다. 그것은 영원히 닿을 수 없는 오아시스처럼, 찾으면 찾을수록 갈증을 느끼게 할 것 같았다.

나는 '성공'이라는 달콤한 약속에는 현혹되고 싶지 않았다. 자기계발서는 성공하지 못했을 때나, 또는 성공이냐 실패냐가 진짜 문제가 아닐 때는 아무런 도움이 되지 못할 것 같았다. 20대의 나는 카네기보다 시몬 베유가 좋고, 힐러리보다 로자 룩셈부르크가 좋았다. 그건 지금도 변함없다. 누군가의 왁자지껄한 성공보다는 누군가의 소리 없는 절실함이 굳게 닫힌 마음을 끝내 움직이기 때문이다.

늘 책 속에서만 멘토를 찾을 수 있었던 나에게, 대학을 졸업할 때즈음 정말 강력한 멘토가 나타났다. 그 분은 나에게 결핍된 모든 것을 가진 사람처럼 보였다. 어떤 순간에도 자신감이 넘치고, 위압적인 카리스마가 느껴지면서도 진솔한 유머가 가득한 분이었다.

그때 나는 '이 분이야말로 나의 영원한 멘토다'라고 느낄 만큼, 그에게 빠져 있었다. 그의 문체, 그의 정신세계 모두를 배우고 싶은 내마음은 지나치게 간절해서 그만큼 위험한 것이었다. 나는 누군가를 따르고 배우고 싶은 열정이 그토록 위험한 감정이라는 것을 그때는 알지 못했다.

그분과의 인연은 짧았지만 지독했다. 4년 동안 우리는 거의 매일만났지만, 그 후로는 한 번도 뵐 수가 없었다. 멘토를 향한 나의 열정과 제자를 향한 가르침의 열정은 서로를 향한 지나친 집착을 낳았고, 서로 간에 크고 작은 오해들이 쌓이기 시작하자 걷잡을 수 없는 감정의 폭풍이 몰아치게 된 것이었다.

그때 나는 나의 진짜 문제점을 어렴풋이 알게 되었다. 나는 내 영혼의 궁핍을 멘토의 대단함으로 채우려 하고 있었던 것이다. 이제는 멘토의 유혹에 빠지고 싶을 때마다 스스로를 다독인다. 내 삶의 근원적인 결핍을 멘토의 훌륭함을 통해 해소하려 해서는 안 된다고. 인생에서 정말 커다란 장벽은 오직 나 혼자 넘어야 할 때가 있다고.

때로는 훌륭한 스승을 향한 지나친 갈망이 진정한 배움을 가로막는 장애물이 될 수도 있음을, 그때 나는 알지 못했다. 스승을 '한 사람의 구체적인 인격체'에서 찾으려는 시도는, 손쉽게 관계를 경직시킬 수밖에 없다는 것을, 나는 알지 못했다. 아무리 훌륭한 사람이라도 오직 그 사람만을 절대적인 멘토로 삼는다면, 그 관계는 지배와 통제로 굳어질 수밖에 없다. 그건 가르침을 주는 자만이 아니라, 가르침을 받으려는 자 스스로도 관계를 그렇게 만드는 것이다.

그때 나는 정말, 한 마디로 눈치가 없었다. 배우는 건 다 좋은 건 줄로만 알았다. 나에게는 스스로를 바라보는 냉정한 시선이 결핍되어 있었다. 나에게 어울리지 않는 것을 배웠을 때, 몸에 맞지 않는 커다란 옷을 걸친 어린 아이처럼 우스꽝스러워 보인다는 것을. 나는 몰랐다. 내가 누군가를 따르고 배우고 본받으려 하는 순수한 의지가 왜 나쁜 것인지. 때로는 가장 아름다운 만남이 가장 끔찍한 만남으로 치달을 수 있다는 것도. 누군가의 훌륭한 멘티가 되고자 하는 내 마음 속에는 그 분께 잘 보이고 싶은 욕망, 다른 사람보다 돋보이고 싶어하는 열망이 깔려 있었던 것이다.

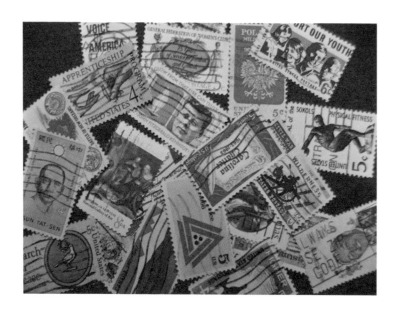

역사, 무궁무진한 멘토의
보물창고

　　　　　　　　　　　　나는 가끔 여행지에서 우표를 산다. 우표 하나하나를
물끄러미 들여다보면 그 시대의 핫이슈였던 사람, 사건, 공간의 이미지가 눈앞에서 커다랗
게 펼쳐진다. 그 순간 손톱만 한 우표 화면은 갑자기 거대한 극장의 스크린처럼, 마음의 극
장에서 커다랗게 확대된다. 손톱만 한 우표에 그토록 많은 이야기가 담겨 있을 줄이야. 매
번 감탄하면서, 우표를 만들어서라도 꼭 기념해야 했던 그때 그 시절의 빛나는 사건과 인물
들을 되돌아본다. 이렇게 작은 우표에도 이토록 많은 메시지가 담겨 있구나, 이런 생각을
하면, 주변에 멘토 아닌 것을 찾아보기가 더 어려울 정도다. 사물들은 우리에게 끊임없이
말을 건다. 다만 우리가 너무 많은 미디어의 목소리들에 사로잡혀, 그 간질한 메시지를 듣
지 못할 뿐이다. 미디어의 볼륨을 조금만 낮추고, 우리가 마주치는 진짜 사물들, 진짜 이야
기들에 귀를 기울여보자. 아마 우리가 마주치는 모든 사물들이 전하는 그 놀라운 이야기들
이 여러분의 가슴속에서 살아 있는 멘토의 메시지처럼 꿈틀거리기 시작할 것이다.

···멘토로부터의 해방이
곧 진정한 멘토의 발견···

매번 상처를 주고받으면서도 기어코 '멘토 찾아 삼만 리'를 멈추지 못하던 나. 그런 나의 마음속에서 어느 날 '이제 그만'이라는 메시지가 들려오던 때가 있었다. 감정을 억제하는 유전자가 심하게 결핍된 나는, 어떤 순간에는 상처 자체를 은밀하게 즐길 정도로 파국을 향해 달려가는 스스로를 멈추지 못하는 경우가 있었다. 시간적 여유가 생기고, 그에 따라 마음의 여백도 생기는 순간이 되어서야, 그 파국의 질주는 간신히 멈추곤 했다. 이제 막 명실상부한 30대로 접어드는 순간이었다. 평소에는 잘 깨닫지 못하던 내면의 목소리가 들려온 것이었다.

내 안의 나는 속삭이기 시작했다. 더 이상 바깥에서 멘토를 찾지 말라고. 특히 사람에게서 멘토를 찾으려들지 말라고. 이제 더 이상 한 사람에게서 멘토를 찾고 그 사람에게 실망하는 반복적인 패턴을 집어치우라고. 사람은 너 자신처럼 변하고, 상처입고, 스스로가 멘토가 되는 것에 부담을 느낀다고. 대신 마주치는 모든 것에서 멘토를 찾으라고. 한 명의 특별한 사람이 아니라, 네가 마주치고, 무시하고, 때로는 경멸하는 것들에게서조차 무언가 가르침을 찾을 수 있다고. 사람이 아닌 사물들에게서도 배우려하고, 설사 무언가 대단한 걸 배우더라도 그것을 모든 곳에 제멋대로 적용하려 하지 말라고.

자기계발서 중독이라는 것이 있다고 한다. 자기계발서를 읽으면 왠지 뿌듯하기에, 내 인생의 발단-전개-위기-절정-결말이 책 한 권 속에서 급속도로 현란하게 펼쳐지는 듯한 환상 때문에, 매번 똑같은 이야기의 반복인 줄 알면서도 자기계발서에 중독될 수 있다는 것이다.

마치 게임에 중독되듯, '조용하고 따분한 진짜 삶'보다도 '자기계발서 속의 화려한 성공 스토리'에 매혹된다는 자기계발서 중독. 나는 이 중독에 매우 크게 공감(!)했다. 나에게는 매우 친숙한 중독의 패턴이었기 때문이다. 나 또한 비슷한 중독을 경험한 적이 있다. 게임도, 영화도, 미드도, 살아 있는 사람까지도, 모두 이런 중독의 대상이 될 수 있다. 예컨대 책은 물론 소중한 멘토다. 하지만 그 속에서 얻는 만족을 삶 자체의 만족으로 대체하려 한다면, 어떤 훌륭한 책도 이 자기계발서 중독과 비슷하게 치명적인 맹독이 될 수 있다.

멘토는 물론 소중하다. 하지만 멘토 속에서 나를 찾으려는 집착은 멘토에게도, 멘티에게도, 끔찍한 트라우마가 될 수 있다. 멘토를 향한 욕망은 때로는 자신의 존재를 인정받고 싶은 욕망의 다른 표현이다. 인정받고 싶은 욕망, 칭찬받고 싶은 욕망에는 치료약이 없다. 아무리 칭찬을 받아도, 아무리 인정을 받아도, 이 칭찬 갈증은 치유되지 않기 때문이다. 다만 스스로 깨달아야 한다. 타인의 칭찬과 인정 속에서 나를 찾을 수는 없다는 것을. 아무리 위대한 사람의 인정을 받아도, 내 존재가 그의 칭찬으로 인해 뒤바뀌지는 않는다는 것을. 내 존재의 진정한 가치를 결정하는 자는 나 자신이라는 것을. 때로는 멘토로부터의 해방이 진정한 멘토의 발견이라는 것을.

누구에게든 묻고 싶다,
내 운명은 무엇이냐고!

현실 속에서 멘토를 찾아 헤매다가 결국 찾지 못하면,
우리는 사주나 타로는 물론 점집까지 찾게 된다. 그러나 점집에서 우리는 '알고 싶은 사실'
보다 '듣고 싶은 사실'을 듣는 데 만족하곤 한다. 그리고 듣고 싶은 내용을 듣지 못했을 때는,
듣기 싫은 내용을 있는 힘껏 열심히 한 귀로 듣고 한 귀로 흘리는 데 열중해보기도 한다. 나
또한 사주나 별자리점을 보러 간 적이 있었다. 누구에게도 물어볼 수가 없어서였다. 도대
체 내 운명이 무엇인지, 내가 잘하는 것이 무엇인지. 하지만 돌아서서 나올 때마다 후회하
게 된다. 내가 찾는 운명은 그곳에 있지 않기에. 우리가 찾는 운명은 사주단자에도, 타로점
에도, 별자리점에도 없다. 지혜는 운명의 여신에게 다음 행선지를 묻는 약삭빠름이 아니다.
운명의 여신은, 운명인지 아닌지도 알지 못한 채 자신이 가장 사랑하는 바로 그것을 운명으
로 만드는 인간의 열정에 마침내 손을 들어주는 것이 아닐까.

최고의 멘토,
시간

우리가 열심히 무언가를 찾으려고 노력한다면, 시간
이야말로 최고의 멘토가 될 수 있다. 그때는 몰랐던 나에게 지금의 내가 이야기해줄 수 있는
것들이 있다. 지금 절대로 알 수 없는 것도 미래의 내가 이야기해줄 수 있을 것이다. 시간 속
에서 변해가는 나를 냉정히 바라보는 나 자신이야말로, 누구보다 절실한 나 자신의 멘토가
될 수 있다. 가르침은 가르치려는 자의 의지보다는 배우려는 자의 절실함 속에서 비로소 실
현되는 것이기에.

행복

왜 원하는 걸 가져도
행복하지 않을까

…행복의 지름길은 행복해야 한다는
강박에 빠지지 않는 것…

행복으로 치료하지 못하는 병을 고칠 수 있는 약은 세상에 없습니다.

―가브리엘 마르케스 『사랑과 다른 악마』 중에서

어린 시절의 나는 행복이 곧 성취라 믿었다. 무언가 원하는 것을 쟁취하는 것. 그것이 행복의 지름길이라고 생각했던 것이다. 가고 싶은 대학에 가고, 갖고 싶은 물건을 가지고, 벌고 싶은 돈을 벌고. 이런 욕망들이 성취되는 과정이 곧 행복이라 믿었다.

하지만 문제는 그렇게 간단하지 않았다. 무언가를 쟁취하는 것도 어렵지만, 쟁취한 다음에 찾아오는 감정은 결코 행복만은 아니었다. 즉 성취감은 곧 행복이 아니었다. 오랫동안 원하는 것을 쟁취해냈을 때도, 성취감은 아주 잠깐이었고, 오히려 허탈함과 허무감이 엄습할 때가 많았다. 왜 원하는 걸 가졌는데도, 행복하지 않을까.

나는 행복할 때는 정작 그것이 행복인지 모를 때가 많았고, 불행할 때는 고통의 구렁텅이에 빠져 있느라 불행의 원인을 제대로 파악하지 못할 때가 많았다. 그런데 '아, 행복이란 성취가 아니구나'라는 것을 깨닫고 난 뒤에 돌이켜보니, 나는 내가 생각해온 것보다 훨씬 행복한 사람이라는 것을 알게 되었다.

예컨대 어린 시절 그렇게도 갖고 싶었던 피아노를 갖게 되었을 때. 그 피아노만 가지면 정말 행복할 거라고 믿었었다. 석 달 내내 '피아노, 피아노' 노래를 부르다가, 아빠의 한 달 월급을 훌쩍 뛰어넘는 값비싼 피아노가 우리 집에 도착했을 때. 난 정말 뛸 듯이 기뻤다. 딸이 그토록 갖고 싶어하는 피아노가 부모님께 그렇게 큰 부담을 드린다는 것을 몰랐던, 일곱 살 때의 일이었다.

그런데 돌이켜보니, 피아노 때문에 행복했던 것은 피아노를 '샀기 때문'이 아니었다. 얼큰하게 술에 취한 아빠가 잠든 딸을 깨워 김수희의 노래를 쳐달라고 아기처럼 떼를 쓰셨던 기억. 초등학생이었던 내가 졸린 눈을 비비며 비몽사몽 중에도 열심히 아빠의 노래에 반주를 해드렸던 기억. 그땐 신기하게도 아빠의 술 냄새도, 내 볼에 닿는 까끌까끌한 수염의 감촉마저도, 그저 좋았다. 우리 아빠가 나 때문에 행복하시구나. 그 느낌이 너무도 강렬했기 때문이다.

사랑하는 여동생의 결혼식에 내가 결혼행진곡을 연주해주며, 다행히도 피아노가 내 얼굴을 가려준 덕분에 흘러나오는 눈물을 감출 수 있었던 기억도 새롭다. 그런 기억 속에서 나는 '행복한 사람'이었다. 피아노를 '가졌기 때문'이 아니라, 그 피아노를 통해 사람들을 기쁘게 해줄 수 있다는 것. 그것이 행복의 원천이었던 것이다.

우리 집안의 첫 아기 현서가 태어난 후, 나는 우울할 때마다 조카 현서의 사진을 꺼내 보는 버릇이 생겼다. 그러면 신기하게도, 마법이라도 걸린 듯 금세 기분이 좋아진다. 현서가 세 살 때 우리가 나눴던 은밀한 대화를 나는 영원히 잊지 못할 것이다. 내가 '까까'를 사주니까 세상을 다 가진 듯이 활짝 웃는 현서를 보면서, 나는 나도 모르게 이런 문장을 내뱉었다. "현서야, 이모는 행복해." 그랬더니 마치 파블로프의 조건반사처럼, 이제 24개월도 안 된 그 아기가 나를 뚫어지게 바라보면서 이렇게 말하는 것이었다. "현서도 행복해."

나는 그 순간 아찔한 현기증을 느꼈다. 그 순간 온갖 시름을 잊었고, 이내 가슴이 먹먹해졌다. 행복이란 이런 거구나. 주변의 모든 존재를 잊게 만드는 것. 아무리 힘든 일이 있어도, 그 고통을 그 순간에는 완전히 잊게 만드는 것. 무엇을 '성취'해서가 아니라, 어떤 감각을 '소통'해야만 얻을 수 있는 영혼의 온기. 그것이 행복이었다. 세 살짜리 아기 현서는 그 순간 나의 행복을 완전히 이해했다. 세 살 조카와 서른넷의 이모는 그 순간 '완전한 소통'을 경험한 것이다.

성취감은 짜릿한 승리감을 주기는 하지만 그 승리 자체가 행복은 아니다. 행복은 좀 더 지속적인 상호교감의 가능성에서 우러나온다. 행복한 일이 따로 있는 것이 아니라, 행복을 느낄 줄 아는 마음의 여유가 행복을 만든다. 행복할 때 행복의 마지막 한 올까지 한껏 느낄 줄 아는 여유가 필요하고, 불행할 때 그 감정에 지나치게 빠지기보다 냉철하게 그 불행의 원인을 성찰하는 것이 필요하다.

그리고 '행복해야 한다'는 강박에 빠지지 않는 것이 행복의 지름길이다. 불행에 빠진 사람에게는 세상 모든 사람들이 행복해 보이기 마련이다. 때로는 불행하고 때로는 행복함을 인정하면서 그 당연한 변화를 즐기고 받아들일 줄 아는 여유야말로 행복 자체보다 더 중요한 것이다.

아기,
행복의 메신저

군이 이유를 설명할 필요가 없는 행복이 있다. 아기의 미소가 바로 그렇다. 아기는 어른들이 잘 이해할 수 없는 이유로 아무 데서나 까르르 웃는다. 그냥 다른 사람이 웃는 것만 봐도 그것보다 훨씬 크게, 그것보다 훨씬 화사하게, 깔깔 웃는다.

···우리를 불행하게 하는
세 가지 요소···

우리가 일생에 한 번이라도 진지한 이야기를 나눈 타인은 몇 명이나 될까. 딱 한 번 만난 사람인데도 그 한 번의 만남이 인상적인 사람도 있고, 여러 번 만났지만 좀처럼 친밀감을 느끼기 어려운 사람들도 있다. 그리고 어느 날 휴대폰 전화번호 리스트에 오른 사람들의 숫자가 수백 명에 이른다는 사실을 깨닫고 소스라친다. 이 모든 사람들의 이름과 얼굴을 기억하는데, 내가 '잘 안다'고 느끼는 사람들은 몇 명이나 될까.

하지만 내가 '지인'이라고 말할 수 있는 사람들의 면모를 하나하나 되짚어보면, 의외로 많은 사람들의 고민을 함께 나눈 적이 있음에 놀라곤 한다. 내가 만난 수많은 사람들의 가장 큰 고민 중 하나는 바로 가족, 혹은 연인과의 불화였다. 가장 가까운 사람의 진정한 소통이 어려워질 때, 사람들은 쓰라린 좌절감을 느낀다. 그리고 바로 그럴 때 우리는 '불행하다'고 느낀다. 돌이켜보면 나 또한 수많은 고민의 미로들을 거쳐 왔지만 늘 가장 아팠던 것은 '가까운 사람'과의 소통 불능이었다. 내가 가장 행복하게 해주고 싶은 사람이 나를 가장 불행하게 만들 때, 우리는 깊은 슬픔을 느낀다.

평범한 사물들이 빚어내는
행복의 오케스트라

어느 날 길을 걷다가 발견한 사소한 사물이 커다란 행
복을 느끼게 해줄 때가 있다. 카메라를 가지고 다니며 '아주 대단하고 멋진 장면을 찍어야지'
마음을 먹고 있다가, 하루는 저렇게 빨랫줄에 걸린 빨래를 발견하고 문득 걸음을 멈춘 적이
있다. 평범한 사물들이 이토록 애틋한 느낌을 자아낼 줄이야. 문득 평범하고 사소한 것들을
보면 눈물겨울 때가 있다. 아름답고 대단한 것들만 찾아다니다가, 평범한 사물들에게서 뜻
하지 않은 감동을 받을 때다. 저렇게 단정하게 빨래를 널어놓은 집주인은 어떤 사람일까,
궁금하기도 하고, '아, 남들도 나와 비슷한 빨랫감을 널어놓고 사는구나' 하며 신기해하기도
한다. 그럴 때 느끼는 감정은 내가 이미 누리고 있는 이 삶에 대한 가없는 감사다. 그것이야
말로 행복의 제1조건이 아닐까.

우리를 불행하게 하는 가장 결정적인 요소들은 무엇일까. 나는 그 세 가지 요소가 비교, 소외, 그리고 의존이라고 생각한다. 끊임없이 나와 남을 비교하는 습관 속에서 우리는 자신의 결핍을 확인한다. 그리고 나는 '저 곳에 속할 수 없다'는 자기 판단 때문에 소외감을 느낀다.

나아가 내 인생의 행복과 불행을 다른 사람의 탓으로 돌리는 오래된 습관 때문에 우리는 진정으로 독립된 개인이 되지 못한다. 알면서도 그런 실수를 반복한다. 이 모든 불행의 중심에는 '다른 사람이 나를 어떻게 볼까' 하는 '시선'의 문제가 개입되어 있다.

우리는 끊임없이 '나를 바라보는 남의 시선'을 의식하지만, 우리가 정말 행복을 느끼는 순간은 '내가 남을 바라보는 시선', 그리고 '내가 나를 바라보는 시선' 속에서다. '남이 나를 어떻게 볼까' 걱정하는 것은 상상된 시선이지 진짜 시선은 아닌 경우가 많다. 대부분 '저 사람이 날 이렇게 생각하겠지'라는 짐작은 오해나 갈등을 불러 일으킬 소지가 많다. 우리는 궁극적으로 남이 나를 어떻게 생각하는지를 속속들이 알 수 없다. 그러므로 타인의 시선을 걱정하며 하고 싶은 일을 마음대로 못한다면, 인생을 영원히 무력한 수동태로 만들어버리는 것이다.

그런데 내가 남을 바라보는 시선은 다르다. 내 마음을 꺼내서 보여줄 수는 없지만, 내가 누군가를 사랑스럽게, 존경스럽게, 친밀하게 바라보는 순간, 나는 '완전한 능동태'의 행복을 느낀다. 마음을 다해 사랑하면, 나의 시선을 군이 보상받기를 원하지 않게 된다. 행복은 바로 이 순간 태어나는 것이 아닐까. 네가 얼마나 날 사랑하는

지, 네가 날 얼마나 높이 평가하는지, 그런 것들은 아무 상관이 없다. 지금 내 가장 따뜻한 시선이 가닿는 곳에, 네가 있다는 것. 그것만이 중요하다. 그것만이 내가 지금 이 순간 움켜쥘 수 있는 행복의 가녀린 옷자락이다.

행복은 설명하거나 계산될 수 있는 것들보다는 오히려 설명할 필요가 없는 것, 계산 자체가 되지 않는 것들 속에서 피어난다. 우리가 '비교'만 하지 않아도, 우리의 행복은 수천 배로 부풀 것이다. 우리가 '계산'만 하지 않아도, 우리의 행복은 세상 전체를 뒤덮고도 남을 것이다. 우리가 '변명'만 하지 않아도, 우리의 불행은 결코 우리를 구속하지 못할 것이다.

나는 요새 '정말 불가피한 계산'이 얼마나 되는지 따져보곤 한다. 내 주변을 바꾸지 않은 채, 나 자신을 바꿈으로써 최대한 행복해지기 위한 몸부림이다. 그럴 때마다 내가 그토록 집착하던 관계들이, 물질들이, 상황들이, 얼마나 나의 의도와 계산에서 멀찌감치 떨어져 있는지를 아프게 확인하게 된다. 우리는 정말 불행해서가 아니라, 남이 나보다 더 행복한 것이 아닐까 하고 질투하는 마음 때문에 눈앞의 행복조차 놓쳐버리곤 한다.

시간이 지나면 저절로 알게 될 것이다. 내가 진정으로 눈앞의 사소한 행복에 만족할 줄 알게 되면, 남의 행복이 부럽기보다는 남의 불행에 진심으로 아파하는 마음이 더 커진다. 이 사소한 행복이 얼마나 소중한지를 진정 깨닫는다면, 타인의 행복을 질투할 여력이 없다.

음악이 우리를
바라보는 순간

나는 길을 가다가 음악 소리가 들리면 바쁜 발걸음을
멈춘 채 넋을 잃고 귀를 기울일 때가 많다. 그 순간 모든 근심과 걱정을 잊는다. 아름다운 음
악 소리로 하루를 시작하면, 하루를 즐겁게 버틸 수 있는 영혼의 에너지를 가득 충전한 것만
같다. 음악은 이유 없이 우리를 행복하게 만든다. 음악은 설명할 수 없는 신비한 힘으로 공
간의 분위기를 바꾼다. 사람만이 행복의 원인이 되는 것은 아니다. 뜻밖의 시공간에서 우리
를 기쁘게 만드는 사소한 것들. 그 모든 것들이 행복의 기원이다.

당신이 가장 많이 바라보는 사람은
누구입니까

　　　　　　　　내가 남을 어떻게 바라보고 있는지, 그 순간 내 시선
이 자아내는 느낌을 나는 잘 알지 못한다. 우리가 평생 실시간으로 목격할 수 없는 장면이
바로 '다른 사람을 바라보는 나 자신의 표정'이다. 거울을 들이대는 순간, 우리는 타인이 아
닌 거울 속의 나를 보게 되어 있다. 그래서 나는 다른 사람들이 또 다른 사람들을 바라보는
시선을 제3자가 되어 바라보는 것을 좋아한다. 사람들은 타인을 바라보는 따스한 시선 속에
서 가장 행복한 표정이 되고, 다른 사람이 나를 어떻게 생각할까 걱정하는 '마음의 시선' 속
에서 가장 위태로운 표정이 된다.

오히려 내 행복을 어떻게 하면 더 많이 '공유'할 수 있을지를 고민하게 된다. 행복할 수 있는 능력, 그것은 스펙의 확장이 아니라 감성의 확장이다.

그러니 '난 아직 행복할 준비가 되지 않았다'는 자기학대는 던져버리자. '행복은 나에게 어울리지 않는 것 같아'라는 피해망상도 찢어버리자. '저 사람의 행복이 날 불행하게 만든다'는 자기기만도 떨쳐버리자. 우리는 우선 우리 자신의 영혼과 진정으로 만나야 한다. 스스로와 열렬히 연애하는 법을 아는 사람들은 불행조차도 영혼의 친구로 만들 줄 안다.

장소

나를 가장 나답게 만드는
공간을 찾아서

⋯나이 듦의 기쁨이란
추억의 장소가 늘어나는 것⋯

사람들은 20대 후반이 되면 나이 든다는 것에 대한 극도의 공포에
시달리기 시작한다. 20대 초반에는 '빨리 시간이 가버렸으면 좋겠
다'는 순간이 많지만, 20대 후반이 가까워질수록 우리는 '아, 해놓은
것도 없는데 시간만 가는구나' 하는 생각에 괴로워한다.

　하지만 나이가 든다는 것, 20대와 '매일 이별하며 사는 것'에도 좋
은 점은 있다. 바로 추억의 장소가 늘어나는 것이다. 누군가 '나이
든다'는 것이 무엇이냐고 묻는다면 난 그렇게 대답하고 싶다. 나이
든다는 것은 기억할 만한 장소가 늘어나는 것이라고. 나이 든다는
것은 '나만의 이야기'가 담긴 장소가 하나 둘 늘어가는 것이라고.

　20대의 나에게 애틋했던 장소 중 하나는 '백마'였다. 지하철 신촌
역이 아닌 기차역 신촌역에서 출발하는 경의선 열차를 타고 천천히
가다 보면 화전, 행주, 능곡, 곡산을 지나 백마라는 곳에 닿았다. 길
을 걷고, 밥을 먹고, 카페에서 차를 마시고. 그런 평범한 행동들조차
백마에서는 왠지 특별해졌다.

　지금은 새로 생긴 쇼핑센터에 가려 예전의 모습을 잃어버렸지만,
신촌역의 소박하고 아담한 매력에서부터 그 짧은 여행의 매력은 시

작되었다. 앙증맞은 마분지에 인쇄된 조그마한 기차표부터가 가슴을 설레게 했다. 기차역도 작고, 기차도 작고, 지나가는 모든 역들이 다 앙증맞고 소박했다. 하루는 경의선 기차 한 대를 내 친구 Y와 둘이서만 탄 적도 있다. 백마로 가던 도중 차장님이 직접 우리에게 오셔서 이렇게 말씀해주셨다.

"오늘 두 숙녀분이 이 기차를 몽땅 전세 내셨네요?"

우리는 깜짝 놀라서 한 번 더 물어보았다.

"정말 우리뿐인가요? 다른 칸에도 아무도 없어요?"

"예, 맞습니다. 오늘따라 손님이 없네요. 가시는 곳까지 안전하게 모셔다 드리겠습니다."

우리는 마치 은하철도 999에 공짜로 탑승한 기분으로 신나게 수다를 떨며 백마역으로 갔다. 이 드넓은 기차에 우리밖에 없다니. 바깥세상은 별들로 가득한 광활한 우주처럼 느껴지고 우리가 탄 기차는 하늘을 나는 것처럼 가볍게 느껴졌다. 창밖으로 지나치는 풍경들, 아스라이 멀어지는 사람들의 실루엣, 푸르른 나무들과 그보다 더 푸르른 하늘. 그 모든 것들이 '오늘 한 번뿐'인 것 같아 가슴이 먹먹해졌다. 백마 '화사랑'이라는 카페에서 친구와 나눈 그 모든 수다들이 아직도 마음 깊이 남아 있다.

돌이켜보면 '20대라서 더욱 의미 있는 공간들'이 참 많았다. 공식적으로 첫 외박이 허락되는 스무 살의 첫 MT. 그저 평범한 MT장소였지만, 대성리도 북한산도 왜 그리 좋았던지. 친구들과 밤새도록 수다 떨고 술을 마시던 그 평범한 MT들이, 오랜 시간이 지나면 다시는 되돌아갈 수 없는 아름다운 추억으로 돌변한다. 평생 책상물림으로 살아왔던 내가 처음으로 경험한 농활은 어찌나 힘들었던지. 나약한 나 자신이 부끄럽기만 했다. 하지만 시간이 지나고 나면, 농활 때 만났던 그 고장의 그 청년들, 그 소녀들, 그 할머니들이 내게 얼마나 많은 것을 가르쳐주었는지를 뒤늦게 깨닫게 된다. 남자친구도 아닌 '그냥 친구'가 군대 가는 날, 후배와 함께 무작정 따라갔던 논산훈련소는 어찌나 어색하고 을씨년스럽던지.

20대 시절에는 '내 일이 아닌 것 같은데, 왠지 남 일 같지 않아서' 참여하게 되는 장소가 많았다. 그만큼 순진했고, '내 일'과 '남 일'을 굳이 분리하는 법을 몰랐기에 더욱 가슴이 따뜻해지던 시간이었다.

20대 시절, 나만의 추억이 담긴 장소의 가장 큰 매력은 그 충동성과 의외성이다. 엄청난 계획 따위는 없이, 그냥 훌쩍 떠나는 일에 두려움을 느끼지 않는 시절. '뒷일'에 대한 두려움이나 '실수에 대한 책임감'을 별로 느끼지 않은 채, '그냥 한번 가보는 거야'라고 생각하고 방문했던 대부분의 장소들은 예상보다 훨씬 좋았다.

내 친구 Y와 떠났던 대부분의 장소들이 그랬다. 우린 그때 돈도 없고, 계획도 없고, 대책도 없었지만, 그냥 한번 불쑥 가보는 곳이 많았다. 청평사도 그랬고, 선운사도 그랬고, 백마도 그랬다. 그 모든 의외의 장소들, 충동적인 결정의 장소들은 그 후로도 오랫동안 아련한 기억의 여운을 남겼다. 추억의 피맛골이 사라지기 이전, 금방이라도 허물어질 것 같은 낡은 선술집에서 먹었던 그 고소한 '고갈비'와 걸쭉한 막걸리의 맛은 지금도 잊을 수가 없다.

바다,
장소를 넘어선 장소

바다는 특정한 장소라기보다는 무한히 열려 있는 가능성의 공간이다.
문득 밑도 끝도 없이 그런 생각이 들 때가 있다.
'바다가 보고 싶다.'
그럴 땐 '특정한 장소의 바다'라기 보다는 '그냥, 바다라면 다 좋다'는 생각에 가슴 설렌다.
바다가 내게 선물하는 장소감은 이런 것이다.
어떤 장소이긴 하지만 어떤 장소도 아닌 느낌.
어떤 장소에도 구속되지 않는, 장소 자체로부터 벗어난 느낌.
여기에 있지만 여기가 아닌 곳 같은 느낌.
여기에 서서 다른 곳을 꿈꿀 수 있는 무한한 자유.
바다는 끊임없이 그런 사유의 여백을 선물해준다.
유한한 공간에 속한 인간이, 무한한 공간을 상상하게 해주는 곳.
'그 무엇'을 상상해서가 아니라, '그 무엇도 아닌 것'을 상상하게 만들어주는 공간.

꼭 일상과 멀리 떨어진 공간이 아니더라도, 나만의 이야기가 담긴 장소들은 어디에나 있다. 얼마 전 오랜만에 모교에 갔다가, 학부 시절에 늘 친구들과 빈둥거렸던 '나무 벤치'를 발견하고 괜스레 가슴이 찡했던 적이 있다. 학생들이 공강 시간이나 수업이 끝날 때마다 빨래처럼 널브러져 쉬는 곳이라고 해서, '빨랫줄'이라고 불리던 그 벤치는 아직 그대로였다. 모든 게 변했는데, 그래도 너는 아직 남아주었구나. 휘황찬란한 건물들이 많이 생겨 과연 '이곳이 내가 다니던 학교가 맞나' 싶을 정도로 변해버린 것이 많지만, 그 낡은 벤치만은 아직 그대로 나를 반겨주고 있었다.

그런 공간은 수많은 이야기를, 이미지를, 느낌을 간직하고 있다. 그런 공간들은 시간의 잔인한 불가역성을 잠시나마 잊게 해준다. 20대들은 모른다. 20대를 이미 지나온 세대들이, 그들을 얼마나 부러워하고 있는지. 그대들이 머물고 있는 바로 그 '시간'이야말로, 아무런 책임감도 부담감도 없이 무언가에 '미칠 수 있는' 마지막 시간이라는 것을.

아낌없이 주는
나무

　　　　　　　　　　나무들은 모두 저마다 선천적으로 '베풂'의 기질을 지
니고 있다. 나무는 단지 그늘이 되고, 가구가 되고, 펄프가 되어서가 아니라, 그저 그렇게 서
있는 것만으로도 위안을 준다. 『나의 라임 오렌지나무』나 『아낌없이 주는 나무』의 주인공으
로 등장하는 나무들뿐 아니라, 모든 나무들은 그런 '베풂'의 기적을 품어 안고 있다. 평범해
보이는 저 나무 한 그루도, 하루 종일 저 나무를 친구로 삼아 노는 아이들에게는 '특별한 장
소'가 된다. 나무조차도 그저 '바라보는 대상'이 아니라 '머물 수 있는 장소'가 될 수 있다.

···슬픔과 고독을 저장하는
장소의 힘···

달콤한 추억을 가진 공간만이 소중한 것은 아니다. 그 공간이 품고
있는 고유의 슬픔 때문에 그곳을 사랑하는 경우도 많다. 슬픔이 그
공간을 더욱 아련한 노스탤지어의 장소로 바꾸어준다. 슬픔은 노스
탤지어를 강화한다. 슬픔은 그리움을 단련시키는 힘이 있다. 그렇게
'내성'이 생긴 슬픔은 시간이 지나면 오히려 잔잔한 미소의 기원이
되기도 한다.

　내게 그런 공간 중 하나는 대학로에 있는 '학림다방'이다. 갓 스무
살 때 나는 학림다방에서 누군가를 만났고, 그 사람을 오랫동안 정
처 없이 그리워하게 될 것이란 걸 알았다. 누군가에게 사랑을 느끼
는 순간, 그 사람과는 결코 이어지지 않을 것 같은 불길한 예감을 동
시에 받았던 것이다. 그리고 그 불길한 예감은 현실이 되었다.
　하지만 시간이 지나고 나면 그런 아픔은 눈 녹듯 사라지고, 그 공
간을 향한 자잘한 기억들만으로도 더없는 행복을 느끼게 된다. 향기
로운 커피를 마시고 견고한 클래식 음악을 듣는 단순한 행동만으로,
처음으로 '이제야 어른이 되었다'는 느낌을 가지게 만들어준 공간이
바로 학림다방이었다.

예술과 지성의 놀이터,
카페 플로르

                파리 생제르맹 거리에 있는 카페 플로르Cafe de Flore
는 앙드레 말로, 생텍쥐페리, 사르트르, 보부아르 같은 작가들이 자주 방문하던 곳으로 유
명하다. 바로 옆에 있는 카페인 레 뒤 마고Les Deux Magots와 함께 프랑스의 예술과 지성을
대표하는 장소로 알려져 있다. 나에게는 '물어물어 찾아가는 장소의 기쁨'을 알려준 곳이기
도 하다. 카페 플로르의 정확한 위치를 몰라 두 시간 넘게 헤매던 나는, 거리에 전단지를 붙
이는 한 아저씨의 친절한 도움으로 이곳을 간신히 찾아냈다. 낯선 장소에서 길을 잃어버린
듯한 두려움이 드디어 애타게 찾던 그 장소를 발견하는 순간의 기쁨으로 바뀔 때, 어떤 장소
는 단지 찾아가는 과정의 기쁨만으로도 선물이 된다.

지상에서
영원으로.

          구스타프 모로Gustave Moreau 박물관 내부의 계단을
보는 순간, 오래전의 영화제목이 저절로 떠올랐다. 〈지상에서 영원으로〉. 이 계단은 마치 지
상에서 천상으로 향하는 사다리처럼 아련한 느낌을 주었다. 평생 그리스 신화를 그림으로
그린 화가 구스타프 모로. 그를 기리는 박물관은 바로 그가 평생 살았던 집이다. 그는 어떤
화려한 유명세도 거부한 채 거의 두문불출하며, 오직 신화를 그림으로 그리는 일에만 몰두
했다. 이 계단은 지상의 작은 집 한 채에서 천상의 신화를 꿈꾸던 한 화가의 꿈과 사랑을 그
대로 재현한 듯. 그 자체로 감동적이다.

그 후로 나는 학림다방에 혼자 가기도 하고, 친구들과 함께 가기도 하는데, 그때마다 아주 조금씩만 살짝 바뀌는 학림다방의 그 '여전함'이 좋았다. 학림다방의 그 오래된 나무계단을 오르는 순간, 나는 내가 태어나기 이전부터 존재했던 그 공간이 품은 수많은 기억의 미로 속으로 휩쓸려 들어간다. 내가 그리워하는 줄도 몰랐지만, 먼 옛날부터 그리워하고 있었던 그 무엇을 만난 것 같은 느낌. 일 년이 지나도, 십 년이 지나도, 이 느낌은 그대로이겠지? 그런 생각을 하면, 나이 든다는 게 꼭 무섭지만은 않다.

누구나 좋아할 만한 장소는 아니지만, '나만의 기억'으로 풍요로워지는 사소한 공간들이 있다. 장소는 우리 내면의 나이테를 하나둘씩 늘려가게 한다. 유난히 지치고 외로운 날, 너무 우울해서 땅굴이라도 파고 아무도 모르게 숨어버리고 싶은 날, 문득 친구에게 전화를 걸어 밑도 끝도 없이 이렇게 말한 적도 있다. 네가 지금 어디에 있든, 무슨 일이 있든, 지금 당장 여기로 와줄 수 있냐고. 친구는 고맙게도 정말 묻지도 따지지도 않고 당장 그곳으로 달려와주었고, 나는 그날의 아픔을 그 평범한 인사동 카페에 묻어버릴 수가 있었다.

누군가를 간절히 만나고 싶은데 아무에게도 전화할 용기가 없을 때. 그럴 때 나는 신림동 녹두거리에 있는 '영화사랑' 비디오방에 가곤 했다. 혼자 옛날 영화를 보는 동안, 나는 누구의 눈치도 보지 않고 마음껏 울기도 했고, 외로움에 지쳐 잠들기도 했다. 소중한 사람들과 함께 맥주와 안주까지 곁들여 온갖 수다를 떨어가며 영화를 볼 때도 있었다. 사람 많은 영화관에서는 맛볼 수 없는, 오직 조촐한 비디오방에서만 맛볼 수 있는 은밀한 즐거움이다.

때로는 '장소'라고 부르기에 민망한 아주 좁은 공간조차도 추억의 장소가 될 수 있다. 휴대전화가 없던 어린 시절, 부모님의 눈과 귀를 피해 비밀통화를 하던 공중전화박스조차도 이제는 추억의 장소가 되었다. 우리 집에 가는 버스를 함께 기다려주던 남자친구가 "다음 차 타고 가"라고 거듭 말하며 버스를 네다섯 대나 그냥 보내버리던 그 오래된 버스정류장도 그립다. 장소가 곧 '돈'이 되어가는 삭막한 세상에서 추억의 장소들이 너무 빨리, 흔적도 없이 사라져버려 당황할 때도 많다.

그런가 하면 낯선 장소는 언제나 신비롭다. 낯선 장소는 '내가 생각지도 못했던 곳에 나와 인연이 있는 그 무엇이 있다'는 눈부신 생의 신비를 느끼게 해준다. 길을 잃어봐야 깨닫게 되는 길의 소중함도, 이제는 알 것 같다. 낯선 외국에서 길을 잃어버리면, 아주 낭만적인 기분이 되어 '이곳이라면 영원히 길을 잃어도 좋다'는 생각과 동시에 '여기서 길을 잃으면 정말 죽을 것 같다'는 공포가 동시에 밀려온다. 하지만 우리는 언젠가는 길을 찾게 되고, 길찾기의 기쁨만큼이나 길잃기의 외로움 또한 짜릿한 것임을 알게 된다.

아름다운 장소들에는 꼭 그 장소에 얽힌 아름다운 이야기들이 있다. 세상에 따로따로 떨어져 있어 결코 만날 수 없을 것만 같은 존재들을 이어주는 마음의 끈. 그것이 바로 이야기의 힘이 아닐까. 아름다운 장소란 곧 아름다운 이야기를 저장하고 있는 보물창고다.

빙그레 미소 짓게 되는 추억의 장소들이 대부분이지만, 오랜 시간이 지나도 여전히 가슴 아픈 공간들도 많다. 첫 포옹의 장소, 첫 키스의 장소. 첫 이별의 장소. 그 모든 기념비적인 장소들도 물론 소중하다.

하지만 우리가 매일매일 존재하는 바로 이곳을 '내면의 성소聖所'로 만드는 것이야말로 최고의 지혜다. 비좁은 원룸 단칸방이라도, 언젠가는 이사 갈 것임에 분명한 한시적인 공간이라도, 내가 매일 먹고 자고 일하는 이 공간을 따스하고 산뜻하게 가꾸는 지혜야말로 우리에게 늘 필요한 '장소의 기적'이 아닐까. 매일 우리의 지친 몸을 누일 수 있는 그 공간이야말로 우리에게 가장 소중한 장소, 정들고 길들이고 마음을 들여야 하는 곳이니까. 그곳을 사람 냄새 나게 가꾸는 것이야말로 20대에 익혀야 할 소중한 '삶의 기술'이 아닐까.

탐닉

'나'를 던져도 아깝지 않은
대상을 찾는 순간

…'나는 경제학 전공입니다'라는 말은
당신을 전혀 설명해주지 못한다…

> 누군가 동료들과 보조를 맞추지 않는 사람이 있다면
> 그는 아마 그들과는 다른 북소리를 듣고 있기 때문일 것이다.
> 그 사람 자신이 듣는 음악소리에 맞춰 걸어가도록 내버려두라.
> (…) 그가 남과 보조를 맞추기 위해 자신의 봄을 여름으로 바꾸어야 한다는 말인가?
> ─헨리 데이비드 소로우 『월든』 중에서

세상에는 확 미쳐야만 알게 되는 것들이 있다. 한 쪽 발만 담근 채로
는 결코 알 수 없는 것들. 의무감 때문이 아니라 자발적으로 몸을 던
져야만 알 수 있는 것들, 머리만이 아니라 몸 전체가 흠뻑 빠져야 깨
달을 수 있는 것들이 있다.

단지 '전문가'란 타이틀을 얻기 위해서가 아니다. 정말 힘겨운 시
간이 닥쳤을 때, 그럼에도 불구하고 그것만은 지겹지 않은 그 무엇.
인생에 아무런 흥미가 없어질 때조차도 그것만 생각하면 왠지 기적
처럼 위안이 되는 그 무엇. 언제든 나의 가장 순수한 열정을 아낌없
이 쏟아부어도 전혀 아깝지 않은 그 무엇. 그 순수한 탐닉의 대상을
찾는 것이야말로 20대의 행복한 미션이다. 그러려면 많은 사람들을
만나봐야 하고, 다양한 공간 속에 나를 던져야 하며, 어떤 상황 속에
서도 기죽지 않는 배짱도 필요하다.

우리에게는 '간판을 위한 전공'이 아니라 '마음의 전공'이 필요
하다. 우리에게는 학점을 따기 위한 수단으로서의 전공을 넘어서,
평생 함께할 영혼의 동반자로서 '마음의 전공'이 필요하다. 예컨대
"저는 경제학 전공입니다", "사회학 전공입니다"라고 말할 때, 이런

식의 전공 구분은 그 사람을 전혀 설명해주지 못한다.

진짜 '마음의 전공'은 그 사람의 밥벌이와 상관없을지라도 그 사람의 일상을 지탱해주는 뜨겁고 단단한 열정을 동반한다. "나는 쇼팽의 에뛰드를 좋아합니다", "나는 파울 클레의 그림을 좋아합니다"라고 말할 수 있다는 것은 단지 '마음의 화살표'일 뿐이지 '마음의 거처'는 아니다. 왜 쇼팽을 좋아하는지, 왜 파울 클레를 좋아하는지, 밤새도록 오직 자신의 언어로 이야기할 수 있을 정도의 열정과 지혜가 생겼을 때 비로소 우리 마음속에서 '제2의 전공'이 태어난다.

그리고 그런 열정은 평생의 자산이 된다. 무인도에 아무 소지품 없이 내팽개쳐도 우리 마음속에 있는 그 지혜와 열정은 누구도 빼앗아갈 수 없다. 그런 지혜와 열정을 갖추려면 무언가에 단단히 미쳐야 한다. 눈치 따윈 보지 말아야 한다. 그저 온몸을 던져 대상에 완전히 탐닉해야 한다.

요새 젊은이들이 가장 많이 탐닉하는 대상 중 하나는 바로 스펙 쌓기가 아닐까. 그것 또한 일종의 탐닉이긴 하지만 그 목적이 '자기 내부의 열정'이 아니라 '남들에게 보이는 나'를 정비하는 것이기에 평생을 지속할 수 있는 동력은 되지 못한다. 우리 내부에서 스스로 타오르는 불꽃. 그것을 찾는 것 자체가 쉬운 일은 아니다. 20대 전체를 바쳐 정말 자신이 사랑하는 무엇 하나를 찾을 수 있다면 그 20대는 정말 멋진 것이다.

순수한 탐닉의 가장 큰 적은 '자기부정'이다. 난 이걸 잘 해낼 수 없을 거야. 아무리 노력해봐야 별로 도움이 되지 않을 거야. 남들은 결코 나를 인정해주지 않을 거야. 이런 자기부정은 스스로 타오르는 열정의 새싹을 시작부터 잔인하게 밟는 것이다. 우리 삶을 지탱해주는 탐닉의 열정은 좀 더 자신의 무의식까지 깊숙이 파고드는, 용감한 내면의 탐험을 필요로 한다.

자신의 분야에서 최고로 인정받으면서도 어느 순간 극심한 우울증에 빠지는 사람들도 있다. 우리 삶에서 진정 중요한 것은 '타인의 인정'이 아니라 '자신의 열정'임을 알게 해주는 순간들이 있다.

언젠가 휘트니 휴스턴이 '오프라 윈프리 쇼'에 출연해서 자신의 약물중독과 불행한 가족사에 대해 고백하는 장면을 본 적이 있다. 그녀는 약물중독으로 고생하던 시절, '가장 두려운 것이 무엇이었냐'는 오프라 윈프리의 질문에 잠시 머뭇거렸다. 그 순간 나는 그녀의 아름다운 눈빛에서 아직 떨쳐내지 못한 일말의 두려움을 감지했다. 내 기억 속에서 언제나 당당했던 휘트니는 그녀답지 않게 약간 머뭇거리고 떨리는 목소리로 이렇게 대답했다. "열정을 잃어버리는 거요. 노래에 대한 열정을 잃어버리는 거."

많은 사람들은 휘트니가 '최고의 자리에서 내려오는 것'을 두려워할 거라고 생각했다. 하지만 그녀가 진정으로 두려워한 것은 노래에 대한 순수한 첫 마음을 잃어버리는 것이었다. 그녀는 늘 타인에게 최고로 인정받았지만, 그녀가 진정으로 두려워한 것은 마음 깊은 곳에서 자라나는, 걷잡을 수 없는 허무감이 아니었을까. 그것은 단지 최고의 재능을 가진 사람들이 흔히 빠지는 매너리즘이나 슬럼프가 아니라, 삶과 재능과 사랑과 열정을 온전히 일치시키지 못할 때 느낄 수밖에 없는 깊은 슬픔이 아니었을까.

상처에
탐닉한다는 것

　　　　　　　　　　안데르센은 평생 각종 콤플렉스와 트라우마에 시달렸
다. 그의 사랑은 늘 대답 없는 메아리로 끝나버리곤 했고, 외모에 대한 콤플렉스도 심했으
며, 가난에 대한 콤플렉스, 복잡한 가족사에 대한 콤플렉스까지 그를 괴롭혔다. 그러나 그
에게는 누구도 따라갈 수 없는 최고의 재능이 있었다. 바로 자신의 상처에 미친 듯이 탐닉함
으로써 그것으로부터 아름다운 이야기를 끌어내는 힘이었다. 맹렬한 집중력으로 자신의 상
처에 탐닉하는 힘. 그 힘으로 타인의 상처를 투시하는 혜안. 그것이 안데르센의 작품이 수
많은 독자들을 울린 힘이 아니었을까.

탐닉의 대상은 무엇이어도 좋다. 아주 사소한 대상이라도, 돈이 되지 않는 것이라도, 지극히 추상적인 것이라도, 내 마음의 불꽃을 점화할 수 있는 것이라면 무엇이든 좋다. 대상의 종류보다 중요한 것은 '내 마음'이다. 내 마음이 완전히 기쁠 수 있다면, 그 일로 인해 진정으로 보람을 느낄 수 있다면 족하다. 직업이나 전공과 꼭 직접적인 상관이 없어도 좋다.

내 친구 P는 학교 다닐 때 전공에 전혀 흥미를 못 느끼는 이방인 중 한 명이었다. 그런데 나는 그 아이를 항상 '누구보다도 명석하다' 고 느끼고 있었다. 전공 공부에 특별한 흥미를 못 느꼈기에 그 분야에 좋은 성적을 낼 수는 없었지만, 그 친구와 대화를 하면 항상 새로운 분야에 대한 멈출 수 없는 호기심을 느낄 수 있었다. P와 이야기를 하면 막히는 부분이 없었다. P는 혼자서 컴퓨터를 해부해보기도 하고, 컴퓨터에 관련된 각종 정보를 틈날 때마다 수집했으며, 과학에 대한 질문이라면 무엇이든 척척 대답해주는 것이었다.

인문대생이면서도 P는 항상 과학에 관심이 많았다. 운명의 스텝이 잠시 꼬여 전혀 흥미를 느끼지 못하는 학과에 입학했지만, 그는 대학생활 내내 자신이 원하는 것을 열심히 찾아다녔다. 지금은 '그때 누구의 도움도 없이 홀로 탐닉했던 모든 것들'이 자신의 인생에 등불이 되어주는 것 같다고 이야기한다.

그는 지금 회사원으로 일하면서도 각종 과학 분야에 대한 자신의 지식의 필요성을 곳곳에서 느끼고 그 오랜 열정을 여기저기서 멋지게 실현하고 있다. 그는 직업적인 과학자는 아니지만 인간에게 '과

학이 필요한 시간'의 진정한 의미를 깨달은 재야의 달인이다. 그래
서 그 친구에게서는 늘 빛이 난다. 그 순수한 탐닉에서 우러나오는
열정의 빛이 친구들을, 동료들을, 그리고 그가 속한 세상을 아름답
게 밝혀준다.

⋯취미란 내가 어떤 사람인지를
탐구하기 위한 끝없는 모험⋯

열정이란 그 위에서 머뭇거림의 잡초가 결코 자랄 수 없는 화산이다.
−칼릴 지브란

20대의 나는 끊임없이 새로운 탐닉의 대상을 찾아다녔다. 전공과 상관없는 다양한 과목의 수업을 열심히 찾아듣기도 하고, 도저히 친해질 수 없을 것 같은 개성 넘치는 사람들과 오랫동안 같은 공간에서 부대끼며 지내보기도 했다. 탐닉의 대상을 찾은 후에는 편안해진다. 그 하나의 대상에 꾸밈없는 열정을 쏟아부으면 된다.

사실 탐닉의 대상을 찾기까지의 과정이 훨씬 더 어렵다. 자신이 진정으로 원하는 것을 처음부터 잘 알고 있는 사람은 없다. 내가 어딜 가야 즐거울까. 내가 무엇을 해야 신이 날까. 누굴 만나야 행복해질까. 평생 나를 던져도 아깝지 않은 그 무엇이 있을까. 그것은 직관으로만 알 수 없다. 낯선 상황 속에 몸과 마음을 던져야만 알게 되는 경험적 지식이다.

우선 우리는 '나 자신'에 탐닉해야 하는지도 모른다. 내가 어떤 사람인지를 더 정확히 알기 위한 헤맴, 방황, 망설임. 그 과정을 탐닉할 수 있어야 한다. 조금 더디더라도, 조금 돌아가더라도, 조금 걱정스럽더라도.

20대 하면 가장 먼저 떠오르는 풍경은 과방이나 학생회관이나 잔디밭에 동그랗게 모여 수다를 떨거나 세미나를 하거나 기타소리에 맞춰 노래를 부르는 사람들이다. 걸핏하면 장터를 열거나 일일호프를 주선하여 온갖 새로운 사람들을 만났던 그때. 누군가 사회과학 서점 게시판에 각종 세미나나 술자리의 장소를 알리는 포스트잇을 붙여놓으면 언제든지 각종 모임에 자유롭게 참석할 수 있었던 그때. 매일 술자리가 있었고 매일 크고 작은 사건이 일어났던 그때. 학교에 간다는 사실만으로도 늘 은근히 설렜던 그때. 그때 나는 무언가를 함께한다는 것의 소중함을 배웠다.

20대의 나는 인간관계에 탐닉했다. 우정이나 사랑처럼 꼭 이름붙일 수 없는 감정이라도, 사람과 사람 사이에 일어나는 수많은 관계의 문제에 나는 호기심을 불태웠다. 10대에는 칭찬받고 싶었다. 20대에는 사랑받고 싶었다. 지금 나는 넘쳐나는 사랑을 마음껏 퍼줄 수 있는 사람이 되고 싶다.

20대 후반의 내가 탐닉한 것은 상실감, 외로움, 부끄러움 같은 좀처럼 해결되지 않는 감정들이었다. 학교를 졸업하고 무엇을 해야 할지 몰라 오랫동안 방황하면서 나는 누구와도 무언가를 함께할 수 없는 삶의 쓰라린 아픔을 배웠다. 뚜렷한 내면의 중심이 없는 채로 혼자 있는 시간이 많아지면, 사람은 끊임없이 불안에 시달리게 된다.

그때 나에게는 스스로 굴러가는 바퀴가 없었다. 20대 초반의 열정을 지속할 수 있는 용기도, 덧없이 끊어진 인간관계를 계속할 만한 의지도 없었다. 그 영혼의 폐허 위에서 나는 공부를 시작했다. 내가 정말 공부를 시작한 건 대학원에 입학했을 때가 아니라 '내 공부로 무엇을 할 것인가'를 심각하게 고민하기 시작한 순간이었다.

나 자신에
탐닉하기

　　　　　　　　　　　　　　게르하르트 막스Gerhart Marcks의 1938년 작품, 〈수영
선수Schwimmerin〉. 이 작품은 수영 경기에서 출발을 알리는 총성이 들리기 직전 온 마음을
집중하고 있는 수영선수의 모습을 포착한 것 같다. 그녀의 몸짓에는 온전히 내 안의 목소리
에 탐닉하는 순간의 불꽃 같은 열정이 꿈틀거린다. 무언가 중요한 일이 시작되기 전에는 주
변이 아무리 시끄러워도 오직 내 마음의 소리만이 들리는 순간이 있다. 바로 그때다. 우리
내면의 고독이 눈뜰 때. 진짜 창조적인 작업이 시작될 때. 이 순간을 완전히 내 것으로 만들
수 있을 때 우리의 꿈은 날개를 펼친다.

더 이상 어디에도 '학생증'을 내밀 수 없게 되자, 나는 끈 떨어진 연 같은 심정으로 '완전히 혼자'라는 것을, 이제는 진짜 어른이 되어야 한다는 절박함을 느꼈다. 그때부터 마음의 전공을 찾아 헤매기 시작했다. '고시공부를 하라'는 주문을 멈추시지 않는 부모님을 설득할 수 있는 내면의 명분을 찾기 시작했다.

그리고 오랜 방황 끝에 내 자신이 어떤 외부의 압력 없이도 자발적으로 탐닉할 수 있는 일을 찾았다. 부모님의 빛나는 기대에 부응할 수 없어 죄송했지만, 언젠가는 사랑하는 일에 푹 빠진 사람의 행복한 미소로 부모님을 안심시켜드릴 수 있을 것 같았다. 내 마음 속에서 어떤 발화물질 없이도 스스로 타오르는 불꽃을, 스스로 굴러가는 바퀴를 찾고 싶었다.

탐닉은 때로 재능과는 무관할 수 있다. '잘하는 일'에만 탐닉할 수 있는 건 아니다. 사실 진정한 탐닉은 내가 그걸 잘하는가 못하는가와 별 관련이 없다. 남들이 뭐라 하든 그저 내가 좋아하는 것에 순수하게 열광할 수 있는 삶이야말로 축복이다. 안타깝게도 직업의 대상과 탐닉의 대상이 일치하지 않을지라도, 취미나 놀이의 대상을 갖는다는 것은 소중한 일이다. 그런 탐닉의 대상은 젊은 시절에는 취미에 그칠지라도 나이가 들면 '제2의 인생'이 될 수도 있다.

삶은 직업과 가족만으로 채워지지 않는다. 인간관계도 우정과 사랑만으로 채워지지 않는다. 아주 가끔 만나더라도 소중한 사람, 돈벌이가 되지 않더라도 내 열정을 불태울 수 있는 무언가가 필요하다. 그곳이 바로 우리가 '숨을 수 있는 곳', '도망칠 수 있는 곳'이기 때문이다. 숨 가쁜 인생의 시계를 잠시 멈추고, 몸과 마음을 쉴 수 있는 대상. 그렇게 제2, 제3의 탐닉을 조용히 즐길 수 있는 삶이라면 얼마나 좋을까.

요새 나는 새로운 탐닉의 대상을 찾았다. 끝없이 강의하고 글 쓰고 책 읽는 삶에서 잠시 나를 놓아줄 수 있는 것. 미디어의 홍수 속에서 잠시 아날로그의 체온을 느낄 수 있는 시간. 바로 첼로 레슨 시간이다. 어린 시절 이루지 못한 음악의 꿈의 대체제만은 아니다. 솔직히 나는 첼로에 정말 소질이 없다. 하지만 일주일에 한 번, 나보다 아홉 살이나 어린 첼로 선생님께 레슨을 받는 시간에는, 정말 말갛게 어린이가 된 기분이다. 그 나이 든 어린이의 서툶과 설렘이 정말 좋다.

첼로를 잘 알아서 행복한 것이 아니라 너무 모르기에 행복하다. 기본적인 테크닉을 하나하나 배울 때마다 그 신기함에 탄성이 절로 나온다. 그리고 가끔씩 정말 기적처럼, 내 서툰 손가락에 쥐어진 활과 현 사이에서 가뭄에 콩 나듯이 아름다운 첼로 소리가 흘러나온다. 그 순간만은 모든 시름과 상처를 잊는다. 탐닉은 완전한 자기 몰입을 유발한다. 그 순간만은 내가 누구인지조차 잊게 만드는 열정이 샘솟는다. 첼로는 나에게 속삭인다. 잘하지 못해도 좋다고. 그저 미치라고. 빠지라고. 네가 사랑하는 무언가가 너를 삼켜버리게 그저 내버려뒤보라고.

케테 콜비츠,
슬픔의 심연에 탐닉하다

1914년 제1차 세계대전에서 아들 페터가 전사한 이후, 케테 콜비츠는 끊임없이 '죽은 아들을 안은 어머니'의 이미지에 탐닉한다. 그것은 아들을 잃은 자신의 슬픔뿐 아니라 전쟁으로 사랑하는 이들을 잃은 모든 사람들의 슬픔과 연대하는 행위였다. 국가는 젊은이들을 전쟁터로 몰아넣고, 젊은이들이 의지할 곳은 힘없는 어머니들뿐이었다. 총구가 아이들을 겨눌 때도, 굶주림의 고통으로 아이들이 죽어갈 때도, 오직 자신의 빈 몸을 던져 아이들의 몸을 필사적으로 감싸는 것밖에는 할 수 없는 어머니들. 죽은 아들을 안고 한없이 비탄에 잠겨 있는 어머니들. 그녀가 고통스럽게 탐닉했던 슬픔은 그 불꽃 같은 공감의 에너지로 여전히 수많은 사람들에게 감동을 준다.

세상에서 가장 멋진 탐닉,
예술

어떤 탐닉은 '한 사람의 개인'을 넘어 '세대'를 향해 유전된다. 자신이 꿈꾸던 건축을 향한 안토니오 가우디의 열정적인 탐닉은 다음 세대까지 이어져, 그가 생전에 설계한 사그라다 파밀리아 성당은 아직도 건축 중이다. 가우디가 졸업할 때, 학장 에리아스 토헨트는 이런 말을 남겼다고 한다. "우리가 지금 건축사 칭호를 천재에게 주는 것인지, 아니면 미친놈에게 주는 것인지 모르겠다." 천재와 미친놈의 차이는 무엇일까. 예술가의 불가해한 열정을 '길들지 않는 광기'로만 바라보는 사회는 재능을 꽃피우기 힘든 사회다. 모두가 미친놈이라 손가락질해도 그의 재능을 알아봐주는 소수의 사람들이 있었기에 가우디의 천재적인 설계는 그가 죽은 후에 빛을 발하게 된다.

첼로 레슨을 통해 나는 '잘 못하는 것에도 얼마든지 푹 빠질 수 있다'는 것을 알게 되었다. 사실 내가 뭔가를 배우면서 이렇게 쩔쩔 매기는 처음이다. 자신 없는 곳에는 아예 근처도 안 가는 겁쟁이였기 때문이다. 운지법이나 보잉bowing보다 더 어려운 것은 손목의 힘을 빼라는 것이다. 손목의 힘을 빼고 오직 활의 무게만으로 현의 울림을 조절하라는데, 그 주문은 내게 입술을 움직이지 말고 말을 하라든지, 흉곽을 움직이지 말고 숨을 쉬라는 것만큼이나 어려운 일이다. 손목의 힘을 빼는데 어떻게 그렇게 웅장하면서도 영롱한 울림을 낼 수 있는지, 수수께끼투성이다. 난 정말 첼로에는 젬병이다.

 하지만 첼로가 그저 좋기만 하다. 그것을 하는 동안은 세상의 시간을, 불안의 시간을, 고통의 시간을 잊는다. 그 이유만으로도 첼로는 나에게 구원이다. 그리고 그것이야말로 탐닉의 아름다움이다. 무언가에 홀딱 반해 빠져버린다는 것. 그것 이외에는 어떤 잡념에도 시달리지 않을 수 있다는 것. 그건 정말 축복이다. 그리고 그것이야말로 탐닉의 구원이다.

화폐

무엇을 향한 결핍 때문에
지갑을 여는가

⋯20대, 마음의 재테크가
필요한 시간⋯

자본주의의 압제하에서 거의 모든 사람과 존재는 '사물화' 되었다.
노동자는 자신이 소유하거나 통제하지 않는 물건을 생산하기 위해 자신의 생명을 바친다.
－프랜시스 윈 『마르크스 평전』 중에서

모아놓은 재산도 없고, 이렇다 할 직업도 없는 내가, '돈 이야기'를
하려고 나서자니 쑥스럽다. 내 주변사람들은 아마 내가 '돈 이야기'
를 한다고 하면 깔깔 웃을 것이다.

"네가 돈 이야기를 한다고? 우리 집 강아지가 웃을 일이다!"

"네가 돈을 알아? 주식투자 한 번 못해본 숙맥에, 사기 당하기 딱
좋은 청맹과니가?"

아마 이렇게 반응할 것 같다. 벌써부터 친구들의 정겨운 비웃음
소리가 들려오는 것 같다. 그래도 나는 꿋꿋하게 나의 수다보따리를
풀어놓으련다. 나에게는 나만의 노하우가 있다고. 나는 그것이 '재
테크 기술이 전혀 없는 사람의 행복한 경제생활'이라고 믿는다.

20대 시절 내게 가장 힘들었던 시간은 오직 '돈을 모으는 일에만
집중했던 시기'였다. 내가 진정으로 원하는 모든 것들은 단호하게
포기했다. 정해진 직업을 가진 적은 없지만 정말 '노동'은 많이 했다.
하루에 두세 시간도 제대로 못 자며 원고를 쓰고, 과외하고, 강의하
고, 번역하고, 한 번도 얼굴을 본 적 없는 사람의 글을 교정·교열은
물론 윤문도 하고, 각종 시험 문제도 내고⋯⋯ 인문대 대학원생이

할 수 있는 거의 모든 '잡일'들은 다 찾아서 했다.

　20대의 끝자락, 스물아홉 살이 되자 비로소 내 비참한 상황이 객관화되었다. 최소한의 자립을 위한 돈은 어느 정도 모였지만, 전혀 행복하지가 않았다. 이게 뭐지? 내가 원하는 1차 목표를 달성했는데 왜 기쁘지가 않지? 인생이 어디로 흘러갈지 전혀 알 수가 없었다. 그때 마음속에서 어떤 희미한 목소리가 들렸다. 한 번이라도 너 자신을 잊고, 여행을 떠나라고. 어떤 목적을 위한 여행이 아니라, 그저 여행자체를 위한 여행을 떠나라고. 무작정 배낭여행 한 번 못 떠나보고 스러져가는 청춘이 행복할 리가 있겠냐고.

　그래서 나는 생애 최고의 거금을 들여 처음으로 유럽여행을 떠났다. 처음 도착한 나라는 독일이었다. 나는 '독문과 졸업생'이라는 과거를 철저히 숨기고 싶을 정도로, 입에서 한 마디도 자연스럽게 독일어를 내뱉지 못했다. 독일어뿐 아니라 영어 문장조차도 어색하기 그지없었다. 어딜 가나 외국 사람과 대화를 해야 하는데, 도대체 어떻게 입술을 떼어야 할지 알 수 없었다.

　나는 혼자 터벅터벅 베를린의 밤거리를 걷다가 작은 기념품 가게에 들어갔다. 그저 평범한 엽서와 기념품을 파는 가게였는데, 이상하게도 그 상점의 주인 할아버지와 이야기를 나누고 싶었다. 인자하고도 지적인 인상을 풍기는 그 백발의 할아버지 앞에서, 역시 '완벽한 독일어 문장'은 결코 유창하게 흘러나와주지 않았다. 실어증에 걸린 기분이 이렇겠구나. 머릿속에서 활자화된 문장은 떠오르는데, 입말이 되어 나가지 않는, 그 버려진 말들의 가여운 아우성이란. 그건 문법의 문제가 아니라 용기의 문제였던 것이다.

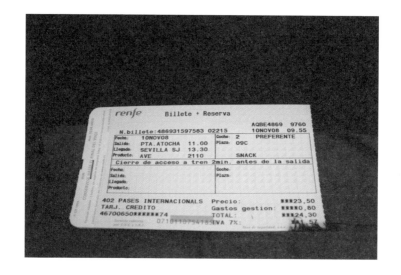

기차표,
공간의 기쁨을 구매하는 기적

　　　　　　　　　　유럽여행 때 가장 신기한 경험 중 하나는 기차표 하나
로 너무도 손쉽게 '국경을 넘는 일'이었다. 런던에서 파리로, 파리에서 뮌헨으로, 뮌헨에서
프라하로, 프라하에서 베를린으로, 베를린에서 드레스덴으로. 이런 식으로 아무렇지도 않
게 몇시간 만에 국경을 넘을 수 있다니. 특히 유레일패스는 마치 무한한 자유의 가능성을 품
은 천국행 티켓 같았다. 나는 유레일패스 덕분에 일정표에도 없던 곳을 불쑥불쑥 찾아가곤
했다. '아니, 이 표만 있으면 여기서 러시아로 갈 수 있단 말이야?' '여기서 정말 스위스로도
갈 수 있다고?' '오늘은 아무 계획 없이 그냥 뉘른베르크로 가보자.' 이런 식으로 온갖 공상에
잠겨서는, 적어도 머릿속으로는 유럽의 모든 도시를 다 돌았다. '지엄하신 아메리카'와는 달
리, 유럽 안에서는 국경을 사이에 둔 기차역의 소지품 검색도 매우 간단하기 이를 데 없다.
눈앞에 두고도 결코 쉽게 갈 수 없는 우리의 국경과는 너무도 다른, 유럽의 수많은 국경들이
보여준 그 '말랑말랑함'은 사람을 더없이 푸근하게 만들었다. 나는 그런 도시들이 좋다. 틈
새가 많은 도시, 문턱이 낮은 도시, 이방인을 서럽게 하지 않는 도시.

그런데 1유로짜리 작은 동전 하나가 나의 '막힌 소통'을 해결해주는 구원투수가 되었다. 나는 아무 말 없이 주인 할아버지에게 1유로짜리 동전을 내밀며 엽서 두 장을 샀는데, 할아버지는 너무도 따스한 미소로 내 가난한 침묵에 화답하시는 것이었다. 몇 마디 말도 걸어주시고, 베를린이 어떠냐고 물으시기도 했다. 나는 할아버지의 환한 미소에 용기를 얻었다.

나는 그날부터 주머니 속 동전은 물론 각종 비상금까지 털어 엽서도 사고, 책도 사고, 미니어처나 열쇠고리 같은 기념품도 사면서, 사람들과 화려한 언어가 아닌 마음의 눈으로 대화하는 법을 배웠다. 나는 그저 아주 사소하고 소박한 물건들을 살 수 있을 뿐이었지만, 독일 사람들은 그런 물건들을 마치 세상에 하나뿐인 보석이라도 되는 양 글썽하게 바라보는 내 시선의 간절함을 알아보는 것만 같았다.

그들은 더할 나위 없이 친절한 미소로, 내게 이것저것을 물어보고, 설명도 해주고, 농담도 던지며, 내 얼어붙은 마음을 녹여주었다. 그 낡은 1유로 동전들이 없었다면, 나는 훨씬 더 기나긴 소통불능의 시간을 겪었을 것이다. 게다가 아무데서나 흔하게 파는 1유로짜리 커피는 어쩌나 천상의 맛이던지. 돈은 이렇게 쓰는 거구나. 나는 처음으로 돈을 쓰는 것이 부담스럽거나 고민되지 않고 그저 말갛게 '행복할 수 있다'는 것을 알았다. 그러다 보니 다 잊어버렸던 어설픈 독일어도 튀어나오고, 영어가 통하는 데선 뻔뻔하게 영어로도 말하고, 이도 저도 안 통하는 데선 바디랭귀지도 거침없이 쓰는, 아주 멀쩡한(?) 여행자가 될 수 있었다.

내가 여행지에서 산 그 모든 사소한 기념품들은, 세상과 너무도 소통하고 싶은데 어떻게 세상 속으로 손을 뻗어야 할지 모르는 내 영혼의 결핍을, 말없이 알아봐준 친구들이었다. 지금도 그때 산 기념품들을 보면 가슴이 먹먹해진다. 그렇게 나는 1유로짜리 동전으로 내 일시적 실어증과 외국어 울렁증을 치유할 수 있었던 것이다.

내 인생에서 '가장 후회 없이 쓴 돈'은 첫째, 사랑하는 사람들과 함께 먹고 마시고 웃고 떠들기 위해 쓴 돈, 둘째, 아끼는 사람들에게 선물을 산 돈, 셋째, 열심히 저축을 해서 여행을 떠나기 위해 쓴 돈이었다.

하나 더 포함시킨다면, '문화생활비'다. 책을 사고, 전시회에 가고, 음악을 듣고, 악기를 배우고, 미술을 배우기 위해 쓴 그런 돈. 아무런 실용적 목적 없이 오직 내 몸의 감각을 확장하기 위해 쓴 돈은 하나도 아깝지가 않다. 그런 경험은 우리 몸속에 끈질기게 살아남아 먼 훗날 무덤 같은 우울에 빠진 나 자신을 반드시 구해주게 되어 있기 때문이다. 나를 웃게 하고, 내 주변 사람들을 웃게 하고, 먼 훗날 절망에 빠진 나를 구해줄 체험을 소비하는 것은 전혀 아깝지 않다. 그것은 가장 지혜로운, 미래를 향한 투자이기 때문이다.

돈은 중요하다. 하지만 우리의 삶만큼 중요하진 않다. '돈을 어떻게 버느냐'에만 혈안이 되어 있는 사회에서, 우리는 좀 더 성숙하게 '돈을 어떻게 쓰느냐'를 고민해야 한다. 그래야 삶이 바뀐다. 그래야 삶이 방향타를 잃지 않는다. 우리는 '단지 돈을 벌기 위한 기계'가 아니라, 아주 적은 돈이라도 내 삶을 더 아름답게 가꿀 수 있는 소중한 무기로 돈을 쓸 수 있다.

파리의 뤽상부르 공원,
공짜로 즐길 수 있는 축제

　　　　　　　　　　어떻게 이 복잡한 도시 한복판에 이런 기적 같은 장소가 있을 수 있을까. 물어물어 뤽상부르 공원에 찾아간 순간 입이 쩍 벌어졌다. 나는 비둘기들과 함께 사이좋게 내 도시락을 나누어 먹으며 생각했다. 오직 세상에 자기들뿐인 듯 '이기적인 자태'로 키스하는 연인들. 무릎에 연인의 머리를 고여 놓고 책을 읽는 소녀. 행여나 이 아름다운 공원이 쓰레기로 뒤덮일까. 묵묵히 청소를 하는 할아버지들. 모든 것들이 다 눈부시게 고맙고, 아름다웠다. 나는 그 '풍경의 일부'가 될 수 있다는 것만으로도 축복받은 존재 같았다. 만약 천국이 있다면, 이런 모습이지 않을까. 모두가 제멋대로 행동해도 아무도 구속받지 않는 곳. 모두가 서로의 행복을 알아서 배려하며 도를 지나치는 행동은 하지 않는 곳. 규율 때문이 아니라 서로를 향한 본능적인 배려로 인해 모두가 행복해질 수 있는 곳.

우리의 20대 시절에는 '돈 때문에 억울한 일'이 많았다. 그보다 더 아픈 것은 '돈 때문에 억울한 사람들'을 속수무책으로 바라보는 일이었다. 이해되지도 않고, 용납되지도 않은 일들이 너무 많았다. 무엇보다도 돈에 대한 공포 때문에 행복을 느끼는 감각의 촉수가 심각하게 손상되었다는 것. 그것이 내 20대가 그토록 힘에 부쳤던 이유 중 하나였다. 지금은 그때보다 훨씬 어려운 일이 많지만, 하루에도 몇 번씩, '살아 있는 것 자체가 정말 감사하다'라는 느낌에 벅차오르곤 한다.

그리운 사람을 언젠가는 한 번이라도 더 볼 수 있을 거라는 희망을 가지면, 살아 있는 건 그저 기운 찬 축복으로 느껴진다. 좋아했던 장소, 추억이 담긴 물건들, 이런 것들을 한 번이라도 더 보고, 한 번이라도 더 만져볼 수 있는 행복이 기다리고 있다면. 모든 불평불만을 너끈히 잠재울 수 있을 것 같다.

이 잔혹한 자본주의 세계에서는 돈 때문에 서럽고, 다치고, 넘어질 수밖에 없는 순간들이 너무나 많다. 하지만 '그냥 무조건 많이 벌자'라는 생각보다 더 성숙한 태도는 '내게 진정으로 필요한 만큼'이 어느 정도인지를 가늠하는 것이다. 아주 적은 돈으로도 가장 아름다운 추억을 만들어내는 비법. 힘겹게 모은 돈으로 이 세상 무엇과도 바꿀 수 없는 소중한 가치를 창조하는 비법. 그런 '마음의 재테크 기술'을 끊임없이 개발해내는 것. 그것이 20대들이 기성세대보다 훨씬 잘해낼 수 있는, 오직 '마음이 젊은 자들'만이 실천할 수 있는 행복의 기술이 아닐까.

…아주 적은 돈으로
가장 아름다운 추억을 만들어내는 방법…

사회적 존재로서 인간 욕구에는 한계가 없다.
물론 음식물 섭취량과 소화기관 활동에는 한계가 있지만,
음식물을 둘러싼 문화체계는 무한하다.
-장 보드리야르 『소비의 사회』 중에서

얼마 전에 옷장을 정리했다. 아니, 사실 정리하다가 포기했다. 몇 년째 한 번도 입지 않은 옷이나 신발, 목도리 등이 수북했지만, 도대체 이걸 어떻게 정리해야 할지 막막했다. 내가 이토록 물욕이 강한 사람이었던가. 착잡했다.

무엇을 향한 결핍 때문에 이토록 많은 것들을, 겨울잠을 준비하는 다람쥐처럼 차곡차곡 쟁여놓은 것일까. 다람쥐는 도토리를 어디다 묻어놓았는지 까맣게 잊고, 시간이 지나면 그 숨은 도토리에 싹이 나서 산을 울창하게 한다지만. 내가 쟁여놓은 물건들은 이제 누구에게 주기도 미안하고, 지금 내가 쓰기도 민망한 처치곤란의 패잔병이 되어버린 것 같다.

이 모든 것들을 제대로 사용하지도 못한 채 매번 비슷한 것을 사고 또 산 이유는 딱 한 가지 이유로 압축되었다. 마음이 허해서! 똑똑한 소비 생활을 하는 사람들은 이해 못하겠지만, 나 같은 사람들은 어떤 감상적인 자기 연민 때문에 쉽게 충동구매를 하고는, 막상 사고 나면 이상한 죄책감에 빠져 그 물건을 제대로 사용하지도 못한다. 결국 가까운 사람에게 선물하거나, 선물의 시효조차 지나면 옷

장에서 봉인된 채 기나긴 겨울잠에 빠져버리는 가여운 물건들. 이들은 세상을 향한 내 부채의식의 잔인한 증거품이다.

왜 계산할 수 없는 마음의 결핍 때문에 계산할 수 있는 상품이라는 '대체재'를 선택하는 것일까. 게다가 그것은 불가능한 대체재다. 대체재라 믿지만 결국 아무 감정도, 아무런 충족감도 대체할 수 없다. 내 가슴에는 그 무엇으로도 채울 수 없는 거대한 결핍의 구멍이 존재하는 걸까. 이런 고민에 빠져 지낼 때, 마치 그리운 이에게서 너무 늦게 도착한 편지처럼 이 노래가 들렸다.

사람이었네
_루시드 폴Lucid Fall

어느 문 닫은 상점
길게 늘어진 카페트
갑자기 내게 말을 거네

난 중동의 소녀
방안에 갇힌 14살
하루 1달러를 버는

난 푸른 빛 커피
향을 자세히 맡으니
익숙한 땀, 흙의 냄새

난 아프리카의 신
열매의 주인
땅의 주인

문득, 어제 산 외투

내 가슴팍에 기대
눈물 흘리며 하소연하네
내 말 좀 들어달라고

난 사람이었네
공장 속에서 이 옷이 되어 팔려왔지만
난 사람이었네
어느 날 문득 이 옷이 되어 팔려왔지만

자본이란 이름의
세계라는 이름의
정의라는 이름의
개발이란 이름의
세련된 너의 폭력
세련된 너의 착취
세련된 너의 전쟁
세련된 너의 파괴

붉게 화려한 루비
벌거벗은 청년이 되어
돌처럼 굳은 손을 내밀며
내 빈 가슴 좀 보라고

난 심장이었네
탄광 속에서 반지가 되어 팔려왔지만
난 심장이었네
어느 날 문득 반지가 되어 팔려왔지만
난 사람이었네
사람이었네
사람이었네
사람이었네
사람이었네

책, 상품이지만
상품 이상의 가치를 수집하는 법

읽지도 않은 책을 쌓아두는 것은 지적 허영임을 알면서도. 가끔은 책인지 가구인지 헷갈리는 거대한 책더미에 경악하면서도. 나는 끝없이 책을 산다. 책에 대해서만은 유일하게 떳떳한 과소비를 허락한다. 가끔 이러다 책더미에 깔려죽는 것이 아닐까 겁이 나면서도. 방 안의 책들이 사람을 쫓아낼 지경임을 알면서도. 아직은 책의 소비를 멈출 수 없다. 이 또한 일종의 과소비임을 알긴 하지만, 아직은 나에게 기꺼이 허락해주고 싶은 멋진 사치라고 믿기에. 언젠가 이 못 말리는 '책 수집욕구'도 기꺼이 포기해야 할 때가 올 것임을 알지만. 그래도 나는 아직 책이 제일 좋다. 책을 들여놓는 것은 왠지 그 책이 담고 있는 멋진 타인의 인생을 내 방으로 초대하는 것 같아서. 고소한 책 냄새는 언젠가 기어코 내 벗이 되어줄, 낯선 타인의 삶의 향기 같아서.

이 가슴 시린 노래는 머리가 아니라 심장으로 파고들어 내 마비된 자의식을 뒤흔들었다. 대학교 때 선배들과의 각종 사회과학 세미나를 통해 그토록 귀가 닳도록 들었던 노동가치론에 모두 나오는 주옥같은 메시지였다. 우리가 쓰는 재화의 쾌락이 누구의 고통을 짓밟고 태어나는 것인지. 어떤 사람들의 죽음보다 더한 고통을 딛고 이 쾌락의 상품들이 힘겹게 태어나는 것인지. 나는 다 알고 있으면서도 모른 척하면서 살아온 것이다.

나는 받아들일 수밖에 없었다. 나는 과도한 스트레스를, 영혼의 결핍을, 상쾌한 기분전환을 핑계로 내 소비를 정당화했지만, 나도 모르게 타인의 아픔을, 타인의 슬픔을 잔인하게 과소비하며 살아온 것이었다.

얼마 전 TV 드라마를 보다가 주인공의 아버지가 읊조리는 멋진 대사를 들었다. "사람들은 즐거움을 갖기 위해 많은 비용을 지불해. 하지만 사랑하는 사람과 같이 있으면 공짜로 행복해. 세상에 공짜는 없는데 사랑은 공짜야." 나를 둘러싸고 있는 사랑과 축복을 충분히 느낄 수 있는 마음의 여유가 있을 때. 나는 결코 과소비하지 않는다.

결핍은 외부세계가 아니라 내 상처 입은 마음에서 온다. 돈을 주고 무엇을 구매할 때 우리는 무엇을 잃어버리는가. 철없던 20대에는 무언가를 얻는 것만을 생각하지 얻기 때문에 잃는 것에 대해서는 잘 생각하지 않았다. 나는 허한 마음을 달래느라 사들인 너무 많은 물건들 때문에, 정말 많은 것들을 잃어버렸다. 더 나누는 삶을 누릴 수 있는 기회. 타인의 슬픔을 돌볼 수 있는 기회. 내가 무엇을 이미 가지고 있는지를 돌아볼 수 있는 기회를.

공간의 소비,
삶의 가치를 확장하는 법

하루 종일 거기 있어도 '왠지 다른 데로 가고 싶다'는
충동이 일지 않는 곳들이 있다. 예컨대 비엔나의 MQ(Museums Quatier: 박물관 광장)가 그랬
다. 이곳에는 에곤 쉴레와 클림트를 비롯한 수많은 화가들의 명작이 전시되어 있을 뿐 아니
라, 사진처럼 그저 아무런 목적 없이 웃고 떠들고 낮잠 자고 먼산바라기를 하는 사람들이,
살아 있는 명작의 파노라마처럼 눈앞에 펼쳐진다. 이런 곳에 있으면 공간의 배치라는 것이
얼마나 삶의 가치를 결정적으로 좌우하는지를 깨닫게 된다. 모든 것이 공짜인 것은 불가능
하지만, 저렇게 편안하게 즐길 수 있는 '무료공간'을 곳곳에 배치할 수 있는 삶의 여유가 바
로 건축의 철학이 아닐까. 저곳에서 나는 처음으로 '음주 관람'을 했다. 맥주 한 잔만으로도
쉽게 인사불성(?)이 되는 나는, 혼자 맛있는 맥주 한 잔 원샷하고 카라얀의 특별 사진전을
관람했다. 카라얀의 음악과, 카라얀이 남긴 명언들과, 카라얀이 사랑한 사람들을 술과 함께
들이켰다. 그곳에서 술의 힘을 핑계로 나도 모르게 눈물을 흘렸는데 그건 슬픔의 눈물이 아
니라, 이 찬란한 세상을 냉큼 혼자만 즐기고 있는 것이 못내 안타까워서였다. 나는 두고 온
모든 그리운 사람들을 생각했다. 더 많은 사람들과 이런 기쁨을 함께 누릴 수 있는, 그런 세
상에서 살고 싶다.

요새 나는 눈에 보이는 상품의 소비를 최소화하고, 보이지 않는 생활의 체험을 소비하는 연습을 하고 있다. 옷을 사지 않는 대신 영화를 한 편 보고, 가방을 사지 않는 대신 전시회를 가고, 신발을 사지 않는 대신 산책을 나간다. 물건 대신 삶을, 유행 대신 우정을, 채워도 채워지지 않는 공허함 대신 생에 대한 감사를 느낄 수 있는 방법을 고민하기 시작했다. 조금씩 눈이 맑아지고, 마음 또한 가벼워지고 있다. 기쁨도 더 온몸으로 깊숙이 느끼고, 슬픔도 더욱 투명하고 냉철하게 느낄 수 있게 되었다. 그런 의미에서 화폐는 단지 재테크의 대상이 아니라 위대한 스승이다. 계산할 수 있는 것의 가치를 통해 계산할 수 없는 것의 가치를 깨닫게 하는.

직업

'네 꿈은 뭐니?'라는 이름의
폭력

…우리에겐 꿈을 쉽게 포기하는
버릇이 있다…

하나님, 저에게
바꿀 수 없는 것을 받아들이는 평온을
바꿀 수 있는 것은 바꾸는 용기를
그리고 그 차이를 구별하는 지혜를 주시옵소서.
—라인홀드 니부어

어린 시절 가장 많이 받은 질문.

"너 커서 뭐가 될래?"

내 꿈은 계절마다 바뀌어서, 지금은 기억조차 가물가물하다. 하지만 초등학교 시절까지 가장 오래 간직했던 꿈은, 부끄럽지만 피아니스트였다. 사실 피아니스트의 삶이 어떤 건지도 잘 몰랐지만 나는 그저 피아노가 좋았다. 내가 피아노를 치면 웃어주는 아빠의 미소가 좋았고, 나 몰래 숨어서 내가 치는 피아노곡을 조용히 연습하는 동생의 귀여운 모방심리도 좋았고, 내 피아노 소리에 맞춰서 춤추고 노래하는 막내 동생의 재롱이 좋았다. 합창단의 반주를 하는 일도 재미있었고, 대회에 나가기 위해 한 곡만 죽어라 쳐대는 것조차 좋았다. 피아노를 '잘 쳐서' 좋은 것이 아니라, '그냥 좋아서' 좋아했다. 특출한 재능이 있는 것은 아니었다. 하지만 그렇게 앞뒤를 재지 않고 무언가를 순수하게 좋아하는 일은 인생에 다시 없을 것만 같다.

꿈의 불꽃이 타오르기 시작한 순간은 이상하게도 잘 기억나지 않는데, 꿈의 불꽃이 사그라지던 순간은 정확히 기억이 난다. 어린 시절 우리 집에서 같이 살던 이모와 곧잘 수다를 떨었는데, 이모가 하루는 나에게 이런 질문을 했다.

"여울아, 넌 커서 뭐가 될래?"

난 또 아무 대책 없이 해맑게 대답했다.

"뭘 물어, 피아니스트지."

이모는 걱정스런 얼굴로 물었다.

"아직도? 그거 돈 엄청 많이 드는 거, 알아?"

"응? 돈?"

난 무슨 말인지 몰라, 눈을 깜빡거리며 물었다. 난 그저 피아노만 있으면 되는데, 돈이 더 필요하다니?

"그거 부잣집 딸들이나 하는 거다. 뒷바라지 하는 거 엄청 힘들어."

난 할 말을 잃었다. 내가 그저 어떤 꿈을 꾼다는 것이 부모님께 부담이 된다는 것을 미처 헤아리지 못했던 것이다. 조숙한 척만 했지 전혀 철들지 못했던 초등학생에겐 너무 커다란 충격이었다.

그 다음부터 나는 피아노 연습을 게을리하기 시작했다. 피아노를 보는 눈이 달라졌다. 이제 피아노는 '꿈'이 아니라, '취미'가 되어버렸다. "넌 공부도 잘하니까, 너무 피아노만 좋아하진 마라"고 말씀하시던 어른들의 충고가 그제야 들리기 시작했다. 피아노보다는 공부에 집중하는 것이 부모님을 기쁘게 해드리는 것임을 깨닫기 시작했다.

부모님과는 그런 이야기를 한 번도 직접적으로 해본 적이 없다. 그런데 시간이 지날수록 부모님이 나 때문에 마음 아파하신다는 것을 알게 되었다. 정작 나는 중학생이 되면서 피아노에 대한 꿈은 완전히 접었는데, 부모님은 오랫동안 나를 예고에 보내지 못하신 걸 미안해하셨다. 게다가 내가 공부 때문에 스트레스를 받을 때마다, 부모님은 악기를 사주셨다. 중학교 때는 멋진 통기타를 사주셨고, 고등학교 때는 전자키보드를 사주셨다. 그리고 내 방에서는 항상 일곱 살 때 아빠가 사주신 낡은 피아노가 수호천사처럼 나를 지켜주었다.

나는 음악시간이나 수련회나 합창대회가 있을 때 단골 반주자가 되었고 그 역할에 100퍼센트 만족했다. 사춘기 시절 내 별명은 '딴따라'였다. 그리고 그 별명의 뉘앙스는 '샌님 같은 범생이가 의외로 놀 줄 안다'는 것이었다.

그 이후로도 나는 꿈을 여러 번 포기했다. 때로는 성적이 모자라서, 때로는 사람들의 평가가 두려워서, 때로는 그저 꿈만 꾸는 것이 싫증나서 수도 없이 꿈을 포기했다. 내 꿈의 역사는 '포기의 역사'였다. 그런데 그 수많은 꿈들을 포기하며 살아가다 보니, 정말 인정하기 싫지만 나의 진짜 문제를 알게 되었다. 실패가 두려워 한 번도 제대로 된 도전을 해보지 못했다는 것을. 아무리 이모의 조언이 충격적이었더라도, 내가 피아노를 좀 더 뜨겁게 사랑했더라면, 좀 더 세상과 싸워볼 용기가 있었다면, 그렇게 쉽게 포기하진 않았을 것이다.

나는 계란으로 바위를 치는 심정으로, 자신의 꿈을 향해 도전하며 처절하게 실패하는 사람들을 마음속 깊이 질투하고 존경한다. 이제야 알았기 때문이다. 포기의 역사보다는 실패의 역사가 아름답다는 것을. 제대로 부딪혀보지도 않은 채 포기하는 것보다는, 멋지게 도전하고 처참하게 실패하는 사람들이 훨씬 많은 것을 배운다는 것을. 꿈을 이루는 데 실패하더라도, 삶에서 실패하는 것은 아님을.

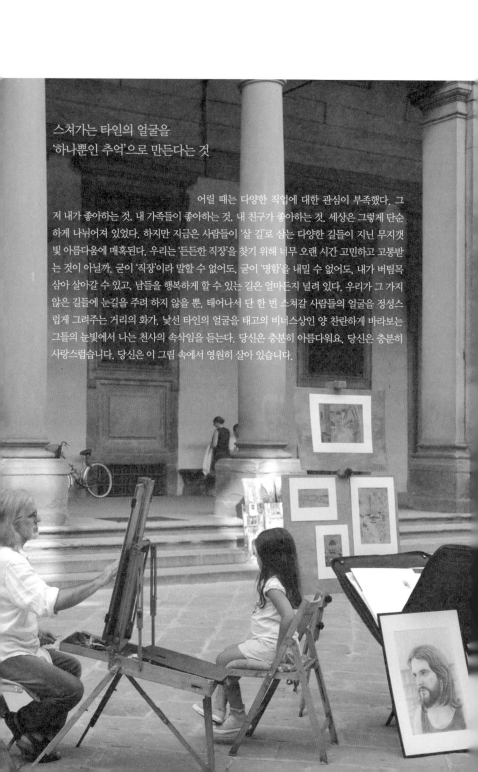

스쳐가는 타인의 얼굴을
'하나뿐인 추억'으로 만든다는 것

어릴 때는 다양한 직업에 대한 관심이 부족했다. 그저 내가 좋아하는 것, 내 가족들이 좋아하는 것, 내 친구가 좋아하는 것. 세상은 그렇게 단순하게 나뉘어져 있었다. 하지만 지금은 사람들이 '살 길'로 삼는 다양한 길들이 지닌 무지갯빛 아름다움에 매혹된다. 우리는 '든든한 직장'을 찾기 위해 너무 오랜 시간 고민하고 고통받는 것이 아닐까. 굳이 '직장'이라 말할 수 없어도, 굳이 '명함'을 내밀 수 없어도, 내가 버팀목 삼아 살아갈 수 있고, 남들을 행복하게 할 수 있는 길은 얼마든지 널려 있다. 우리가 그 가지 않은 길들에 눈길을 주려 하지 않을 뿐. 태어나서 단 한 번 스쳐갈 사람들의 얼굴을 정성스럽게 그려주는 거리의 화가. 낯선 타인의 얼굴을 태고의 비너스상인 양 찬란하게 바라보는 그들의 눈빛에서 나는 천사의 속삭임을 듣는다. 당신은 충분히 아름다워요. 당신은 충분히 사랑스럽습니다. 당신은 이 그림 속에서 영원히 살아 있습니다.

얼마 전 내 소중한 벗이 함께 술을 마시다가 내게 불쑥 물었다.

"넌 왜 그렇게 매사에 자신감이 없냐?"

나는 아무렇지도 않다는 듯 적당히 둘러대긴 했지만, 그 말이 오랫동안 아팠다. 가슴에 날카로운 사금파리가 박힌 것처럼, 시리게 아팠다. 내 삶의 치명적인 허점을 건드리는 말이었기 때문이었다. 나를 오래 알아온 사람만이 알아볼 수 있는 내 아픔이었기 때문이다. 어린 시절 엄마는 늘 나를 걱정했다. '꿈속에 사는 사람'이라고. 나는 꿈을 포기하는 것이 좀 더 현실적인 사람이 되는 법이라 믿었다. 내 꿈은 늘 허황됐으므로. 내 꿈은 늘 나와 어울리지 않았으므로.

나는 이제야 깨닫는다. 피아노를 포기한 것이 문제가 아니라, 그때부터 '포기하는 버릇'을 가슴 깊이 내면화한 것이 문제라는 것을. 도전하기 전에, 미리 온갖 잔머리를 굴려 내 인생을 '시뮬레이션' 해보고, 안되겠구나 싶어 지레 포기하는 것. 아주 어릴 때부터 나도 모르게 소중하게 가꿔온(?) 버릇이라 쉽게 고칠 수도 없었다. 내게 주어진 현실을 실제 상황보다 훨씬 나쁘게 인식하는 것. 내가 가진 것을 실제보다 훨씬 작게 생각하는 버릇. 가슴 깊이 감추어진, 생에 대한 뿌리 깊은 비관. 그것은 금속에 슬기 시작한 '녹' 같다. 처음에는 아주 하찮게 보이지만 나중에는 가득 덮인 녹 때문에 물체의 원래 모습조차 알 수 없게 되어버리는. 나는 진로에 대한 공포 때문에, 미래에 대한 비관 때문에, 나의 원래 모습마저 잃어버린 것 같았다.

나의 글을 읽어주는 '마음의 20대들'은 나 같은 실수를 반복하지 말았으면 한다. 진로를 생각할 때 '실현가능성'부터 생각하지 말자. 진로를 생각할 때 곧바로 '직업'과 연결시키지도 말자. 미래를 생각할 때 생활의 안정을 1순위로 하지 말자.

하지만 이런 건 괜찮다. 예컨대, 내가 얼마나 그 꿈에 몰두할 수 있는지 실험해보는 것. 밥 먹는 것도 잊고, 잠자는 것도 잊고, 약속 시간도 잊고, 무언가에 몰두해본 적이 있는가. 그게 바로 우리들의 가슴을 뛰게 만드는 것이다. 그것이 무엇이든, 밥이 되든 안 되든, 그런 건 우리의 짐작만큼 중요하지 않다.

아이들의 장래희망 1순위가 '연예인'인 시대도 문제였지만, 이제 아이들의 장래희망 1순위가 '공무원'인 시대는 더욱 앞이 캄캄하다. 희망의 직종이 문제가 아니라 희망의 획일성이 문제다. 그것은 '장래희망'이 아닌 '장래를 향한 강박'으로 느껴진다.

'직업'이 아름다운 사람이 아닌,
'인생'이 아름다운 사람

거리를 걷다가 그저 한가로이 신문을 보는 할아버지
와 마주쳤다. 할아버지는 신문을 '읽는다'기보다는, 신문을 안주 삼아 여유로운 오후를 '즐
기고' 계셨다. 모두들 바쁘게 제 할 일을 하고 있는데, 오직 그 할아버지만이 누구도 흉내 낼
수 없는 '정적'을 온몸으로 그려내고 계셨다. 할아버지는 신문을 보는 그 모습만으로도 그저
아름다운 한 폭의 풍경이었다. 우리는 누군가 아무것도 안 하고 있을 때 '한심하다'고 생각하
는 교육을 받아온 것은 아닐까. 나는 여행을 할 때마다 '아무것도 안 하고 있어서 행복한 사
람들'을 발견한다. 그런 사람들이 때로는 박물관의 명작보다 아름다워 보일 때가 있다. 그건
우리 삶 속에서 살아 움직이는 풍경이므로. 내가 살고 싶지만 아직 살아내지 못한 타인의 삶
이므로.

···나는 무엇이 '되고' 싶은 것이 아니라,
무언가를 '하고' 싶다···

열정은 가장 뛰어난 이성이다.
—샤를 단치

중고등학생들 앞에서 강연을 하고 난 후, 가끔 사인을 해달라는 아이들의 수줍은 얼굴을 바라보며 나는 묻는다. 어색한 나머지, 그 옛날 나를 난처하게 했던 어른들과 똑같은 질문을 해버리고 마는 것이다.

"이 다음에 뭐가 되고 싶어요?"

난 그저 따스한 덕담 한 마디를 던지기 위해 건넨 가벼운 질문이지만, 아이들은 과거의 나와 똑같은 두려움이 담긴 표정으로 자신의 꿈을 쭈뼛쭈뼛 말한다. 선생님이 되고 싶어요, 작가가 되고 싶어요, 만화가가 되고 싶어요.

그런데 가끔 내 마음을 아프게 하는 아이들이 있다. 바로 그 아이들이 사춘기 시절 나를 꼭 닮은 아이들이다.

"아직 잘 모르겠어요."

"뭐가 될지 모르겠어요."

"하고 싶은 게 없어요."

나는 그제야 깨닫는다. 내가 잘못했구나. 이런 질문을 해서는 안 되는데. '뭐가 되고 싶은지'는 사실 중요한 것이 아닌데. '무엇이 되고 싶냐'는 식의 질문은 참 폭력적이다. 반드시 '뭐가 되어야 한다'는 전제를 깔아놓는 것이기에. 지금부터 확실한 꿈을 갖지 않으면 마치 큰일이라도 나는 듯한 조바심이 스며 있는 질문이기에. '커서 무엇이 될지 모르겠다'는 아이들은 사실 지극히 정상적이고 솔직한 아이들인데, 처음 보는 내 앞에서 쭈뼛거리며 마치 죄라도 지은 것처럼 움츠러든다. 난 정말 나쁜 어른이 된 것만 같았다.

 이제 나는 그런 질문을 하지 않기로 했다. 무엇이 될 것인가는 그리 중요하지 않다. '어떻게 살 것인가, 어떤 삶을 창조할 것인가'에 비하면 꿈은 아무것도 아니다.
 요새 나는 강의를 할 때 조금 더 솔직해지고 있다. 난 내가 정말 뭘 하고 싶은지 서른이 다 되어서 알았다고. 그래도 별로 늦지 않다고. 내 삶의 운전대를 내가 잡을 수만 있다면, 나를 먹여 살릴 수 있는 아주 작은 일거리만으로도 견딜 수 있다고. '이태백'이라는 말을 들어도 좋으니, 꿈을 결정할 수 있을 때까지 뻔뻔하게 버티라고. 우리의 무지갯빛 꿈을 그저 '직업'으로 환원시키는 갑갑한 사고방식에서 벗어나자고.

 나는 '글을 쓰고 싶다'는 꿈을 서른 즈음이 되어서야 비로소 마음 깊이 받아들였다. 그 전에는 글을 쓴다는 것은 인생의 간이역 같은 것이었다. 장차 무엇이 될지 모르니 일단 지금 할 수 있는 일을 찾아서 한다는 것. 그러니까 내게 쓰기는 꿈을 정하지 못한 나 자신을 위한 일시적 피난처였다.
 결정적으로 나는 '진짜 좋아하는 것은 생계로 삼아서는 안 된다'는 기이한 결벽증을 앓고 있었다. 아주 건조하고 기능적인 일을 '직업'으로 삼고, 진짜 내가 좋아하는 글쓰기는 몰래 숨어서 하고 싶었다.

춤추는 몸,
날아오르다

아직 '책 읽는 몸'과 '글 쓰는 몸'밖에는 개발하지 못한 내 게으른 영혼은 '춤추는 몸'에 유독 매혹된다. 특히 춤추는 타인의 몸이 절정의 순간, 마치 인간이 아닌 듯, 한 마리 새가 되어 비상할 때. 중력의 법칙으로부터 한 순간 유체이탈하는 듯한 아름다운 착시. 삶을 위해 몸을 쓰는 사람들은 아름답다. 언어, 숫자, 법률, 기술 등, 수많은 소통의 도구들은 때로 인간 자신을 오히려 도구화시키지만, 몸은 소통의 수단이 아니라 소통 그 자체다. 몸은 대화의 기술이 아니라 대화 그 자체다. 더없이 투명하게 살아 있는 미디어, 몸. 우리는 온갖 정보들에 사로잡힌 '머리'에 혼을 빼앗겨 우리의 '몸'을 쓰는 법을 점점 망각해가는 것이 아닐까.

아무 이유 없이 그저 문학이 좋고, 글 쓰는 일도 정말 좋지만, 그렇게 좋아하는 걸 '생업'으로 삼는 순간 '마음대로 쓸 수 있는 자유'는 제한될 것이라는 생각 때문이었다. 내가 사랑하는 글쓰기는 '마지막 피난처'로 남겨두고 싶었던 것이다. 문득 이 삶 바깥으로 도망치고 싶을 때, 아무 데로도 도망칠 수 없으면 어떡하지? 그런 공포가 '정말 원하는 것'을 '업'으로 삼고 싶은 욕망을 가로막았던 것이다.

그리고 그 예상은 어느 정도 맞았다. 나는 내가 좋아하는 단 한 가지의 글쓰기를 위해서 다른 모든 생계형 아르바이트를 용감하게 포기하지 못했고, 진심으로 좋아하는 글쓰기에 집중할 수 있을 때까지 오랜 시간 방황해야 했다.

여전히 그 불안한 방황의 길 위에 서 있지만, 예전처럼 '글쓰기는 간이역이다'라는 철없는 생각은 하지 않는다. 나는 어딘가 확실한 목적지로 가기 위해 살고 있는 것이 아님을, 이제는 알기 때문이다. 나는 어떤 직업을 갖기 위해 글을 쓰고 싶은 것이 아니라, 명함에 번듯한 직함을 새길 수 있는 글쓰기를 하고 싶은 것이 아니라, '계속 글을 쓸 수 있는 삶'을 원하는 것이었다. 그저 계속 글을 쓸 수만 있다면, 남들이 뭐라고 하든, 삶이 얼마나 불안정하든, 그 모든 것을 견딜 수 있다고 생각하기 시작한 것이다.

나의 꿈을 직업이 아닌 삶의 차원에서 생각하기 시작하자, 문제는 의외로 쉽게 풀렸다. 나는 서른 즈음이 되어서야 명함공포증에서 벗어났다. 처음 만날 때마다 명함을 요구하는 낯선 사람들의 인사법에 익숙해지지가 않았던 것이다. 직업이 아닌 삶 자체의 빛깔로 진로를 생각하기 시작하자, 이제 더 이상 '명함을 내놓으시오'라고 명령하는 듯한 상대방의 눈빛에 기죽지 않게 되었다.

나는 스스로를 다독였다. '당신의 소속은 어디십니까'라고 묻는 사람들의 질문에 쫄지 말자고. 내 삶은 오직 내 소속이니까. 어디서 무얼 하든, 졸업장으로 내 삶을 증명하는 삶을 살고 싶지 않다. 명함으로 내 삶을 전시하는 삶은 살고 싶지 않다. 나는 '무엇을 해야만 멋진 사람'이 아니라 '아무것도 안 할 때 정말 멋진 사람'이 되고 싶다. 그건 직업이 아니라, 내 삶이 아름다워야만 이룰 수 있는 꿈이다.

내가 명함공포증을 앓고 있는 동안, 나의 막내 동생은 이력서중독증을 앓고 있었다. 정말 하고 싶은 것이 무엇인지 알지 못하는 상태에서, 단지 백수 상태가 두려워 자신도 모르게 하루에도 몇 장씩 신들린 듯(?) 이력서를 쓰고 있는 자신을 발견했다는 것이다. 이력서를 하루에 한 장이라도 안 쓰면 온몸이 근질거렸다는 동생의 이야기를 들으며 가슴이 쓰렸다. 우리는 항상 이미 일을 하고 있는데, 특정한 조직에 속하지 못한다는 이유만으로 이토록 스트레스를 받을 필요가 있을까.

〈브로크백 마운틴〉과 〈색, 계〉를 만든 이안 감독은 본격적인 감독 생활을 하기 전에 6년이나 백수생활을 했다고 고백한 적이 있다. 6년 동안 특별한 일거리가 없어, 아내가 생계를 꾸려가고 자신은 육아와 가사를 도맡아했다고 한다.

여행자와 함께, 인생과 함께,
한없이 흘러가다

곤돌라의 뱃사공, 곤돌리에Gondolier가 되기 위해서는
운전실력 뿐 아니라, 베네치아의 역사에 대한 해박한 지식, 뛰어난 노래 실력까지 필수라고
한다. 모든 사람들에게 평등하게 작업을 거는 듯한 그들의 과장된 다정함이 웃음을 자아내
게 한다. 저 모퉁이만 돌면, 지금까지는 한 번도 경험해보지 못한, 새로운 세상이 펼쳐질 것
만 같다. 새로운 세계의 눈부심을 전달하는 아름다운 메신저, 곤돌리에들을 보며 나는 지금
그곳에 없지만 그곳에 이미 있는 듯한 멋진 착시를 선물 받는다. 뱃사공은 새로운 세계를 향
한 설렘을 창조하는 사람이다. 나도 그런 글을 쓰고 싶다. 너무도 가고 싶지만 차마 갈수 없
었던 그곳으로, 당신을 사뿐히 데려다줄 수 있는, 그런 글을. 앉은 자리에서도 당신과 함께
온 세상을 여행할 수 있는, 그런 글을 쓰고 싶다.

그런데 그는 정말 그 6년 동안 아무 일도 안한 걸까. 그는 단지 경제활동을 하지 않았을 뿐이다. 영화감독에게 가장 중요한 두뇌활동은 바로 자유로운 몽상이니. 현실의 제약을 일단 과감하게 접어둔채, 완전히 자유롭게 상상하는 것이니까. 그는 십 년 동안 전업몽상가가 됨으로써 자신의 창작활동의 든든한 정신적 기반을 닦은 것이다. 그는 6년 동안 요리를 하며 가족을 돌봤고, 요리야말로 '나의 영혼을 강하게 만드는 일'임을 깨달았다고 한다. 그 깨달음이 바로 지금의 이안 감독을 있게 한 영화 〈음식남녀〉의 뿌리가 되었다.

우리에게는 이렇듯 무조건 꿈을 세우고 꿈을 향해 돌진하는 '떠들썩한 맹목의 시간'이 아니라, 꿈에 대해 오랫동안 곱씹어보고 '꿈'과 '삶'과 '나'를 일치시킬 수 있는 길을 모색하는 '고독한 몽상의 시간'이 필요한 것이 아닐까.

방황

우리에겐 눈치 보지 않고
방황할 권리가 있다

…그 무엇도 아닌,
나로부터 도망치고 싶은 순간이 있다…

우리는 때로 길을 잃어보아야 한다.
세계를 잃어버린 다음에야 비로소 우리 자신을 발견하기 때문이다.
우리가 어디쯤 서 있는지 우리를 둘러싼 무한한 관계 속에서
나를 깨닫기 시작하는 것은 바로 길을 잃으면서부터다.
—헨리 데이비드 소로우 『월든』 중에서

가장 탈출하고 싶은 것이 오직 '나 자신'일 때가 있다. 이 세상 무엇이 되어도 좋으니, 그냥 나만 아니었으면 좋겠다는 생각. 익숙한 나로부터 불쑥 탈출하고 싶은 순간. 그럴 때야말로 우리가 평소에는 이런저런 일상의 습관에 가려 좀처럼 만날 수 없었던, 마음 깊은 곳의 나와 만나는 순간이다.

나는 그것이 '방황'의 본질이라고 믿는다. 평소의 자아를 평화롭고 우아하게 유지할 수 없는 순간. 지금까지 믿어왔던 그 모든 단단한 확신들이 무너지는 순간. 내게는 그 첫 번째 방황의 순간이 스무 살 봄에 찾아왔다.

새내기 시절, 알 수 없는 호기심에 이끌려 찾아갔던 첫 번째 집회. 그곳에서 나는 소중하게 가꿔왔던 나 자신이라는 모래성이 한꺼번에 허물어지는 경험을 했다. 신촌의 한 대학에서 열렸던 그 집회는 장애인 노점상들의 좌판 철거를 반대하기 위한 것이었다. 장애인, 노점상, 철거. 그 단어들 하나하나가 목에 걸린 가시처럼 아팠다. 장애인으로 살아가는 것도 힘겨운데, 생존의 근거인 노점상 좌판까지 빼앗겨야 한다니. 이 세상은 뭔가 단단히 잘못된 것만 같았다.

주먹을 단단히 쥐고 투쟁가를 부르는 선배들의 모습은 낯설고 어색하기 그지없었지만, 나는 그들의 목소리를 단번에 이해할 수 있었다. 도시를 말끔하게 가꾼다는 명목으로 이루어지는 모든 '철거'들이 감추고 있는 폭력의 잔인한 속내를.

그들은 올림픽 시즌에 외국인에게 잘 보이기 위해 집집마다 널린 빨래까지 걷어내라고 보채던 사람들과 같은 목소리, 같은 표정을 하고 있을 것이다. 더 잘 보여야 할 사람들, 예컨대 높으신 분들이나 VIP 외국인들을 위해 원래 그곳에 살던 사람들의 인권을 짓밟는 것이다. 원주민들의 평화로운 일상을 '구질구질한 것, 꽁꽁 숨기고 싶은 것, 결코 보여줘서는 안 될 것'으로 전락시켜버리는 것이다.

집회에 참여하면서 나는 점점 그 자리가 가시방석처럼 느껴졌다. 난 이 자리에 있을 수 있는 자격이 있는 사람일까. 그냥 하루 정도 시간을 내어 집회에 참여하면서, 타인의 고통에 공감한다는 것이 너무 위선적인 행동은 아닐까. 아직 대학 입학의 기쁨이 채 가시기도 전이라, 나는 내 행복의 뿌리마저 한꺼번에 흔들리는 느낌을 피할 수 없었다. 이 자리만 나서면, 나는 온 집안의 기대를 한 몸에 받는 모범생인데. 지금까지 난 정말 편안하게 살아왔는데. 늘 사랑받고, 칭찬받고, 인정받는 아이였는데. 그 모든 것이 왠지 부끄럽게 느껴졌다. 내가 장애인이었다면, 난 이 모든 행복과 풍요를 누릴 수 있었을까. 내가 장애인 노점상이었다면, 또는 그들의 딸이었다면, 그토록 원하던 대학에 입학할 수 있었을까.

방황,
생의 탈출구를 찾아서

나는 출구exit를 가리키는 표지판을 볼 때마다 이상하
게도 가슴이 설렌다. 그저 평범한 지하철 출구조차도, 나에게는 특별한 감흥을 불러일으킨
다. 나도 모르게 항상 지금 이곳으로부터의 극적인 탈출을 꿈꾸는 것일까. 출구는 자연스럽
게 '탈출' '저항' '혁명' '광기' '극단' '열정' '희망' 등의 단어들을 도미노처럼 연쇄적으로 연상시
킨다. 지루한 일상으로부터의 탈출, 지리멸렬한 습관으로부터의 탈출, 그리고 아무리 애를
써도 꿈쩍도 하지 않는 그 모든 것으로부터의 탈출.

이런 생각들은 꼬리에 꼬리를 물고 이어져서, 내가 가진 모든 행복의 원천이 한순간에 덧없고 부끄러운 그 무엇이 되어버리는 것이었다. 가공할 최루탄의 독가스를 맡아서 흘리는 눈물이었는지, 내자신이 당연한 것처럼 누려왔던 그 모든 달콤한 행복들이 부끄러워서 흘리는 눈물이었는지, 나는 벌건 대낮에 처음으로 남들 앞에서 눈물을 흘렸다. 머리카락으로 얼굴을 열심히 가리기는 했지만, 빨갛게 부어오른 눈두덩은 감출 수 없었다. 그때부터 나의 방황은 시작되었다. 그리고 그때부터 처음으로 나는 우리 부모님께 자랑스러운 모범생이 아닌 골치 아픈 문제아가 되었다.

나는 수업보다 선배들의 각종 사회과학 세미나에 더욱 열중했고, 학생회가 무엇인지 알게 되었고, 전경에게 잡힐까 봐 바들바들 떨면서도 집회에 나갔다. 나는 아무런 '중요한 역할'은 하지 못했지만, 그냥 그곳에 그 사람들과 함께 있는 것이 좋았다.

눈치 빠른 엄마는 나의 문제아적 속성을 금방 알아채시고는 달래도 보고, 야단도 쳐보고, 등짝을 후려치시기도 했지만, 나는 고개를 뻣뻣이 쳐들고 엄마를 노려보는 만행을 저지르며 속으로 생각했다. 난 결코 엄마가 원하는 그런 사람이 되지 않을 거야. 엄마는 대학 4년 내내 내가 '고시생'이 되시기를 기도하고, 설득하고, 협박도 해보셨지만, 나는 한 번도 그 기대를 충족시켜드리지 못했다. 학점은 뚝뚝 떨어졌고, 미래는 불투명해졌으며, 세상을 바라보는 시선은 날이 갈수록 '왼쪽'으로 흘렀다.

나는 대학교 4학년 때까지 그런 생활을 반복했고, 부모님의 한숨은 깊어졌다. 누군가 내게 '당신은 언제 방황했나'라고 묻는다면, 나는 대학생활 내내라고 대답해야 할 것 같다. 조금 더 솔직히 대답하면, 나의 20대 내내라고 말해야 할 것이다. 방황은 선택이 아니라 물처럼 공기처럼 매순간 내 존재를 지탱하는 그 무엇이었다. 방황은 내 존재를 속속들이 해체하여 전혀 다른 제3의 존재로 재조립한 후, 다시 세상 속으로 내보내는 소중한 원동력이었다.

…방황은 삶에 꼭 필요한
시선의 전복…

인간은 자신이 필요한 것을 찾아 온 세상을 여행하고,
마침내 집에 돌아와 그것을 발견한다.
―조지 무어

정말 '이젠 더 이상 견딜 수 없다'고 느껴지는 순간들이 있다. 여기
가 진정 늪이구나, 싶은 곳. 빠져나가려 할수록 더 깊이 빠져드는 함
정. 다른 사람들은 모두 아무렇지 않게 지나가는 것 같은데, 나만 이
곳에서 허우적대는 것 같은 느낌이 들 때. 정말 사람이 이렇게 미쳐
갈 수도 있겠구나 싶을 때. '난 이곳에서 반드시 벗어날 거야'라는
심각한 자기최면도, 사랑하는 사람들의 따뜻한 위로도, 효과가 없을
때가 있다.

까맣게 시들어가는 내 얼굴을 보면, 사람들은 '도대체 왜 그러냐',
'얘기를 좀 해봐라'라고 한다. 나도 잘 설명하고 싶은데, 이야기라도
할 수 있으면 짐을 덜 수 있을 것 같은데, 그럴 땐 그 좋아하는 수다
도 잘 떨지 못한다. '이야기를 할 수 있다'라는 것이 그토록 큰 축복
인지 몰랐다. 내 마음을 괴롭히는 그 무엇을 하나의 완결된 스토리
로 말할 수 있다면, 이미 그 사건은 내 안에서 객관화된 것이고, '종
결'된 것이다. 사건 속의 나와 사건 밖의 나를 구분할 수 있다면, 이
미 그것은 반쯤 치유된 것이다.

나는 '털어놓는 능력'이 부족한 사람이었기 때문에 20대를 그렇게 갑갑한 상태로 보낸 적이 많았다. 아마 그건 '맏이 콤플렉스'와도 관련이 있을 것이다. 문제가 있을 때 나는 반드시 스스로 해결해야 한다는 강박에서 벗어나지 못했다. 누군가에게 내 고민을 이야기하는 것은 왠지 자존심이 상했다.

나는 '들어주는 사람'이 되는 것이 좋았고, '말해야 하는 사람'이 되는 것이 두려웠다. 용기를 내어 고민을 털어놓고도 '저 사람이 나에게 실망하지 않았을까' 정말 신경이 쓰였다. 그리고 한 번도 속 시원하게 내 고민을 '툭 까놓고' 이야기하지 못했다.

지금 내가 20대의 나에게 다가가서 해주고 싶은 말은, 두 가지다. 첫째, 고민을 털어놓는 것은 부끄러운 일이 아니라고. 고민을 털어놓을 사람이 있다는 것 자체가 얼마나 큰 축복인데, 넌 그걸 모르냐고. 털어놓는 순간, '문제'는 그대로일지라도, '나'는 바뀐다고. 그것이 곧 해결의 열쇠라고. 둘째, 아무리 힘들고 아픈 일이라도, 우리는 미치지 않고, 죽지 않고, '지나가게 되어 있다'고. 그렇게 말해주고 싶다.

나는 대학교 4학년이 되어서야, 나의 한계를 깨닫기 시작했다. 나는 용감한 투사도 될 수 없었고, 끈기 있는 활동가도 될 수가 없었다. 그것을 스스로 인정한다는 것이 너무 고통스러웠다. 그때부터 나의 얼마 남지 않은 대학생활은 내가 나로부터 숨는 숨바꼭질이었다. 사람들을 만나도 숨어버리고 싶었고, 나 자신이 너무 부끄러워서 은둔형 외톨이 생활을 해본 적도 있었다.

거꾸로 보이는 세상의
기쁨

거울에 비친 세상은 평소에는 우리가 볼 수 없는 새로운 세계를 보여준다. 첫인상이 중요하다고들 할 때, 대부분 사람들은 '타인의 얼굴'에서 첫인상을 추출해낸다. 그런데 이 거울에 비친 세상은 우리의 '발부터' 볼 것을 제안한다. 우리의 발끝은 어디를 향하고 있을까. 당연하다, 내 것이다. 자연스럽다고 생각했던 나의 일상, 나의 토대. 내가 발 딛고 있는 바로 그곳은 어떤 곳일까. 그건 정말 당연한 걸까. 자연스러운 걸까. 그리고 과연 '내 것'일까. 타인의 얼굴을 향하던 시선을 타인의 발바닥으로 향하는 법. 나의 얼굴만 단장하던 시선으로, 내 발바닥을 뒤집어보는 것. 거기서부터 방황은 시작된다. 방황은 쓸데없는 시간낭비가 아니라 우리 삶에 꼭 필요한 시선의 전복이다.

춤추는 건물,
춤추는 세상

　　　　　　　　　　　프랭크 게리의 〈춤추는 건물〉을 보며, 나는 내내 배시
시 웃음을 흘렸다. 나도 모르게 몸을 들썩들썩, 말도 안 되는 막춤을 추고 싶었다. 분명히 단
단한 땅 위를 밟고 있는데, 건물이 흔들흔들 춤을 추는 것 같다. 건물 하나가 흔들리기 시작
하니 땅 전체가 흔들흔들 들썩이는 것 같았다. 건물 하나의 디자인만으로도 세상이 이렇게
달라 보일 수 있는 거구나. 나의 시선이 기쁘게 흔들리니, 세상 전체가 흔들흔들 춤을 추는
것 같다. 방황이란 세상을 바라보는 시선이 흔들리는 것이다. 그러나 방황은 나 자신의 붕
괴가 아니라, 잠시 춤을 추듯, 세상과 함께 기쁘게 흔들리는 것이다. 방황을 즐길 수만 있다
면, 방황을 친구로 만들 수만 있다면.

한 세계를 향한
눈부신 입구

　　　　　　　　　　　어떤 공간의 입구는 '바로 지금 여기부터가 새로운 세
상입니다. 당신은 이 새로운 세상에 들어올 준비가 되었나요?'라고 묻고 있는 듯한 느낌을
준다. 나에겐 여행 중에 우연히 발견한 뜻밖의 장소들이 그런 느낌을 준다. 사진 속의 계단
은 바로 훔볼트 대학의 입구다. 나는 그곳에서 오래전에 이미 내 곁을 떠났다고 믿었던 눈
부신 문장을 기적처럼 다시 만났다. "지금까지 철학자들은 세계를 해석해왔을 뿐이다. 그러
나 진정 중요한 것은 세계를 변혁하는 것이다." 나는 이 문장을 읽는 순간, 내 안에서 죽어버
린 줄 알았던 그 모든 불가능한 열정의 불씨들이 한꺼번에 되살아나는 듯 했다. 스무 살 때
읽었던 마르크스의 문장, 그것은 내 마음속에서 덧없이 지워진 것이 아니라, 해결되지 않은
뜨거운 화두로 남아 있었던 것이다. 이미 죽은 것처럼 보이지만 언제 다시 눈부시게 깨어날
지 모르는, 거대한 휴화산처럼.

대학원에 진학한 것도 무엇을 알아서가 아니라 무엇을 해야 할지 잘 몰라서였다. 모르기 때문에 배워야 했고 나아가 대학생활의 기나긴 방황의 시간을 좀 더 늘리고 싶었다. 아직 어떻게 살아야 할지 모르기에, '학생'이라는 축복을, 인생의 유예기간을 좀 더 늘리고 싶었다. 더 오래 숨어 있고 싶었다. 세상 밖으로 나아가는 그 떨리는 순간을 좀 더 미뤄보기 위해.

내가 진정한 활동가가 될 수 없다면, 내가 했던 그 수많은 고민들조차 모두 말짱 헛것이 되어버릴까 두려웠다. 하지만 세상은 그렇게 간단하지가 않았다. 내가 무엇을 하든, 내가 누구를 만나든, '20대의 나'는 눈앞이 캄캄해질 때마다, 마음속에서 저절로 밝혀지는 등불이 되어주었다. 20대의 나는 아무것도 가진 것이 없었지만 항상 현재의 나보다 총명하고, 사심 없고, 무엇이 옳은지를 알았다.

나는 베를린의 훔볼트 대학을 우연히 들렀다가, 결코 잊을 수 없는 마음의 풍경을 발견했다. 바로 계단 입구에 돋을새김되어 있는 마르크스의 문장이었다. "지금까지 철학자들은 세계를 해석해왔을 뿐이다. 그러나 진정 중요한 것은 세계를 변혁하는 것이다." 마치 세상에서 가장 소중한 문장처럼, 금빛으로 정성스레 돋을새김된 그 문장을 보고 있자니, 다리에 힘이 탁 풀렸다. 오늘 일정은 다 포기해야겠다는 생각이 들었다.

나는 그저 그 자리에 머물러서 한없이 그 문장을 바라봤다. 울컥하는 그 무엇이 가슴을 뒤흔들었다. 그 정체는 무엇일까. 그건 바로 내 안에서 죽어버린 줄로만 알았던 '20대의 나'가 되살아오는 느낌이었다. 내가 '끝났다'고 생각했던 그 모든 고민들은 여전히 내 안에서 완전히 죽지 않고, '더 나은 나'가 되어 이 화두를 짊어지고 용감히 걸어가기를 기다리고 있었던 것이다.

어느덧 하루가 한 계절처럼 길었던 그 시간들도 지나가버리고, 대학원 과정을 마치고 나니 어느새 나는 30대가 되어 있었다. 나는 비로소 조금 알 것 같았다. 부끄러움을 느끼는 것은 나 자신이지, 다른 사람들의 직접적인 시선이 아니었다. 방황했던 그 순간들을 돌이켜보면, 어쩐지 그 시간을 통째로 인생에서 결석한 느낌이 든다. '나다움'이라는 것이 사라지는 순간. 빨리 '나다움'을 찾아서, 그 방황의 늪을 벗어나야만 할 것 같은 순간들. 그런데 삶이란 그런 것이 아니었다.

방황이란, 더욱 대차게 나다움을 벗어던짐으로써 오히려 진정한 나다움을 되찾는 방법이다. 내게 필요한 것은 방황하지 않는 비법이 아니라 더욱 멋지게 방황하는 법이었다. 나는 사실 지금도 매일매일 방황한다. 아직도 매일 '도대체 나는 이다음에 뭐가 될까'를 고민한다. '도대체 내 꿈은 뭘까'를 언제든지 질문할 수 있다는 것 자체가 좋아졌다. 눈치 보지 않고 방황할 권리. 어떤 꿈에도 정박하지 않을 수 있는 자유. 이것이 내가 살아 있는 한 누릴 수 있는 최고의 자유니까.

소통

비슷하기 때문이 아니라
다르기 때문에 사랑한다

…내 말을 가슴 깊이 공감해줄 사람이
이 세상에 과연 있을까?…

여고 시절, 나는 '소통의 과잉' 상태에서 살아가는 일에 익숙했다. 나와 친구들은 말도 많고 탈도 많은 고교 시절을 깨알 같은 수다와 편지, 기나긴 전화통화로 버텼던 것 같다. 매일 얼굴을 보면서도 걸 핏하면 서로의 온갖 비밀을 담은 교환 일기를 돌리고, 아침부터 저 녁 늦게까지 학교에 잡혀 있으면서도 집에 도착하면 수화기가 뜨거 워지도록 밤늦게까지 통화를 했다. 평생 써본 편지지의 80퍼센트는 고등학교 때 다 썼던 것 같다. 왜 그렇게 하고 싶은 말, 듣고 싶은 말 이 많은지.

그랬던 내가 대학생이 되자 총체적인 소통의 난국에 빠졌다. 도대 체 무슨 말을 해야 할지, 타인의 말을 어떻게 이해해야 할지, 어리둥 절한 경우가 속출했기 때문이다. 하루가 멀다 하고 쭈뼛쭈뼛 '자기 소개'를 해야 하고, 하루에도 몇 번씩 난해하고 알쏭달쏭한 '대학생 들끼리의 은어'에 문화적 충격을 받기도 하고, 한마디로 눈치가 없 어서 타인의 진의를 이해하지 못할 때도 많았던 것이다.

게다가 20대 초반은 나의 지적 허영이 최고조에 달한 시점이라 차마 말로는 못 하지만 마음속으로는 이런 생각을 할 때가 많았다.

'멋진 말이 아니라면, 아예 말을 안 하는 게 낫지 않을까.'

우리 지금
함께 있나요?

저들은 과연 한 장소에 함께 있는 것일까. 처음 만나
는 이 사람들은 아무 스스럼없이 옆 사람의 숨소리와 옆 사람의 온기가 느껴질 정도로 가깝
게 붙어 앉아 있다. 그런데 그들은 서로 대화하지 않는다. 지금 저 기계들 속의 콘텐츠와 각
자 대화하고 있기 때문이다. 이런 장면들은 공공장소 어디서나 목격된다. 심지어 연인들끼
리도 각자의 스마트폰을 만지작거리며 각자의 소통을 즐기고 있다. 우리는 분명 한 장소에
함께 있다. 그런데 이것이 과연 함께 있는 것일까.

'저렇게 멋진 말을 하는 사람이라면, 정말 괜찮은 사람이 아닐까.' 그래서 '멋진 말'을 하는 사람들을 보면 은근히 동경하고, '멋없는 말'을 최선을 다해 계속하는 사람들을 보면 당장 그 자리에서 도망치고 싶을 때도 많았다. 하지만 꽤 오랜 시간이 지나서야 알게 되었다. 때로 '멋진 말'은 소통의 장애물이 될 수도 있다는 것을. 멋들어진 수사학으로 사람들을 홀리는 사람들도 많지만, 그들이 모두 '멋진 사람'은 아니라는 것을.

멋진 말과 멋진 행동이 일치하지 못할 때도 많다. 그저 멋진 말뿐인 경우도 많다. 중요한 것은 멋진 소통이고 더 중요한 것은 진솔한 소통이다. 아름다운 표현보다 중요한 것은 스스로를 향한 정직함이다.

종종 이런 생각에 빠져 소통을 포기하고 싶을 때도 있었다.

'이 사람과는 말이 통하지 않는다. 아무리 애를 써도.'

좀 더 다양한 사람들에게 이해받기 위해 안간힘 쓰기보다는, 그나마 서로 이해할 수 있는 사람들과 더 깊이, 더 오래 소통하는 것이 낫지 않을까. 하지만 소통의 편안함만 추구한다면, 우리는 평생 같은 사람들, 같은 이야기, 같은 느낌에 만족해야 할 것이다.

언제부턴가 나는 '애써 말하기'보다는 '좀 더 듣는 쪽'을 택했다. 처음에는 '너무 말이 하고 싶어 입술이 간질간질한 느낌' 때문에 괴로웠지만, 남자들의 군대 이야기도, 어른들의 일장연설도, 부모님의 매일 똑같은 넋두리도, 자꾸 듣다 보니 신기한 맛이 있었다. 사람들은 사실 '만날 똑같은 이야기'를 하는 것이 아니다. 그렇게 보이지만, 사실 '우리의 듣는 귀'와 '우리의 보는 눈'이 그렇게 해석하는 것

우리는 과연
따로 있는 것일까

한 번도 만난 적이 없지만, 왠지 친밀감이 느껴지는 사람들이 있다. 사찰에서 작은 돌멩이를 쌓아 올려 소원을 비는 사람들이 차곡차곡 만들어 낸 아기자기한 돌무덤들. 여행지에서 각자의 소원이나 사랑하는 사람의 이름을 새겨 때로는 포스트잇에, 때로는 열쇠나 자물쇠에 메모를 남기는 사람들. 소원을 빌고, 사랑하는 이를 생각하고, 떠나간 이를 기리는 사람들. 한 번도 만난 적 없는 사람들이 쓴 글들이지만 이상하게도 친근하다. 번역도 할 수 없는 온갖 다양한 언어들로 이루어진 메모들이 잔뜩 붙어 있지만, 이런 모둠 게시판은 기이한 친밀감을 자아낸다. 저렇게 함께 앉아 있지만 기계와만 대화할 뿐 옆 사람과는 대화하지 않는 '디지털무언족'보다는 훨씬 따스한 온기가 느껴진다.

이다. 사람들은 그때마다 조금씩 다른 이야기를 한다. 우리가 충분히 귀 기울인다면, 우리가 충분히 마음을 연다면, 때로는 '말하기'보다 '그저 듣기'가 더 많은 소통을 해낸 것 같은 기쁨을 줄 때가 많다.

20대 초반의 내 화두가 '제발 내 말 좀 들어줘!'였다면, 20대 후반의 내 화두는 '듣고, 또 듣자!'였다. 물론 여전히 쉬운 일이 아니다. 수다의 욕망, 표현의 욕망, 폭로의 욕망을 이겨내기란 쉽지 않다. 하지만 시간이 지날수록 듣기의 위력은 말하기와 쓰기를 넘어선다는 것을 온몸으로 느낀다. 모두가 화려한 '자기PR'에는 온 신경을 곤두세우지만, 아무 조건 없이 타인을 존중하는 기술은 좀처럼 배우기 어렵기 때문이다.

비슷함을 확인하는 편안한 소통보다는 서로 다름을 인정하는 불편한 소통이 우리를 성장시킨다. 우리가 소통의 장애물이라 믿었던 그 모든 불편함, 그 모든 답답함이, 실은 소통의 장애물이 아니라 소통 자체의 엄연한 구성물이다. 아마 우리가 하고 싶은 수많은 말들은 영원히 수신자에게 도착하지 못할 안타까운 편지일 것이다. 하지만 지구상에 아직 '소통'이라는 말이 남아 있는 이유 또한 바로 그 '도착되지 못한 편지들'의 안타까운 웅성거림, 활기 넘치는 아우성 덕분이 아닐까.

…나와의 소통,
외로운 자신의 영혼에 마이크를 대주는 것…

20대 친구들의 눈빛에는 지금의 내가 완전히 잃어버린 그 무엇이 있다. 예컨대 그들의 머리 위에는 이런 귀여운 말풍선이 떠다니는 것 같다.

'오늘은 뭔가 좋은 일이 일어나지 않을까?'

'내일은 정말 그 사람을 만날 수 있지 않을까?'

'언젠가 내 꿈이 꼭 이루어지겠지?'

인생에 대한 막연한 기대가 정점에 다다르는 시기. 그래서 가장 행복하고, 그래서 가장 많이 상처받는 시기 또한 20대다. 인생을 향해 너무도 천진난만하게 기대하고, 무방비 상태로 상처받는 20대.

사람들은 나이 들수록 '더 나은 내일에 대한 막연한 기대'를 잃어버리곤 한다. 꿈을 잃어버리고 싶어서가 아니라 현실을 인정하는 법을 배워야 하기 때문이다. 좀 더 현실적인 계획, 좀 더 실현가능한 미래를 구상하며 사람들은 점점 자신의 수많은 가능성들을 하나 둘 내려놓는다. 우리의 눈빛에서 저 '젊은이다운 설렘'의 빛이 사라져가는 이유는, 어쩌면 '자기 자신과의 소통'으로부터 점점 멀어지기 때문은 아닐까.

여권,
또 하나의 소통

여권은 수신자 없는 미디어다. 세계 각국의 알록달록한 도장이 찍힌 여권은 언제나 가슴을 설레게 한다. 사진 속 여권의 주인공은 바로 안데르센이다. 지독한 짝사랑의 상처로 점철된 그의 삶은 고독하기 그지 없었지만, 그가 써내려간 동화는 전 세계 어린이들에게 여전히 사랑받고 있다. 동화라는 수단으로 전 세계 어린이들과 만난 안데르센. 그의 동화야말로 온 세상에서 통용되는 무제한 여권이었고, 세상을 향한 절실한 소통의 미디어였다.

타인과의 소통도 물론 중요하지만, 20대에는 '자신과의 소통'을 배울 수 있는 가장 멋진 시기이기도 하다. 그러기 위해 우리는 감정의 속도보다 한 템포 늦추어, 조금 더 오래 자신의 마음을 다듬고 가꾸어 표현하는 법을 배워야 한다.

감정의 기복이 유난히 심했던 나는 바로 이 '한 템포'를 참아내지 못하고, 금방 내 생각을 충동적으로 표현하고 나서는 돌아서면 후회하곤 했다. '내가 낮에 내뱉은 말에 대한 후회'로 잠 못 들었던 그 숱한 밤들.

모두들 '자기표현'을 강조하는 시대지만 감정을 그때그때 즉각 표출하는 것은 지혜로운 자기표현이 아니다. 시시각각 감정이 바뀔 때마다 온갖 소셜 미디어를 통해 감정을 토해내는 것은 그다지 건강한 소통법은 아닌 것 같다. 오히려 더 나은 나, 더 깊은 나를 표현하는 데 커다란 장애물이 될 수 있다.

돌이켜보면 20대의 '빛나는 소통'의 순간은 생생한 소통의 현장보다 오히려 소통을 조용히 '준비'하는 시간들이었다. 수업 시간의 발표나 리포트를 준비하기 위해 온갖 책과 자료들을 뒤져가며 힘겹게 글을 쓰기도 하고, 친구에게 보낼 편지를 쓰기 위해 밤을 새기 일쑤였으며, '삐삐'의 그 사소한 인사말을 녹음하기 위해 집에 틀어박혀 오래된 피아노를 온종일 두들겨대기도 했으며, 스스로를 '촌스럽다'고 여기면서도 편지지를 수십 장씩 구겨가며 '가장 연애편지 티가 나지 않는 연애편지'를 쓰기 위해 가슴 졸였던 나.

이런 소통의 '과정'들은 오랜 시간이 지나도 쉽게 망각되지 않고, 우리 마음속에 아름다운 감성의 그림자를 남겨놓는다. 더 나은 소통을 준비하고, 기다리고, 가다듬는 과정에서 우리는 자신도 모르게 성장한다. 어른이 되어서도, 이제 더 이상 학생이 아니더라도, 스스로의 내면을 키우고 가꾸며 자신과 소통하는 법을 배울 줄 아는 사람들이야말로 행복한 인생의 주인공들이다.

그렇다면 우리의 소통을 가로막는 결정적인 장애물은 무엇일까. 나의 경험 속에서 타인과의 소통을 가로막는 가장 치명적인 장애물은 바로 '타인에 대한 판단'이었다. 나는 '다른 사람들이 나를 어떻게 생각할까'에 대한 걱정이 지나쳤다. 저 사람은 날 싫어할 거야, 저 사람은 날 이해하지 못할 거야, 저 사람은 내 이야기에 관심이 없겠지, 저 사람은 분명 내 편이 아닐 거야. 이런 타인에 대한 부정적인 판단이 소통 자체를 시작하기도 전에 가로막곤 했다.

나는 그런 '타인에 대한 판단'이 '실수를 예방하는 지름길'이라고 믿었다. 말하자면 엉뚱한 곳에 가서 나를 이해해주길 바라는 실수를 피하기 위해, 나는 타인을 끊임없이 관찰하고, 분석하고, 판단했다. 그런데 오랜 시간이 지나고 나면, 내 판단이 틀렸을 때가 많았다. 특히 타인에 대한 비관적인 추측은 나를 필요 이상으로 예민하고, 성마르고, 조심스럽게 만들었다. 그런 태도로는 사람들과 진정으로 대화할 수 없다. 그런 '판단'이 우정을, 연대를, 사랑을, 그 모든 소통을 가로막는다.

오래된 도서관,
먼저 간 사람들의 간절한 편지

세계에서 가장 아름다운 도서관으로 알려진, 비엔나 왕립도서관 프룽크잘Prunksaal. 나는 이미 오래전에 세상을 떠난 작가들의 책을 볼 때마다 가슴이 뜨거워진다. 특히 책장이 닳아진 책들, 글씨조차 뭉그러진 책들, 수많은 사람들의 손때가 묻은 책들. 그런 책들만큼 매혹적인 소통의 미디어가 있을까. 저 아름다운 책들이 모두 '죽은 사람들이 살아 있는 우리에게 보내는 편지'인 것만 같다. 그래서 더 애틋하고, 그래서 더 맹렬한 독서욕을 불러일으킨다.

그러나 '판단'만큼이나 위험한 것은 '기대'다. 저 사람은 날 이해해줄 거야, 저 사람은 아마 말하지 않아도 내 마음을 저절로 알아줄 거야, 저 사람은 구구절절 설명하기보다는 그저 눈빛만으로도 내 마음을 알아주겠지. 이런 식의 지나친 기대도 소통을 가로막긴 마찬가지였다. 타인에 대한 '판단'은 내가 호감을 느끼지 못하는 사람들과의 소통을 가로막았고, 타인에 대한 '기대'는 내가 호감을 느끼는 사람들과의 소통을 가로막았다.

판단도, 기대도, 오직 나만의 주관적인 프리즘에 비친 세상이라는 점에서 다를 바가 없다. 부딪쳐보기 전엔, 누구도 모른다. 먼저 말을 걸어보지 않는 한, 친구를 사귀기도 어렵다. 사랑을 쟁취하기는 더더욱 어렵다. 그런 면에서 '비호감'이라는 단어는 참 잔인하다. 그런 부정적인 감정은 타인과의 뜻밖의 소통을, 우리가 혹시 함께 나눌지도 모르는 수많은 기적 같은 소통을 가로막아버리기 때문이다.

소통의 장애물이 타인에 대한 판단이나 기대라면, 우리의 소통을 더욱 따뜻하게 만드는 것들은 바로 기다림, 내려놓음, 그리고 믿음이다. 기다림을 고통으로만 받아들이면 과대망상에 빠지기 쉽다.

'이렇게 답장을 안 보내는 걸 보면, 틀림없이 내 연락을 무시하는 거야.'

'이렇게 연락이 늦는 걸 보니, 저 사람한테는 내가 중요한 존재가 아니구나.'

이런 생각들은 정말 심각한 소통의 장애물이 된다. 상대방의 즉각적인 대답을 요구하지 않는 넉넉한 기다림. 그리고 '네가 날 별로 좋아하지 않더라도, 괜찮아. 내가 널 아끼니까. 그건 어떤 상황에서도 변하지 않으니까'라고 생각할 줄 아는 것. 이것이 바로 상대방을 향한 일방적인 소통의 욕망을 내려놓는 것이다.

그리고 우리의 기나긴 소통을 위해 가장 중요한 것은 바로 믿음이다. 지금은 이해받을 수 없더라도, 가고 또 가다 보면, 언젠가는 이해받을 수 있으리라는 믿음. 서로를 향한 오해가 언젠가는 반드시 풀릴 것이라는 믿음이야말로, 소통의 아픔마저 아름답게 만든다.

나는 문자메시지보다는 이메일이, 이메일보다는 손편지가 좋다. 상대방의 답장을 더 오래 기다릴수록, 더 오래 문장 하나하나를 다듬을수록 좋다. 상대방에게 '즉시 대답하라!'라는 부담을 주지 않고, 어느 정도 기다림의 여유를 주는 소통이 좋은 것이다. 언젠가 친구가 오래전에 외국에서 보낸 엽서가 친구가 귀국한 후에야 도착했을 때가 있었다. 지금처럼 국제우편이 빠르지 않았던 시절, 워낙 외진 곳에서 보낸 엽서라 나에게 도착하는 데 몇 주가 걸린 것이었다. 엽서가 지구를 반 바퀴 돌아 우여곡절 끝에 무사히 도착했다는 것만으로도, 우리는 마냥 기뻤다. 너무 늦게 도착해버린 그 엽서는, 우리가 나눈 어떤 대화보다 깊고 따스한 소통이었다. 재빨리 도착하기를 바라지도 않고, 재빨리 답장을 받기를 바라지도 않는, 그저 '내가 너에게 이토록 머나먼 곳에서 글을 쓴다'는 것만으로도 충분한 소통.

즉각적인 답장의 기대가 적을수록, 더 오래 상대방의 반응을 기다릴수록, 어떤 반응에 대한 기대도 없이 내 노력을 조건 없이 쏟을수록, 그 소통은 절실해진다. 현대인들이 심각한 '감정노동'에 지치는 이유는 '나는 네 말을 들어주느라 이렇게 애를 쓰는데 너는 내 말을 조금도 들어주지 않는구나.'하는 실망감 때문이다. 함께 해야 할 것이 있다면, '소통의 장애물'조차 즐길 줄 아는 마음의 빈방이 필요하다.

그러니 조금은 귀찮더라도, 소통 자체가 매번 두려울지라도, 세수를 하고, 신발을 신고, 겉옷을 걸치고, 세상 밖으로 나가자. 표현하지 못하면 우리 영혼은 매일 조금씩 질식사하게 된다. 영혼은 그렇게 만들어졌다. 외로운 자신의 영혼에게 언제든지 마이크를 대주는 바지런함이, 이 세상에 단 한 사람에게라도 내 마음을 표현할 수 있는 위대한 용기가, 우리에겐 필요하다. 저 머나먼 세상 바깥이 아니라, 바로 타인의 마음속에, 우리가 한 번도 '가지 않은 길'이 숨어 있다.

타인

헬로우,
스트레인저!

…'나'만 생각하다가 저지른, 어리석은 선택들…

> 남을 비판하고 싶을 땐 언제나 이 점을 기억해두거라.
> 이 세상 사람들이 모두 너처럼 유리한 처지에 있지는 않다는 사실을.
> ―스코트 피츠제랄드 『위대한 개츠비』 중에서

20대에는 모든 일에 성급했다. 서두르면 오히려 소중한 기회를 속절없이 놓치게 된다는 걸 미처 몰랐기 때문이다. 난 뭔가 심각하게 결핍된 인간이라는 생각 때문에, 너무 많은 것들을 한꺼번에 그러쥐려 했고, 그러다가 오히려 더 많은 것을 놓쳤다.

지금 어디선가 홀로 아파하고 있는 20대들은, 나처럼 어리석은 선택을 하지 않았으면 한다. 젊은 날의 성급함 때문에 나는 다시는 붙잡지 못할 생의 따스함을 놓쳤다. 나를 망쳐버릴 어리석은 선택지를 '현실적인 기회'라 믿으며 부여잡았다. 내가 놓친 것은 바로 내 곁을 지켜주고 있는 '타인의 시간'이었다. 어쩌면 나는 기회를 잡느라 인연을 놓쳐버린 것이다. 이제야 안다. 기회보다 소중한 것은 인연이라는 것을.

힘들 때마다 나는 타인에게서 편안함만을 찾으려 했다. 타인에게서 느끼는 어색함과 서운함과 오해가 싫어, 편한 사람, 순한 사람, 이해받을 수 있을 것만 같은 사람들 속으로 숨어버렸다. 그러나 이러한 배타적 우정은 더욱 무너지기 쉽다. 언제나 나를 이해해주길 바라는 사랑은 기대를 동반하고, 기대는 언제라도 실망으로 추락할 준비가 된 감정이기 때문이다. 작은 실망은 커다란 원망으로, 커다란 원망은 돌이킬 수 없는 증오로 변색되어버리기 쉽다.

　사소한 우연을 놓치지 않는 사람들은 '나만의 시간' 속으로 '타인의 시간'이 스며들어오는 것을 두려워하지 않는다. 타인의 시간을 중히 여기는 사람들은 삶에는 본래 '나만의 시간'이란 없다는 것을 안다. 그들은 자연스럽게 받아들인다. 나를 귀찮게 하고, 괴롭히고, 때로는 마음 아프게 하는 '타인의 시간들'이 이루는 거미줄처럼 복잡한 인연의 그물. 그 거대한 인연의 그물이 만들어내는 수많은 매듭 중의 하나가 바로 '나의 시간'이라는 것을.
　한때 나는 인간관계를 맺는 일에 지쳐, 일종의 은둔형 외톨이 생활에 맛을 들이고 있었다. 오랫동안 최소한의 스케줄과 최소한의 만남만으로 만족했다. 외로웠지만, 편안했다. 보고 싶은 옛 친구들에게도 연락하지 않았고, 새로운 사람을 만나는 일은 극도로 자제했다. 나의 작고 작은 인연의 네트워크만으로 '나는 충분하다'고, 스스로를 위로했다. 그런데 '나는 괜찮다'는 자기최면이 한계에 다다를 때가 있었다. 그럴 때 항상 희망의 손길을 내미는 것은 내가 예상치 못했던 방향에서 날아오는 '타인의 친절'이었다.
　몇 년 전 일 때문에 우연히 상하이에 간 나는 그날 처음 만난 사람의 집에 초대를 받았다. 생각지도 못한 낯선 타인의 초대였다. Y는 상하이의 한 출판사에서 일하는 편집자였는데, 스스럼없이 낯선 사람들을 자기 집으로 초대해서 맛있는 음식을 만들어주고, 밤늦게까지 수많은 이야기를 나누었다. Y의 집 방문을 통해 내게도 '낯선 이

웃'이 필요하다는 것을 뒤늦게 깨달았다. 그녀를 통해, 처음 보는 타인을 친구처럼 대할 수 있는 인연의 기적을 보았던 것이다.

현대의 여행자는 돈을 내는 공용의 숙소가 아니면 '타인의 집'에 좀처럼 들어갈 수가 없다. 아무리 아름답고 따스한 풍경일지라도, 영원히 문밖에 서 있는 이방인의 눈으로 그 모든 아름다운 것들을 멀리서만 바라볼 수밖에 없다.

Y의 집에서 나는 우리 집에 있는 것과 똑같은 브랜드의 스팀다리미를 발견하고 느닷없는 반가움에 깔깔 웃었고, 그저 냉장고에 있는 일상적인 재료들로 그렇게 맛있는 음식을 만들어주는 그녀의 솜씨에 반해 '나도 요리를 해야겠다'는 야망을 품었다. 불완전한 통역 속에서도 그날 처음 보는 우리들은 마치 오래전에 알았던 것처럼 깊은 친밀감을 느꼈다. 그녀는 혼자 사는 사람 특유의 경계심조차 허물어 버리고, 자연스럽게 자신의 공간 구석구석을 보여주었고, 좋은 책을 만들고 싶은 자신의 푸른 꿈을 이방인들 앞에서 마음껏 펼쳐보였다.

아무런 인연이 없어 보였던 낯선 타인이 친구가 될 수 있다는 것. Y는 내게 너무도 소중한 영감을 주는 존재가 된 것이다. 나는 그녀의 집에서 일회적 친밀성의 다시없는 소중함을 느꼈다. 다신 만날 수 없어도, 그 한 번의 만남만으로 우리가 나눈 그날의 온기는 여전히 생생하다. 책에 대한 사랑만으로도, 우리는 아무리 멀리 떨어져 있어도 서로 연결되어 있다는 느낌은 평생 잊을 수 없을 것이다. 그리고 그런 만남은 반드시 우리에게 커다란 영향을 준다.

차를 마시고 간식을 먹는 그 소박한 식탁에서 우리는 이안 감독의 〈색, 계〉가 얼마나 아름다운 작품인지를 이야기했다. 나는 그날의 아무런 목적 없는 수다를 통해 나의 첫 딸 같은 책, 『시네필 다이어리』의 영감을 얻었다. 나는 수다를 떨면서도 마음속으로는 '이런 느낌을 반드시 글로 써보고 싶다'는 희망을 품었다. 바스러질 듯 연약하면서도 누구에게도 자신의 가장 소중한 것을 내어줄 것 같지 않았던, 견고한 왕치아즈(탕웨이)의 상처. 그녀의 그 신경질적인 슬픔이 얼마나 매혹적이었는지를 깨닫게 되었다. 그 기이한 매혹의 자취를 따라가는 것에서 내 책의 여정은 시작되었던 것이다.

우리는 마주치는 타인들을, 천천히, 아주 천천히 바라보아야 한다. 섣불리 판단하지 말고, 괜스레 두려워하지 말고. 당신이 오늘 외면한 타인은 당신을 구원할 첫 번째 빛일 수 있다. 우리가 오늘 무시해버린 타인은 우리에게 다시없는 깊은 깨달음을 줄 수 있는 스승일 수도 있다.

이런 느리고 정성스러운 마음으로 타인을 대하면, 실망할 일도, 아파할 일도 점점 줄어든다. 설사 그 낯선 타인이 나에게 손해를 끼친다 하더라도, 치명상을 입히더라도, 그를 위해 최선을 다한 내 삶은 변함없이 소중한 것이기 때문이다.

"술이 몸 안으로 들어오면 영혼이 몸 밖으로 빠져나간다."

스물네 살이었던가, 나는 이 문장을 처음 듣고 고개를 주억거렸다. 아무렴, 그래서 그렇게 좋은 거구나, 술을 먹으면. 그러면서도 두려웠다. 영혼이 정말 몸 밖으로 완전히 빠져나가 버릴까 봐. 이 문장은 내게 술에 대한 경각심(?)을 일깨웠던 것 같다.

하지만 지금은 이런 문장을 보면 마음이 오히려 여유로워진다. 지금은 지나치게 소란스럽고 온갖 걱정으로 붐비는 내 영혼이 가끔은 몸 밖으로 빠져나갈 필요가 있다는 걸 안다. 영혼이 빠져나갈 때마다 슬픈 추억이 하나 둘 늘어가지만, 그래도 내게는 그 슬픔이 소중한 자산이다. 그 슬픔이 나를 버티게 한다. 억지로 기분 좋은 일을 해서 영혼의 진통제를 급히 처방하기보다는 슬픔을 슬픔대로 느끼는 것이 나를 위한 배려다. 나이가 든다는 것은 한 슬픔을 다른 슬픔으로 치유하는 비법을 깨닫는 과정이 아닐까. 가끔 한 잔의 술은 내 안의 낯선 타인을 깨우는 영혼의 묘약이 된다.

나만의 시간이 아닌
타인의 시간을 상상하는 법

　　　　　　　　새해가 되면 나는 한 달 정도는 다이어리를 열심히 썼
다. 누가 따라오기라도 할 것처럼, 다급한 마음이 되어 열심히 스케줄을 짰다. 때로는 시간
단위로 계획을 짜보기도 하고, 그날 있었던 모든 시시콜콜한 일들을 열심히 적어보기도 했
다. 올해부터는 새해계획을 짜지 않았다. 텅 빈 다이어리를 물끄러미 바라보며 멍하니 앉
아 있는 시간이 좋아졌다. 그저 내 '머리의 계획'이 아니라 내 '몸의 느낌'을 따라가기로 했
다. '나만의 시간을 살아간다'는 것은 왠지 공허해져버렸다. 때로는 내 삶 속에 스며든 '타인
의 스케줄'로 '나만의 스케줄'은 무참히 깨어져버리고, 바로 그렇게 타인의 시간으로 인해 스
며든 우연 속에서 더 멋진 순간들이 기다리고 있음을 알게 된다. 나만의 시간이 아닌 타인의
시간을 상상하기 시작할 때, 나는 불현듯 자유로워진다. 1시, 2시, 출근시간, 기차시간 같은
'시계의 시간'이 아니라, 사랑의 시간, 슬픔의 시간, 그리움의 시간, 잃어버린 시간 같은 '마
음의 시간'을 상상할 수 있게 된다.

우리 안의
카프카를 찾아서

프라하의 황금소로Golden Lane에는 정말 작고 앙증맞은 카프카 서점이 있다. 그 비좁은 서점에 어찌나 탐나는 책들이 많든지, 커다란 여행가방을 끌고 와 책들을 쓸어 담고 싶을 지경이었다. 낯선 곳에 방문하면 뭔가를 기념하는 거대한 건축물보다는 옛사람들의 냄새가 듬뿍 묻어 있는 아늑하고 친밀한 공간에 매혹되곤 한다. 카프카 박물관도 좋았지만, 카프카가 걸었던 길, 카프카가 글을 썼던 집, 카프카가 차를 마셨던 카페를 찾아 천천히 산책하는 기쁨에 비할 바 아니었다. 이 황금소로에는 한때 카프카의 작업실이었던 22번지 푸른색 집이 있다. 이 작은 집에서 카프카가 프라하 성을 배경으로 한 소설 『성The Castle』을 집필했다고 한다. 황금소로처럼 작고 구불구불한 골목에서는 낯선 여행자들도 쉽게 눈을 마주치고, 말을 걸며, 서로의 온기를 느낄 수 있다. 그런 순간 우리는 아름다운 여행이라는 '같은 꿈'을 꾸는 침묵의 동행자가 된다.

…타인에게만 받을 수 있는
따스한 위로…

행복이란 자신에게 국한되지 않은 다른 무언가를
사랑하는 데에서 싹트는 것이다.
- 윌리엄 조지 조던

얼마 전에 한 편집자가 나를 소개하는 글을 쓰면서 이런 문장으로
시작했다. "자신을 사랑하는 법을 아는 사람." 나는 뒤통수를 제대
로 한 방 맞은 것 같았다. 그 문장은 즉각 이렇게 번역되어 들렸다.
"나만 사랑하는 사람, 나만 너무 사랑해서 문제인 사람"이라고. 물
론 편집자의 의도는 그것이 아니었지만, 나는 도둑이 제 발 저린 격
으로 그 문장을 자의적으로 해석하고 있었다. 그것은 내가 가장 증
오하고, 후회하고, 벗어나고 싶은 나의 모습이었기 때문일 것이다.

20대를 떠올리면 가장 먼저 생각나는 단어가 '외로움'이었다. 아
무리 많은 사람들과 함께 있어도, 나는 병적으로 외로움을 느꼈다.
어딜 가도 미칠 것처럼 외로웠다. 그 외로움마저 부끄러워서 주기적
으로 대인기피증에 걸렸다. 내가 외로워하는 걸 다른 사람에게 들키
기 싫었기 때문이다. '사랑을 준 만큼 받을 수는 없다'는 것을 매순간
'맨땅에 헤딩'하며 배우는 시기가 바로 20대였기 때문일 것이다. 도
저히 해결될 기미가 보이지 않는 외로움. 그건 꼭 남녀 간의 사랑이
아니라 길든 짧든 인연을 맺는 모든 사람들에게 느끼는 감정이었다.

낯선 타인을 향한
미소

　　　　　　　　　내가 가장 좋아하는 여행 풍경 중 하나. 그것은 '거리
의 예술가들'이다. 바이올린, 첼로, 기타, 심지어 플루트나 오보에까지, 거리의 악사들은 어
디서나 '광장의 오케스트라'를 만들어 여행자들의 입가에 미소를 짓게 만든다. 거리의 화가,
거리의 희극배우, 모두가 멋진 거리의 예술가들이지만 저 사진처럼 온몸에 갑갑한 분장을
하고 행인들과 사진을 찍는 이들이야말로 가장 힘든 거리의 예술가 아닐까. 그들은 악기나
화폭에 집중하는 것이 아니라, 완전히 낯선 타인들을 향해 미소를 짓는다. 그러면서도 싫은
내색 한 번 없다. 자신에게 어떤 반응을 보일지 모르는 생면부지의 타인들을 향해 완전히 마
음을 열어놓는 것이야말로 가장 어려운 행위예술이 아닐까.

그래서일까. 언제부턴가 나는 '나만의 요새'를 만들기 시작했다. 다른 사람에게 '정'을 주는 대신, '네 친구가 되고 싶다'고 고백하는 대신, '너와 함께하고 싶다'고 고백하는 대신, '나를 위한 시공간'을 집요하게 가꾸기 시작했다. 뭐든지 혼자 하는 법을 배웠다. 혼자 있는 시간에 별의별 휘황찬란한 의미를 부여하면서 타인과의 마주침을 회피했다. 수많은 인간관계에서 상처받을 때마다 나는 문제를 스스로 해결하기보다는 '혼자 있기'를 통해 문제로부터 도망치려 했다. 내가 상처받을 때 다른 사람도 상처받고 있다는 것을 눈치채지 못했다. 내 상처만 애지중지 돌보느라 타인의 웃는 얼굴 뒤에 감춰진 상처를 볼 수 없었다. 관계 속에서 피어나는 상처는 결코 일방적일 수 없다는 것을, 20대에는 잘 알지 못했던 것이다.

나는 나 자신에 관해서만은 세상에서 내가 가장 잘 알고 있다고 믿었다. 항상 나와 함께하는 것은 나뿐이니까 말이다. 게다가 나는 스스로의 기억력을 과신했다. 너무 많은 기억들을 욕심 사납게 끌어안고 살아서 문제라고 믿었다. 그런데 시간이 지날수록 '나는 나를 가장 잘 알고 있다'는 전제가 무참하게 깨지고 있다. 그 깨달음은 고통이지만, '나 자신을 향한 지나친 사랑'으로부터 나를 자유롭게 해준다.

얼마 전에 친구가 물었다.
"넌 왜 하필 PC방에서 밤 새가며 글을 썼냐?"
나는 '우리 집이 워낙 시끄러워서'라고 대답했지만, 집에 돌아와 생각해보니 그건 진짜 이유가 아니었다. 사실 시끄럽기로 따지면 딸 셋인 우리 집보다 PC방이 훨씬 시끄러웠다. PC방에서 한글파일로 작업하고 있는 사람은 늘 나 혼자였고, 모두들 흥분한 채 밤새 게임 을 즐기느라 온갖 고함소리가 난무했다. 그런데도 나는 왜 PC방이 좋았을까. 나는 글을 쓸 때 느낄 수밖에 없는 필연적인 외로움, 세상 으로부터 완전히 고립되는 그 느낌이 싫었던 것이다. '세상에 나 혼 자'라는 느낌이 싫어서, 안전하게 여러 사람과 함께 밤을 샐 수 있는 PC방에서 글을 쓰고 있었던 것이다. 나의 첫 책과 두 번째 책은 'PC 방이 낳은 아이들'이라 해도 과언이 아니다. 그러나 이것 역시 핑계 다. 더 솔직한 이유는 따로 있었다.

내가 생뚱맞게 PC방에서 밤을 새며 글을 썼던 가장 중요한 이유 는, 그 친구 때문이었다. 내가 원고를 쓴답시고 밤을 새고 있으면 친 구가 묵묵히 내 옆자리에 와서 함께 있어주는 것이 좋았다. 그저 아 무 말 없이 그 친구가 함께 있어주는 것만으로도, 나는 커다란 위로 를 받고 있었던 것이다. 그 친구는 졸음도 참고, 자기 스케줄도 포기 하고, 그저 내 곁에 있어주었다.

모두가 온라인게임에 여념 없는 거대한 PC방에서 혼자 우울하게 글을 쓰는 이상한 아이 옆에 말없이 앉아 있었던 친구 덕분에, 나는 인생에서 가장 아프고 외로운 시기를 꿋꿋이 버틸 수 있었다. 너무 힘들 때는 내가 누군가에게 깊이 의지하고 있다는 사실 자체를 인식 하지 못한다. 20대 후반의 내가 그랬다. 그래서 그 친구에게 그 흔한 말 한 마디, '고맙다'는 표현조차 제대로 한 적이 없다.

불쑥 편지를 쓰고 싶은
하루

나는 우체통이나 편지함을 보면 밑도 끝도 없이 설렌
다. 누군가에게 반드시 편지를 써야 할 것 같은 마음이 된다. 설령 모르는 사람들일지라도.
특히 이 사진처럼 대문에 곧바로 편지를 넣을 수 있는 집들은 더욱 정겹게 느껴진다. 대문은
닫혀 있어도 편지를 향한 손길만은 언제든 열어놓고 있다. 외로움은 타인의 부재 때문이 아
니라 타인을 향해 굳게 닫힌 나의 마음으로부터 비롯된다. 자기 집 대문에 조그마한 편지함
을 달아놓는 마음으로, 우리도 조금씩 '나와 다른 사람들'을 향해 늘 '마음의 귀'를 열어두어
야 하지 않을까.

때로는 전혀 예상치 못했던 타인에게 커다란 도움을 받기도 했다. 스물다섯 살이 되던 해 어느 날. 나는 아무도 오지 않을 것 같은 후미진 벤치에 앉아 숨죽여 울고 있었다. 나의 단골 눈물 벤치였는데, 정말 사람들이 거의 다니지 않는 곳이었다.

그런데 그곳은 알고 보니 나만의 은신처가 아니었다. 어떤 이가 내 어깨를 툭툭 쳤다. 한국문학을 공부하기 위해 유학 중인 일본인 선생님이었다. 나는 불에 덴 듯 깜짝 놀라 그녀를 쳐다보았다. 그 창피함이란 이루 말할 수가 없었다. 그녀는 너무도 걱정스런 얼굴로 내게 물었다. 딱 한 번 본 기억이 있는 그녀가 내 이름을 기억하고 있다는 사실조차 놀라웠다. 그녀는 놀라운 한국어 실력과 함께 놀라운 기억력까지 갖추고 있었다.

"여울 씨, 왜 그래요? 힘든 일이 있나요?"

나는 뭐라고 대답해야 할지 몰라 눈만 깜빡거리다가, 그녀의 따스한 말 한마디에 더 깊은 눈물샘이 터지고 말았다.

"우리는 많은 걸 혼자서 할 수 있다고 생각하죠. 하지만 아무리 애를 써도, 자기가 자신을 위로할 수는 없더라고요. 위로는 타인만이 할 수 있어요. 물론 내가 여울 씨에게 편한 사람은 아니겠지만, 지금 누군가 필요하다면 나에게 말해도 괜찮지 않을까요?"

나는 잘 알지도 못하는 외국인에게 그날 내가 받은 충격과 슬픔을 모두 말했다. 아무데서도 열릴 것 같지 않던 굳게 닫힌 마음은, 엉뚱하게도 전혀 친분이 없는 낯선 사람 앞에서 완전히 무장해제되고 말았다. 오히려 그녀가 유창한 한국어로 말했고, 나는 내 마음을 제대로 표현할 단어를 찾지 못해 모국어를 외국어처럼 더듬거리며 말했다. 다 털어놓으니 거대한 바위산 같았던 그 걱정거리가 냇가의 돌멩이처럼 보잘것없어졌다.

나는 그날 처음으로 '고해의 기쁨'을 깨달았다. 그리고 내가 점찍어 놓은 비밀 장소를 누군가와 공유할 수 있다는 것도 좋았다. 힘든 객지생활을 해온 그녀도 그 순간 펑펑 울 곳이 필요했을지 모른다. 내가 그녀의 비밀 장소를 선점하지 않았더라면, 그녀도 나처럼 울고 싶은 하루였을지 모른다. 그것을 이제야 깨닫는다. 내가 그녀에게 '위로하고 싶은 타인'을 넘어 '위로받을 수 있는 타인'이 되어주지 못했다는 것을.

영화 〈클로저〉에서 내가 열광하는 두 장면이 있다. 하나는 첫 장면. 앨리스(나탈리 포트만)가 신호등 건너편에서 자신을 바라보는 낯선 남자 댄(주드 로)을 향해 활짝 웃어주다가 교통사고를 당하고, 깨어나자마자 댄을 바라보며 던지는 대사.

"안녕, 낯선 사람!Hello, Stranger!"

처음 보는 낯선 사람을 향해 '이미 너는 내 것이야'라고 선전포고하는 듯한. 그녀의 당찬 미소가 어찌나 싱그러웠는지. 두 번째 장면은 댄이 자신을 사랑하지 않는다고 거짓말하는 안나(줄리아 로버츠)에게 이렇게 외치는 장면이다.

"내가 너의 낯선 사람이야, 점프해!I'm your stranger! Jump!"

낯선 사람을 마치 오랫동안 사랑해온 사람처럼 친밀하게 대하는 앨리스. 그리고 그녀에게서 배운 사랑을 엉뚱하게도 다른 여자에게

베풀어버리는 댄의 엇갈린 사랑. 하지만 여기서 중요한 것은 그 '엇갈림'이 아니라 '점프'다. 현대인은 타인에게 어떻게 다가가야 할지 몰라 매번 망설인다. 너무 살갑게 다가오는 사람을 향한 경계심도 많다. 하지만 방법은 하나뿐이다. 점프! 너와 나 사이에 가로놓인 모든 장벽을 뛰어넘는 단 하나의 방법은, 자의식을 깨버리고, 내가 있는 힘껏 뛰어올라 너에게로 가는 것뿐이다. 기다리기만 하다가는, 이해 받기를 바라기만 하다가는, 결코 아름다운 관계를 만들 수 없다.

한 시인은 자신을 만든 팔 할이 '바람'이라 했는데, 나를 만든 팔 할은 '타인'인 것 같다. 나는 나의 의지로만 내 삶을 조각해온 것이 아니다. 수많은 타인과의 만남과 뜻밖의 우정이 만들어낸, 영원히 풀 수 없는 복잡한 인연의 매듭이 바로 나다. 나라는 존재는 도저히 갚을 수 없는 타인의 보살핌들이 일궈낸 열매라는 것. 나를 빛나게 하는 그 무언가가 정말 있다면, 그것은 이토록 이상한 나를 지켜주고 돌봐주고 받아들여주었던 타인의 사랑과 배려임을 이제는 겨우 안다. 부끄럽게도, 정말 눈물겹게 고마운 사람들에게는 고마움을 더욱 표현할 수 없었다. 하지만 그들이 원하는 것은 내가 '고맙다'고 치하하는 것보다도, 내가 받은 사랑을 전혀 상관없는 또 다른 타인들에게 베푸는 것임을, 이젠 안다.

배움

소중한 배움은
결코 쉽게 얻어지지 않는다

…내 안의 절실함을 이끌어내는 순간,
진짜 배움이 시작된다…

교육은 '쓸모 있는 지식을 가르치는 것'이 아니라 '내 안의 가장 빛
나는 힘'을 끌어내는 일이 아닐까. 최고의 스승은 미주알고주알 각
종 정보를 주입하지 않고, 우리의 성장을 가로막는 장애물의 정체를
스스로 깨닫게 만든다. 무엇이 너의 '눈뜸'을 가로막는 것인지. 무엇
이 너의 숨은 날개를 꺾고 있는 것인지. 그 장애물의 정체를 깨닫고
그것을 마침내 무너뜨리는 것은 스승의 일이 아니라 '나의 일'이다.

영화 〈매트릭스〉에서 모피어스가 네오(키아누 리브스)를 가르치는
장면은 바로 멋진 스승의 모범답안을 보여주는 것 같다. 가상세계에
서 스파링 프로그램을 가르치면서 모피어스는 네오의 능력을 시험
한다. 네오는 빠른 속도로 정보를 습득하긴 하지만, 자기 안의 의심
을 떨쳐내지 못한다. 네오는 모피어스에게 계속 패배하는 것이 '모
피어스가 빠르기 때문'이라고 생각한다. 그러나 모피어스는 고개를
가로젓는다.

"내가 빠르거나 힘이 센 게 내 근육 탓일까? 여기서? 네가 지금
공기를 마신다고 생각해? 다시 해봐! 생각하지 말고 인식을 해! 때
리려고만 하지 말고 진짜로 때려!"

문방구, 수첩과 필기구로 이루어진
작은 천국

공부가 잘 되지 않을 때마다 나는 '선무당이 장구 탓' 하는 마음으로 펜이나 수첩을 구경하러 문방구에 간다. 노트북 앞에 앉아 있는 시간보다는 책을 읽으며 펜을 쥐고 수첩 위에 메모를 하는 시간이 더욱 절실해지는 요즘. 나는 지금도 손글씨로 깨알같이 메모를 한 후 그것을 다듬어 노트북에 옮기는 식으로 글을 쓴다. 그렇게 하지 않으면 '나의 글'이 아닌 것 같다. 아무리 긴 글이라도, 단 한 장의 작은 손글씨 메모로 부터 시작된다. 저 수많은 필기구들은 정보를 검색하고 저장하는 디지털 미디어가 아니다. 소중한 기억을 간직하고 쓰다듬기 위한, 오직 사람의 체온으로만 배움을 전달하는 아날로 그 미디어다.

그제야 네오는 뭔가를 깨닫는다. 이 프로그램이 '가상일 뿐'이라는 생각, '나는 결코 너를 이길 수 없다'는 생각, 인간은 '중력의 법칙'을 벗어날 수 없다는 생각, 나는 결코 '대단한 사람'이 될 수 없다는 생각까지도 모두 버려야 함을 깨닫는다.

"그래. 네 마음을 풀어주는 거야. 나는 문까지만 안내할 수 있지. 그 문을 나가는 건 네가 직접 해야 돼. 모든 걸 버려. 두려움, 의심, 불신까지. 마음을 열어."

교육이 성공과 출세를 향한 도구로 전락해가는 사회에서 사람들은 '배움'의 의미를 점점 삭막하게 인식한다. 뭐든지 자격시험을 통과해야 제대로 알 수 있고, 전문가라는 인증을 받아야 누군가를 신뢰할 수 있고, 교양은 타인에게 '무지해 보이지 않기 위한' 눈치전쟁이 되어 간다.

하지만 우리는 안다. 이런 분위기 속에서는 결코 진정한 배움을 경험할 수 없다는 것을. 물론 실용적인 교육의 필요성을 부정하는 것은 아니다. 그러나 그저 먹고 입고 자는 것, 성공하고 출세하는 것을 넘어서는 우리 안의 열망은 도저히 그런 식의 교육프로그램으로 감당할 수 없다.

우리는 먼저 '내가 진정 무엇을 원하는지'를 깨달아야 하고, '나에게 부족한 것'이 무엇인지를 알아야 하며, 그럼에도 불구하고 '내가 이미 가지고 있는 소중한 것'이 무엇인지를 알아야 한다. 돌이켜보면 나에게 잊을 수 없는 가르침을 주신 모든 분들은 '정보의 대가'가 아니라 '지혜의 메신저'들이었다. 무언가를 많이 알아서가 아니라,

아주 사소한 것들이라도 제대로 알기 위해 노력하시는 분들이었다.

먼 옛날 한때 모범생(?)이었던 내가 정말 열심히 영어 공부를 했
던 것은 중학교 때였다. 정말 무식한 방법으로 교과서를 통째로 외
우고 있는 나를 보시던 영어 선생님은, 어느 날 나를 부르셨다.
"여울아, 이 책 한번 읽어볼래? 교과서만 외우지 말고, 보통 사람
들이 일상 속에서 쓰는 언어를 살펴봐. 그리고 공부를 그렇게 힘들
게만 하지 말고, 놀면서 하라는 뜻이야. 놀 줄 알아야 공부도 잘 할
수 있어."
선생님은 서점에 나갔다가 문득 내가 생각나셨다면서 책을 두 권
이나 선물하셨다. 이제 막 대학을 졸업하신 젊은 선생님이셨는데,
나는 선생님께 선물을 받아본 것은 처음이라 얼떨떨했다.
설레는 마음으로 집에 가서 그 책을 읽어보니, 정말 흥미로웠다.
교과서에 나오는 회화가 얼마나 작위적이고 인공적인가를 뼈저리게
느낄 수 있는, '살아 있는 사람의 진짜 대화'였다. 게다가 내용 자체
가 모두 농담으로 이루어져 있었다. 한국 사람들과는 전혀 다른 미
국인들의 색다른 유머 코드, 그리고 그들의 일상적인 속어들과 생활
습관들이 생생하게 살아 있는 책이었다.

중학교를 졸업하고도 훨씬 더 오랜 시간이 지나서야 나는 선생님
의 깊은 뜻을 이해할 수 있었다. 선생님이 내게 선물하고 싶었던 것
은 그저 '놀면서 배우는, 재미있는 영어 책'이 아니라 '언어란 책을
통해 배우는 것이 아니라 살아 있는 사람과의 대화를 통해 배우는

것'이라는 메시지였다는 것을. 나는 사람이 두려워 책 속으로 숨었고, 막상 사람 앞에서는 어떻게 말문을 터야 할지 모르는 숙맥이었다. 선생님은 나의 그 위험한 활자중독증과 대인기피증을 이미 알고 계셨던 것일까.

정말 다행스럽게도, 지금은 가까스로 안다. '책으로만 배운 지식'의 위험성을. 책이 소중한 것은 그것이 '정보의 집합체'이기 때문이 아니라 '사람의 온기'를 전달하는 따스한 메신저이기 때문임을.

나에게 잊을 수 없는 또 한 분의 선생님은 고교 시절 문학 선생님이었다. 나는 그때 동아리 활동으로 교지 편집장을 맡고 있었는데, 워낙 일손이 부족하다 보니 내가 떠맡은 원고의 분량이 엄청났다. 나는 '공부하기 싫은 마음'을 '글 쓰고 싶은 마음'으로 달래고 있었는지도 모른다. 나는 참고서 밑에 원고지 뭉치를 숨기고, 부모님과 선생님의 삼엄한 감시를 피해 몰래 글을 쓰곤 했다. 원고지 위에 한 글자 한 글자 마음을 새길 때마다 지금까지 느껴볼 수 없었던 엄청난 희열이 느껴졌다.

그런데 '과연 이게 제대로 된 글인가' 하는 확신이 없었다. 나는 부끄러움을 무릅쓰고 문학 선생님께 내 글을 보여드렸다. 선생님은 바쁘신 와중에도 귀찮은 기색 하나 없이 내 글을 꼼꼼히 다듬어주셨다. 메모지에 선생님 자신의 독후감까지 정성스레 쓰신 후 내게 원고를 돌려주셨다.

성적과 관련 있는 글도 아니고, 남들에게 중요한 의미가 있는 글도 아니었지만, 나는 그 순간만큼은 기말고사도 대학입시도 모두 잊

토트 신(Thoth: 지혜의 신)
앞의 인간

　　　　　　　　　고대 이집트 신화에 등장하는 지혜와 정의의 신, 토트.
언어와 문자를 발명한 신으로도 널리 알려져 있다. 토트 신은 주로 따오기ibis의 모습으로 나
타나는데, 위의 조각상처럼 비비원숭이의 모습으로 현현하기도 한다. 플라톤의 『파이드로스
Phaedrus』에는 토트 신과 타무스 왕의 유명한 대화가 등장한다. 토트 신이 회심의 발명품인
'문자'를 널리 보급하여 이집트의 문명을 발전시키라고 권하자, 타무스 왕은 문자의 위험성
을 일찌감치 알아보고 이렇게 경고했다고 한다. "문자를 습득한 사람들은 기억력을 사용하
지 않게 되어 오히려 더 많이 잊게 될 것입니다. 기억을 위해 내적 자원에 의존하기보다 외적
기호에 의존하게 되는 탓이지요."

고 오직 '나 자신'에게 온전히 집중할 수 있었다. 문학 선생님은 내 보잘 것 없는 글의 첫 번째 독자가 되어주셨고, '그게 무엇이든, 결과가 무엇이든, 걱정 말고 계속 걸어가라'는 희망을 심어주셨다.

내가 평생 잊을 수 없는 가르침은 바로 이런 순간들이었다. 내 안의 절실함을 이끌어내는 순간. 자기 안의 믿음을 이끌어내는 배움. 우리가 가진 최고의 빛을 이끌어내는 것. 우리가 가진 줄도 몰랐던 힘을 깨닫게 하는 것. 그것이 입시도 면접도 그 어떤 자격시험도 따라올 수 없는, 배움의 진정한 가치가 아닐까.

…어려워하고 망설이는 능력이야말로
가장 필요한 배움의 기술…

> 결국 우리는 나이를 정확하게 계산할 수도 없고,
> 거리를 알 수 없는 곳에 있는 별들에 둘러싸여서,
> 우리가 확인도 할 수 없는 물질로 가득 채워진 채로,
> 우리가 제대로 이해할 수도 없는 물리 법칙에 따라서
> 움직이는 우주에 살고 있다는 셈이다.
> ―빌 브라이슨 「거의 모든 것의 역사」 중에서

"대학이란 마음껏 헛소리를 지껄일 수 있는 자유를 배우는 곳이다."
문화이론가 스튜어트 홀의 말이다. 헛소리를 지껄일 수 있는 무한한 자유. 무엇이 말이 되는지, 맞는 말인지를 생각하기보다는 일단 우리 안의 자유로운 상상력이 제멋대로 물결치게 내버려두는 곳. 내가 잃어버린 대학의 모습도 바로 그런 것이었다. 여기서 '헛소리'란 그저 이유 없이 내뱉는 무의미한 말이 아니다. 기성세대가 시키는 대로 무작정 과거의 질서를 답습하지 않는 말. 상처받은 사람들의 가슴 속에 맺힌 절규를 외면하지 않는 따뜻한 마음. 그저 내 스펙, 내 커리어만 챙기느라 '기성세대가 허용하는 말'만 앵무새처럼 반복하지 않는 용기. 성공에 '필요한 말'이 아니라, 쓸모없어 보이지만 이 척박한 세상을 조금이라도 바꾸고 싶은 희망을 잃지 않는 말. 내게 헛소리란 그렇게 뜨거운 자유의 갈망을 내포한 눈부신 상징으로 다가온다.

얼마 전 한 대학에서 강의를 마치고 교내 정류장에서 버스를 기다

리다가 충격적인 포스터 하나를 발견했다.

"돈 버는 비법을 알고 싶으십니까? 주식투자 동아리, ○○○로 오세요. 투자의 귀재들이 최고의 재테크 비결을 알려드립니다."

그 순간 나는 내 눈을 의심했다. 내 눈앞의 이 글귀가 정말 사실일까. 믿기 어려울 지경이었다. 하나도 아니고 여러 개의 포스터가 붙어 있었다. 자세히 살펴보니 버젓이 잘 운영되고 있는 교내 동아리가 맞았다.

우리는 어디로 가고 있는 것일까. 이제 갓 스무 살을 넘긴 대학생들이 주식투자를 위한 각종 비법을 배워 사회로 나갈 준비를 하는 이 사회는 과연 젊은이들에게 어떤 비전을 주고 있는가. 대학은 '젊은이들의 아름다운 헛소리'를 장려하기는커녕 '확실히 돈이 되는 소리'가 아니면 점점 발붙이기 힘든 공간이 되어가고 있다.

내가 가장 어려움을 느끼는 강의도 바로 20대들을 향한 강의다. 젊은이들의 가슴 속에는 미래에 대한 걱정과 조바심이 가득하다. 수업 시간에 떳떳하게 토익 공부를 하기도 하고, 각종 취업시험 준비 때문에 수업을 소홀히 할 수밖에 없다고 호소하는 아이들도 있다. 상대평가제도 때문에 어쩔 수 없이 등수를 매겨야 하는 상황에서 아이들은 '왜 내가 A학점이 아닌지'를 문의해오기도 한다.

하지만 나는 그런 삭막한 분위기 속에서 '좀 더 따뜻한 세상을 꿈꾸는 말들'을 들려주고 싶다. '뜬구름 잡는 말들의 소중함'을 전달해주고 싶다. 헛소리나 쓴소리를 싫어하는 아이들의 닫힌 마음이 문득 기적처럼 열리고, 가끔 그들의 눈빛이 반짝거리거나 촉촉해질 때가 있다. 그런 순간이 눈물겹다. '빨리빨리, 앞으로 나아가자'라고만 외치는 세상에서, 나는 '빨리만 가느라 우리가 미처 신경 쓰지 못하는 것들'을 이야기하고 싶다. 그 마음을 알아주는 진심 어린 눈빛을 느낄 때 나는 남모르게 감격한다. 아직은 괜찮다고, 아직은 희망이 있다고.

  내가 정말 '공부를 하고 싶다'고 느낀 것은 이제 더 이상 학생이라고 말할 수 없게 된 순간이었다. 모든 사회적 의무를 면제받는 아늑한 학생의 신분으로부터 벗어났을 때. 갑자기 세상 밖으로 추방된 것 같은 공포심이 밀려왔다. 이제 아무도 나에게 공부를 시키지 않게 된 순간. 어디에도 학생증을 내밀 수 없게 되는 순간. 나는 신기하게도 맹렬한 배움의 열정을 느꼈다. 외부로부터 주어진 과제가 아니라 내 안에서 저절로 끓어오르는 배움의 열정을 처음으로 느꼈던 것이다. 어떤 커리큘럼에도 나 자신을 우겨넣을 수 없을 때. 오직 나만의 마음속 셀프 아카데미를 여는 수밖에 없을 때. 그때 처음으로 '내 마음속의 배움터'를 만들어야 한다는 생각이 들었다.

  이제 누구의 가르침에도 의존할 수 없고, 오직 나의 휘청거리는 감각만을 나침반 삼아 홀로 가야할 때. 그제야 정신이 번뜩 들었다. 성적이나 학위를 위한 공부가 아니라, 직업을 얻기 위한 공부가 아니라, 이 세상과 나의 진짜 연결고리를 찾기 위한 배움. 생계를 위한 수단이 아니라 내 삶의 의미를 찾기 위한 배움. 내게 필요한 것은 그것이었다.

지금도 나는 그때의 절박한 느낌을 잊지 않으려 노력한다. 그 긴 긴장감을 놓치는 순간, 매너리즘에 빠질 수밖에 없기 때문이다. 힘겨운 노력 끝에 다가온 깨달음의 순간은 멋지다. 하지만 우리는 모든 깨달음을 경계해야 한다. 깨닫는 순간, 우리는 그 배움의 결과에 안주하기 쉽다. 쉽고 재미있는 책도 경계해야 한다. 쉽게 배운 것은 쉽게 망각된다. '노하우를 전수한다'는 말도 위험하다. 정말 소중한 깨달음은 그렇게 쉽게 전달되는 것이 아니기 때문이다. 삶을 뒤흔드는 배움은 진정 삶을 통째로 던지는 모험을 통해서만 간신히 얻어진다.

강의나 원고를 청탁받을 때 가장 많이 듣는 주문이 바로 "쉽고 재미있게 해주세요!"다. 그런데 그것이야말로 쉽고 재미있지가 않다. 쉽고 재미있게 만들기 위해 정말 중요한 내용을 희생해야 할 때가 있기 때문이다. 소중한 배움은 결코 쉽고 재미있게 얻어지지 않는다. 아픈 다리를 무릅쓰고 걷고 또 걸어 깊은 산속에 들어가야만 맛볼 수 있는 샘물의 맛처럼. 자존심을 내팽개치고 오랫동안 공들여야만 얻을 수 있는 연인의 마음처럼.
쉽고 재미있어야 한다는 강박을 벗어던지고, 진심을 다해 열강을 한 날은 반드시 청중의 따스한 반응을 느낀다. 사람들은 쉽고 재미있어야만 듣는 것이 아니다. 마음을 움직이는 단 하나의 실마리라도 있다면 어려움도 잊고 귀찮음도 잊는다. 배움의 엔진은 '쓸모 있음'이 아니라 '절실함'이다. 그리고 절실하게 배운 것은 어떤 황무지에서도 그 쓸모를 찾아낸다.

상처를 곱씹으며
역사를 배우는 공간

베를린의 유태인 박물관은 마음을 불편하게 하는 공간이다. 건물 전체가 '유태인들의 거대한 트라우마'로 도배되어 있기 때문이다. 사람들은 마음껏 아파할 준비를 하고 이곳에 가야 한다. 저절로 말소리가 잦아들고, 조용히 과거의 아픔과 대화하게 되는 곳. 학살당한 유태인들의 수많은 얼굴을 형상화한 해골 모양의 철판을 밟으며, 관람객들은 이미 지나가버린 과거의 상처가 생생한 현재의 상처로 되살아나는 아픔을 느낀다. 그 불편함이, 그 죄책감이 우리를 비로소 인간답게 만든다. 나는 이곳에서 '과거 유태인들만의 상처'가 아니라 아직도 버젓이 이 세상 도처에서 자행되고 있는, 우리 눈에 미처 보이지 않는 수많은 상처들의 뼈아픈 절규를 듣는다.

나도 혼자 생각할 시간이
필요해요!

강의를 듣는 것도 책을 읽는 것도 공부지만, 정말 소중한 배움의 시간은 '혼자 있을 때' 찾아
온다. 지식을 흡수하기만 하고 그것을 진정 내 것으로 만드는 시간이 없다면, 지식은 쉽게
흡수되고 쉽게 휘발되어버리는 '정보'에 그치고 만다. 우리에게는 배움을 오랫동안 혼자 곱
씹을 시간이 필요하다. 수많은 사유의 흙탕물을 가라앉혀 고요히 자기 안으로 침전하는 시
간이 필요하다. 오늘날의 떠들썩한 교육은 상상력은 부추기면서 관찰력은 길러주지 않는
다. 조용히 혼자 생각해보는 시간만큼 많은 것을 배울 수 있는 시간은 없다. '아무것도 하지
않는 시간'으로 보일지라도, 바로 그 순간, 무한한 창조성이 꿈틀대는 마음의 연금술이 시작
된다.

오늘날 부모들은 '나보다 더 좋은 환경에서, 나보다 더 나은 인간이 되는 것'을 목표로 자녀들을 교육시킨다. 그리고 '아이들이 즐겁다면, 뭐든 괜찮다'고 생각하는 경향도 강하다. 하지만 더 나은 환경에서 더 즐겁고 재미있게 배우는 것만이 능사는 아니다. 쉽고 재미있고 편안한 것에 중독되면 실제 세상에서 장애물을 만났을 때 어쩔 줄 모르게 된다. 장애물에서 '귀찮음'만을 볼 뿐 장애물이 가르쳐주는 소중한 진실을 볼 수 없게 된다.

아파하고, 어려워하고, 망설이는 능력이야말로 20대에 가장 필요한 배움의 기술이 아닐까. 걸핏하면 '힐링'을 외치는 사회에서 우리가 진정 잃어버린 것은 '아픔을 아픔답게 아파하는 방법'이 아닐까.

정치

내게 진정 필요한
정치란 무엇인가

…나의 목소리를 낼 수 있는
모든 곳에 정치가 있다…

> 어떤 사람들은 아무것도 하지 않으면서 돈을 버는데
> 어떤 사람들은 일주일에 13실링도 안 되는 돈을 벌기 위해
> 어렸을 때부터 힘들게 일하다가 결국은 구빈원에서 쓰러져 죽는다.
> 대체 어떻게 이런 일이 벌어질 수 있는지 밝히고 싶었다.
> ─G. 버나드 쇼

"선생님, 늘 제가 찍은 사람은 당선이 안 되는데, 그래도 계속 투표를 해야 하나요?"

얼마 전 내 수업을 듣는 한 학생이 사석에서 이렇게 물었다.

"그럼, 당연하지. 그러다가 언젠가는 정말 기적처럼 네가 원하는 사람이 당선되기도 해. 아무리 질 게 뻔하더라도, 포기하지 않고 투표를 하는 게 중요해. 이렇게 열심히 투표를 하는 한 사람 한 사람이 없다면, 아무리 대단한 정치인도 혼자서 민주주의를 완성할 수는 없잖아. 그리고 정치는 투표로만 끝나는 게 아니야. 사소한 일이라도 네 목소리를 낼 수 있는 모든 곳에, 정치가 있어. 네가 알바 시간까지 바꿔가면서 투표한 거, 정말 잘한 거야."

나는 당황하며 무언가에 쫓기듯 이렇게 대답했지만, 마음 한 구석이 문득 아려왔다. 이 어린 친구가 도대체 몇 번이나 투표를 했다고 벌써 이렇게 지쳐 있을까. 사람들은 민주주의를 불신하면서도 민주주의 밖에는 달리 기댈 곳이 없다. 투표는 민주주의의 꽃이라지만 민주주의의 시한폭탄이기도 하다. 승리는 한꺼번에 많은 것을 안겨주기도 하지만, 패배는 한꺼번에 모든 것을 빼앗아가기도 한다.

〈레미제라블〉, 희망을 잃은 이들에게
뜻밖의 등불이 되다

구舊 소르본 대학 안에 있는 빅토르 위고의 동상이다.
빅토르 위고는 알았을까. 1862년에 완성한 자신의 작품이 150년 후 머나먼 대한민국 하늘
아래 이토록 뜨거운 민중의 함성으로 울려 퍼질 것을 예상이나 했을까. 한국의 관객들은 영
화 〈레미제라블〉을 단지 '장발장의 파란만장한 라이프스토리'로 보지 않는다. 관객들에게
〈레미제라블〉은 이 세상을 조금이라도 변화시키기 위해 목숨까지 걸었던 이름 모를 혁명가
들의 뜨거운 외침으로 다가온다. 때로 정치는 선거나 혁명 같은 직접적인 방식이 아니더라
도, 이토록 '뜨거운 알레고리'의 힘으로 대중의 가슴을 뒤흔든다. 내 친구는 "대선으로 멍든
가슴이 이 영화를 보니 왠지 나도 모르게 치유되는 것 같다"고 했다. 150여 년 전 머나먼 프
랑스에서 일어난 민중의 봉기가, 우리들 저마다의 가슴속에 숨죽인 희망의 외침과 너무도
닮아 있기 때문이 아닐까.

2012년 대선 이후 수많은 사람들이 좀처럼 패배의 충격에서 벗어나지 못하고 있다. 그 집단적 멘탈붕괴의 정체는 단지 '내가 지지하는 후보가 당선되지 않았다'는 아픔을 넘어, '우리는 왜 우리가 살고 있는 세상의 작동원리에 진정으로 참여할 수 없는 것일까'하는, 훨씬 깊은 절망감과 연루되어 있다.

많은 지식인들은 한때 '대중의 탈정치화'를 걱정했지만, 역사상 이렇게 많은 사람들이 선거와 민주주의에 대한 자신의 의견을 뜨겁게 표현했던 적도 없는 것 같다. 이 뼈아픈 절망의 밑바닥에는 자신이 원하는 그 무언가를 위하여 더 많이 애쓰고, 더 많이 노심초사한 사람들만이 느낄 수 있는 '열정과 애착', '분노와 증오'가 자리 잡고 있다.

더 많이 사랑한 사람이 더 많이 아플 수밖에 없다. 그러니 그 아픔은 더 많이 사랑한 자의 눈부신 특권이기도 하다. 나는 더 많이 사랑한 자가 느낄 수밖에 없는 쓰라린 아픔, 그것이 우리가 결코 놓쳐서는 안 되는 희망의 씨앗이라고 생각한다.

리뉴얼, 리모델링, 리노베이션…… 현대인들은 끊임없이 '뭔가 새로운 것'을 향한 갈망에 쫓긴다. 여당과 야당을 가리지 않고 선거철만 되면 모두 화려한 개발 공약을 내놓는다. 유권자들은 새로움을 갈망하지만, 정치는 새로움 때문에 병든다.

개발은 정말 좋은 것일까. 개발공약으로 투표여부를 결정하는 것은, 유권자 스스로 '행복의 조건'을 '재개발'로 인정해버리는 행위가 아닐까. 우리는 행복해지기 위해서는 우리 동네가 재개발되어야 한다는 자동공식을 대입하고 있는 것이 아닐까. 우리는 무엇인지도 모른 채 막연히 새로운 것을 갈망하느라 우리가 갖고 있던 '낡았지만, 결코 잃어서는 안 될 것들'을 점점 잊어가는 것이 아닐까. 우리는 강이 없는 곳에도 다리를 놓겠다고 큰소리치는 정치인들의 허세에 짓눌려 정말 소중한 것들을 잊어가는 것이 아닐까.

그냥 이대로가 좋은 사람들도 있다. 개발을 원하지 않는 사람들도 있다. 끊임없이 새로운 것을 찾는 사람들의 탐욕 때문에, 이제 웬만한 대도시에서는 '추억의 장소들, 역사의 장소들'의 씨가 말라가고 있다.

너무 새로움에 강박된 도시들은 재미가 없다. 지나간 시간의 흔적을 쉽게 버리지 않는 도시일수록, 더 많은 이야깃거리를 차곡차곡 담아놓은 도시일수록, 사람들의 행복지수는 높아진다. 베니스에서는 걸핏하면 집들이 물에 잠기고, 집 하나를 리모델링하려 해도 엄청나게 복잡한 절차를 거쳐야 한다고 한다. 대도시의 편리함에 익숙해진 사람들이라면 베니스가 불편할 수 있다. 하지만 베니스는 삶에 대한 개개인의 만족도가 가장 높은 도시 중의 하나라고 한다. 국민행복지수 1위를 달리는 나라 부탄도 마찬가지다. 부탄의 GDP는 터무니없이 낮지만 '주관적인 행복'의 관점에서는 어떤 선진국도 따라갈 수 없다.

행복한 도시들의 특징은 '쉽게 변하지 않는 사회'라는 것이다. 굳이 이것저것 바꿀 필요가 없는 도시, '다른 나라는 뭐가 어떻다 하더

물의 도시
베니스

"인간에게 절망한 사람은 베네치아로 가라. 더 이상 절망하지 않게 될 것이다. 인간이 이런 도시를 세울 수 있다면, 인간의 영혼은 구원받을 가치가 있다." 영국의 작가 앤서니 버제스의 말이다. 괴테, 모파상, 발자크, 바이런, 토마스 만 등 수많은 작가들이 베니스를 여행하고, 그곳에서 창작의 영감을 얻었다. 지금은 이토록 아름다운 도시지만, 베니스는 원래 수천 명의 유배자들이 척박한 환경에서 살아남기 위해 만든 도시라고 한다. 아드리아 해의 황량한 갯벌 위에 수백만 개의 말뚝과 돌을 박아 기반을 다진 뒤 도시를 건설한 것이다. 118개의 섬들이 400여 개의 다리들로 미로처럼 이어져 있는 도시, 베니스. 이곳에는 루브르 같은 거대한 볼거리도 없고, 만리장성 같은 압도적인 건축물도 없지만, 수백 개의 다리, 조그마한 성당들, 수백 년째 옛 모습을 간직한 평범한 집들 하나하나가 저마다 더없이 아름다운 예술작품으로 다가온다.

라'라는 소문에 기죽지 않는 나라, 변화에 일희일비하지 않고 새로운 것에 목매지 않는 세상. 그런 곳이 정말 살기 좋은 곳은 아닐까.

세계에서 가장 높은 곳에 위치하는 섬으로 알려진 페루의 우로스섬. 그곳은 사실 갈대로 엮은 인공섬이다. 수심이 약 4~5미터 정도인데, 비가 오거나 바람이 불면 섬이 이리저리 떠내려간다. 이 아름다운 섬이 이토록 오랫동안 제 모습을 유지하는 비결은 무엇일까. 그 비결은 의외로 간단하지만, 엄청나게 힘겨운 노동이었다. 갈대가 물에 젖기 때문에 섬을 보호하기 위해 15일마다 한 번씩 갈대를 다시 깔아줘야 한다는 것이다.

갈대가 물을 머금어 썩거나 가라앉기 전에, 부족들이 모두 모여 갈대를 하나하나 갈아주는 장면을 보고 나도 모르게 왈칵 눈물이 쏟아졌다. 나는 내가 사는 곳을 조금 더 나은 세상으로 만들기 위해, 저토록 힘든 노동을 감당한 적이 있는가. 멀리서 보기엔 숨 막히게 아름답지만, 그 아름다움 뒤에 자신들이 매일 밟고 살아가는 땅을 스스로 갈아엎고 다시 엮어가며 보름에 한 번씩 '새로운 섬'을 만드는 우로스 사람들의 눈물겨운 노동이 있었다.

우리가 꿈꾸는 세상도 저렇게 한 땀 한 땀, 그 여리고 가느다란 갈대를 엮어 커다란 섬을 만드는 정성으로 만들어가야 하지 않을까. 언제 캄캄한 물속으로 가라앉을지 몰라도. 내가 사랑하는 사람들이 사는 곳을 지키고 가꾸기 위해. 우리는 '옳지 않은 일'이 일어나는 모든 곳에서, 저마다의 작은 정치, 정치인이 없어도 할 수 있는 평범한 사람들의 정치를 실천해야 하지 않을까.

···마음의 정치,
일상의 정치를 위하여···

> 햇빛은 모든 사람들 것이에요.
> 그런데 왜 제게는 어둠밖에 주지 않나요.
> ─빅토르 위고 『파리의 노트르담』 중에서

육아와 가사분담 문제를 평화롭게 해결하는 부부들은 얼마나 될까. 학벌, 성별 등등으로 인한 차별과 갈등을 제대로 해결하는 회사들은 얼마나 될까. 학교 폭력의 위험 없이 마음 편하게 학교에 다니는 아이들은 몇 명이나 될까. 의료사고가 일어났을 때 당당히 자신의 권리를 주장할 수 있는 '평범한 사람'은 얼마나 될까.

사적 욕망과 공적 현실이 충돌할 때, 개인의 인권과 국가의 정책이 충돌할 때, 그 모든 순간들이 바로 '정치가 필요한 시간'이다. 그런데 이런 순간 우리들은 '기필코 싸워야 한다'는 생각보다는 '도대체 나 혼자 어떻게 싸우지?'라는 두려움에 직면한다.

언뜻 생각하기에 대중이 정치의 전면에 나서는 길은 '투표'를 하는 것 외에는 없는 것 같다. 하지만 정치인들과 관련 없는 곳에서도 24시간 정치가 이루어지고 있다. 바로 우리의 치열한 삶의 현장, 그곳에서 일상의 정치, 마음의 정치를 필요로 한다. 이렇듯 생활 속에서 국민들은 정말로 절실하게 정치인들을 필요로 할 때, 그들은 좀처럼 우리 앞에 나타나주지 않는다. 더럽고 치사하고 황당하고 잔인한 현실과 끊임없이 싸우고 있는 모든 사람들이 우리 시대의 위대한 전사들이다.

기억의 정치,
역사의 정치

히로시마 평화박물관에는 원폭의 피해를 생생히 재현하는 각종 기념물들로 가득하다. 사진 속에서 원폭으로 인해 녹아버린 유아용 자전거를 바라보는 소년은 박물관 이어폰을 통해 어떤 이야기를 듣고 있을까. 잊을 수 없는 역사적 상처, 들리지 않는 피해자의 목소리. 그런 '고통의 목소리'가 소년의 귀를 꽉 채우고 있다. 그런데 이 박물관 방명록에 한국 사람들의 낙서들이 남아 있다. '독도'에 대한 일본정부의 태도를 향한 분노와 증오를 담은 낙서들이다. 상처와 상처가 부딪히고, 분노와 분노가 부딪히는 자리들. '우리의 상처'를 표현하는 것은 물론 중요하지만, 그 마음자리에 '타인의 상처'를 들어줄 마음의 귀가 없다면, '나는 아프다'만을 강조하는 그 목소리는 내 권리만을 챙기기 위한 일방적인 메아리에 그치기 쉽다.

나는 '한 사람의 힘'을 믿는다. 어떤 대단한 혁명도, 어떤 위대한 역사적 사건도, 한 사람 한 사람이 저마다 자신의 자리에서 현실에 부딪치고 좌절한 분노나 열정, 그리고 사랑에서 시작된다고 믿는다. 그래서 '이 모든 것은 시스템의 탓'이라고 말하는 사람들을 보면 우울해진다. 그 시스템을 이루는 것이 바로 한 사람, 한 사람이라는 것을, 사람들은 자주 잊는다.

공공기관에 급한 일로 전화를 해보면, "그건 제 소관이 아닌데요"라는 식으로 반응하는 공무원들을 흔히 목격할 수가 있다. "다른 곳에 전화해보세요"라는 안내를 받고, 그 다른 곳에 전화를 해보면 그 사람들도 이렇게 말한다. "그건 제 소관이 아닌데요." 우리는 힘든 일이 있을 때마다, 물어볼 일이 있을 때마다, 도대체 '어떤 한 사람'에게 물어봐야 하는지 망연자실해진다. 우리 사회는 '대단한 한 사람의 힘'은 믿지만 '평범한 한 사람의 힘'을 믿지 않게 되어가고 있는 것은 아닐까.

정치는 눈앞의 현실뿐 아니라 과거의 역사를 향하기도 한다. 집단의 기억을 통제하고 조작하는 것도 정치의 중요 업무다. 위정자들은 정권의 정통성을 강화하기 위한 무기로 역사를 활용한다. 1980년 광주민주화운동이 한때는 '폭동'이나 '반란'으로 매도되었고, 제주 4·3사건이 여전히 그저 '사건'으로 남아 있듯이.

우리는 정신을 바짝 차리고, '국가라는 스피커'가 말하는 역사만을 믿지 말고, 더 많은 사람들의 목소리, 목소리조차 부여받지 못한 사람의 목소리를 들어야 한다. 과거 또한 현재를 지배하지만, 현재야말로 과거를 지배하는 정치적 동력이다. 우리가 그때 그 시절을 어떻게 기억하느냐에 따라 억울하게 죽은 사람들, 여전히 기억의 아픔으로 고통받는 사람들의 삶과 죽음은 완전히 달라질 수 있다.

며칠 전 미국 유학 중인 친구로부터 '규범적 동성애'에 관한 이야기를 들었다. 오바마 대통령의 동성결혼 지지 선언이 커다란 화제를 모았고, 워싱턴 주를 비롯한 많은 주에서 동성결혼 합법화가 이루어지면서, 동성애자들이 소위 이성애자들을 닮아가는 현상이 벌어지고 있다고 한다. 이제 많은 동성애자들도 이성애자들처럼 결혼해서 일부일처제를 유지하고, 화목한 가정을 꿈꾸고, 제3세계 아동을 입양하기도 한다. 동성애자들을 잔인하게 린치하거나 처형하는 아프리카나 중동 국가들을 비난하면서.

그런데 이런 '동성애의 규범화' 분위기는 미국중심주의와 애국주의의 문제에서 자유롭지 않다고 한다. '미국의 자비심'으로 인해 동성 결혼을 '갑작스러운 선물'처럼 덜컥 받게 된 동성애자들은 '행복한 가정과 미래를 꿈꾸는 이 나라의 역군'으로 이데올로기화된다는 것이다.

예전에는 동성 결혼의 '합법화'가 이슈가 되었지만, 이제 동성결혼을 통해 동성애자들이 명실상부한 미국국민으로 '규범화'되는 것이 새롭게 이슈화되고 있는 것이다. 이렇게 정치적으로 민감한 사안들을 보면, 인권과 자유, 정치와 국가의 문제는 단지 '자유가 있느냐 없느냐'의 문제가 아닌 것 같다. '주어진 자유를 어떻게 사용할 것인가'의 문제가 해결되지 않는 한, 이미 얻은 자유라도 끊임없이 그 자유의 의미를 새롭게 담금질하지 않는 한, 우리는 저들이 선심 쓰듯 던져주는 자유에 수동적으로 안주할 위험에 처하는 것이다.

지금 우리들의 눈과 귀를 사로잡고 있는 '핫이슈'는 무엇인가. 인터넷 실시간 검색어를 볼 때마다 나는 매번 당황스럽다. 우리가 정말 뜨겁게 관심을 기울여야 할 문제들이 진짜 실시간 검색어에 떠오르는 경우는 매우 드물기 때문이다. 유명인들의 결혼과 이혼, 연예인들의 공항 패션과 시상식 패션, 젊은이들의 오디션 탈락을 비롯한 각종 시시콜콜한 연예계 가십에 가려 진정 우리가 진지하게 관심을 가져야 할 일들에 소홀해지는 것은 아닐까. 미디어가 24시간 365일 제공하는 현란한 볼거리들의 각축장 속에서 잊혀지고, 묻혀버리고, 목소리조차 내지 못하는 사람들. 그들의 절박한 목소리를 듣고, 그들이 누군가를 절실히 필요할 때 그들의 '곁에 있는 것'이야말로 우리가 실천해야 할 작은 정치, 마음의 정치, 일상의 정치가 아닐까.

콜로세움,
스펙터클의 정치

　　　　　　　　　거대한 볼거리, 화려한 스펙터클을 내세워 대중의 눈
과 귀를 사로잡는 정치가들의 전략은 그 옛날 로마에서도 횡행했다. 저 거대한 콜로세움에
서 검투사들의 시합과 맹수 몰이가 이루어지는 동안 한때 세상의 중심이었던 로마는 하루
하루 부패에 찌들고 비리에 시들어갔다. 현대사회에서는 각종 미디어가 이런 역할을 한다.
부당한 정치에 항거하는 한 사람 한 사람의 목소리, 잘못된 현실에 저항하는 한 사람 한 사
람의 목소리를 가리는 현란한 스펙터클의 정치. 우리는 더 바지런히 눈과 귀를 한껏 열어 온
갖 화려한 볼거리에 가려지는 현실의 아픔이 무엇인지를 찾아봐야 하는 것이 아닐까.

가족

내 삶을 지켜보는
최고의 관객

…그토록 진저리 치던
엄마의 잔소리가 그리워질 때…

> 행복한 가정은 모두 비슷비슷하지만
> 불행한 가정은 저마다 천차만별의 이유로 불행하다.
> ─톨스토이『안나 카레니나』중에서

이 세상에서 나를 가장 많이 울린 사람은 우리 엄마다. 그에 질세라, 이 세상에서 엄마를 가장 많이 울린 사람도 나일 것이다. 엄마들은 '절대 엄마처럼 살지 말라'고 가르치면서도, 막상 딸이 대놓고 엄마처럼 살지 않겠다는 강한 의지를 보여주면, 돌이킬 수 없는 상처를 받는다. 철없는 딸들은 그런 엄마의 아픔을 이해하지 못한 채 매번 엄마에게 반항하면서 은밀한 쾌감을 느낀다.

하지만 우리 엄마는 역시 강했다. TV 드라마에서는 아직도 '자식 이기는 부모가 어디 있겠느냐'고 푸념하는 순하고 여린 부모들이 대세지만, 우리 엄마는 자식을 매번 이겼다. 아니, 난 그렇게 믿으면서 엄마를 미워했다. 그래야 내 맘이 편해졌다. 아침에는 엄마와 싸우고 눈물 뚝뚝 흘리며 집을 뛰쳐나가고, 밤이 되면 집에 돌아와 지쳐 쓰러질 때까지 엄마와 싸운 나날들. 그것이 나의 20대였다.

나는 주위의 기대를 한 몸에 받는 큰딸이었고, 늘 그 기대로부터 뛰쳐나가고 싶은 반항기 다분한 아이였다. 엄마의 모든 기쁨의 원천도 나였고, 엄마의 모든 슬픔의 원천도 나였다.

가족,
내 삶의 영원한 관객

아이들은 휘황찬란한 거품놀이에 정신이 없고, 이 세상에 한 번뿐인 그 모습을 부모들이 사진으로 남기고 있다. 아이들은 세상을 바라보고, 부모들은 그런 아이들을 바라본다. 해바라기처럼. 이렇듯 가족이 아름다운 건 내 일거수일투족을 항상 무조건적으로 바라봐주는 변함없는 관객이기 때문이다. 관객이 없어지면, '나'라는 배우는 행동의 동기를 잃어버린다. 외롭고, 무섭다. 가족이 있다는 건 내 행동을 변함없는 관심으로 바라봐줄, 소중한 관객이 있다는 것이다. 이 소중한 관객의 관심은 연중무휴, 24시간 풀가동이다. 때로는 이 관심이 너무 부담되지만, 어른이 된다는 건 그 관심이 진정한 사랑임을 깨닫는 것이다. 그 관심이 집착이 되지 않도록, 가족에게도 '인터미션'을 주어야 한다. 나를 바라보지 않아도 되는 시간, 각자의 삶에 바쁠 수 있는 시간을.

엄마는 내가 입는 것, 먹는 것, 가는 곳, 만나는 사람 모두에 과도한 관심을 보이셨다. 나는 그 관심을 모두 집착이라고 생각했고, 빨리 돈을 벌어서 독립을 해야 엄마의 시선이 만들어내는 감옥으로부터 탈출할 수 있으리라 믿었다. 스물아홉에 처음으로 원룸을 얻어 집을 뛰쳐나간 날, 나는 환호작약했다. 이제 해방이구나. 이제 드디어 내가 그토록 꿈꾸던 자유를 얻었구나. 이제부터 내 마음이 시키는 대로만 살아야지. 더 이상 엄마 눈치는 물론 세상 눈치도 안 보며 살아야지.

그랬다. 한 달 동안은 정말 그렇게 살았다. 그런데 한 달이 지나자, 언제부턴가 수업이나 아르바이트가 있는 시간을 제외하고는 방에서 잠만 자는 나를 발견했다. 내 스스로가 겨울잠을 자는 곰 같았다. 냉장고에는 인스턴트식품만 쌓여갔다. 가끔 발작적으로, 살기 위해 요리를 하기는 했지만 그것도 일주일에 한두 번이었다. 엄마의 빈자리는 처음에는 요리, 빨래, 청소 등의 불편으로 나타났지만, 점점 그토록 진저리 치던 엄마의 잔소리가 가장 그리워졌다. 하지만 버텼다. 어떻게 나온 집인데. 어떻게 떨쳐낸 엄만데. 어떻게 벗어난 가족인데.

그렇게 우리 모녀는 '휴전 기간'을 가졌고, 내 나이가 서른을 훌쩍 넘자 엄마도 나에 대한 과도한 기대를 점점 버리시기 시작했다. 그때는 잘 몰랐다. 나에게 과도한 집착을 보이시던 엄마가, 그때만 해도 아직 젊으셨다는 걸. 자식의 나이가 서른을 넘긴다는 것은, 부모가 인생의 가을을 준비할 때가 되었다는 뜻이라는 걸.

이제 세 딸이 모두 독립하여 저마다의 길을 찾아가자, 눈 깜짝할 사이에 엄마의 흰머리가 부쩍 늘었다. 이제 내가 내 음식, 내 빨래, 내 청소를 겨우 잘할 수 있게 되었는데, 엄마는 딸들이 모두 떠나 단출해진 살림조차 버거워하신다는 것을. 이제는 염색으로도 가리기 힘들게 되어버린 엄마의 흰머리를 걱정하며 내가 가발을 사드린 날, 엄마는 그렇게 기뻐하실 수가 없었다. 엄마에게 가장 많은 흰머리를 안겨드린 큰딸은, 그날 너무 가슴이 아파서 잠이 오지 않았다.

엄마의 감시와 통제로부터 벗어나기 위해 온갖 잔꾀를 쓰며 전전 긍긍하던 나의 20대. 그때는 잘 몰랐다. 엄마에게도 사랑과 관심이 필요하다는 것을. 엄마가 나에게 쏟는 관심의 10분의 1만이라도 내가 엄마에게 쏟는다면, 엄마는 훨씬 덜 외롭고 덜 아플 거라는 것을. 천둥벌거숭이 같던 20대의 나에게 엄마의 사랑이 필요했듯이, 갱년기의 우울을 홀로 견디고 있던 엄마에게도 딸의 사랑이 필요했음을.

피에타,
세상에서 가장 아픈 사랑

케테 콜비츠의 작품이 자리 잡고 있는 베를린의 노이에 바헤Neue Wache. 케테 콜비츠의 후기 작품들에서는 아들을 전쟁에서 잃고 힘겨워하는 어머니, 케테 콜비츠 자신의 모습이 담겨 있다. 이 세상이 아들을 보호해주지 않기에, 오직 엄마의 여린 어깨를 방패삼아 세상의 모든 칼날을 다 받아내야 하는, 그런 어머니들의 견딜 수 없는 아픔이 그녀의 작품 속에 절절히 녹아들어가 있다.

···세상에서 가장 슬픈
뒷모습의 주인공, 아버지···

"집이란 식구가 그곳을 찾아가면 받아들여야 하는 그런 곳이야."
"나는 집이란 그곳에 들어가기 위해
어떤 자격을 획득해야 하는 곳이라고 생각하지 않아요."
―로버트 프로스트 『고용인의 죽음』 중에서

어린 시절 나는 '세상에서 가장 존경하는 사람이 누구냐'고 물으면, 주저 없이 대답할 수 있었다. 우리 아빠라고. 나는 자타공인의 '파파 걸'이었고, 늘 아빠 같은 사람을 만나지 못하면 결혼 같은 건 절대 안 해야지, 그랬다. 아빠는 만능해결사였다. 내가 아플 때도, 내가 숙제를 잘 해내지 못할 때도, 나에게 고민이 생겼을 때도, 나는 엄마가 아니라 아빠를 찾는 아이였다.

초등학교 미술시간 숙제가 너무 어려워서 혼자 낑낑거리다가 잠들었을 때, 아빠는 잠든 내 얼굴을 바라보며 밤새 내 숙제를 대신 해주셨다. 기말고사 기간에 밤을 새도 모자랄 벼락치기 시험공부에 시달리고 있을 때도, 아빠는 내가 외롭지 않도록 옆에서 함께 책을 읽어주셨다.

딸들은 그런 순간들을 영원히 잊지 못한다. 밖에서 아무리 힘든 일에 시달려도, 집에 들어오면 나의 수호천사가 버티고 있구나. 아빠는 우리들의 영원한 홍반장이고, 365일 지칠 줄 모르는 수호천사셨다. 그래야 한다고 믿었다.

내가 어른이 되어가면서, 아빠는 더 이상 '늘 푸른 홍반장'의 이미지를 유지할 수 없게 되었다. 세상이 험난해지는 속도와 아버지의 어깨가 힘없이 기울어지는 속도는 정확히 비례했다. 주변의 수많은 친구들의 아버지처럼, 아버지의 회사도 IMF를 전후로 커다란 어려움을 겪었고, 마침내 아빠는 일자리를 잃으셨다. 맨주먹으로 시작하여 작지만 탄탄한 회사 하나를 일구셨던 아버지의 충격은 너무도 컸고, 가족들도 그 충격을 감당하기 어려웠다.

경제적인 어려움보다 더 힘든 것은 달라진 아버지의 모습이었다. 다정함의 아이콘이었던 아빠의 미소는 사라졌고, 좌절감을 해소할 길이 없었던 아버지는 자주 어머니와 다투셨다. 그 후로 10여 년 동안, 아버지의 표정은 하루가 다르게 어두워지셨고, 대학생을 셋이나 키우는 어머니의 부담은 날로 커졌다. 동네에서 소문난 딸 부잣집, 매일 떠들썩한 웃음소리가 끊이지 않았던 우리 집 특유의 따스함은 사라져갔다.

20대에는 '가족'이라는 단어가 세상에서 가장 무거운 단어처럼 느껴졌다. 그렇게도 사랑했던 우리 아빠가, 이제는 무섭다. 그렇게도 당차고 씩씩했던 엄마가, 이제는 불쌍하다. 그런 생각이 들기 시작하면서, 나의 소원은 오직 하나로 압축되었다. 가족으로부터 도망 치자. 그것만이 살 길이다. 나는 쓰러져가는 가족의 아픔을 감당할 수 있는 훌륭한 재목이 아닌 것 같았다. 압박, 집착, 구속, 부담, 그리고 고통. 가족을 생각하면 늘 그런 우울한 단어들이 도미노처럼 자동적으로 떠올랐다.

고통을 느끼는 감각의 촉수가 지나치게 발달한 사람들은 그 예민

가족,
함께 때로는 홀로

　　　　　　　　자녀들이 어릴 때는 가족의 의미가 '보호'와 '성장'에
있다. 아이들이 무사히 잘 클 수 있도록, 부모는 따스한 울타리가 되어준다. 하지만 아이들
이 성장하면, 가족은 서로가 '더 나은 독립적 개인'이 될 수 있도록 도와야 한다. 이 단계가
오히려 더욱 험난한 여정일 때가 많다. 바라보고 지켜주되, 서로가 홀로 일어설 수 있도록
때로는 '거리'를 두어야 하기 때문이다. 이 거리감이 피할 수 없는 고통을 주지만, 가슴이 찢
어지더라도 우리는 서로를 놓아주어야 한다. 그 고통스런 과정을 거쳐야만 아이들은 '어른'
이 되고, 부모는 '더 나은 어른'이 될 수 있기에.

한 감각으로 창조적인 활동을 할 수도 있지만, 평범한 일상 속에서는 그 지나친 예민함이 커다란 장애가 된다. 나도 그런 부류의 인간이었다. 나는 고통으로부터 재빨리 도망칠 수 있는 민첩함이 부족했고, 고통을 지나치게 한 올 한 올 제대로 느끼면서 스스로를 학대하는 재능(?)이 있었다. 조금만 덜 극단적으로 생각했다면, '그냥 살다 보면 힘든 날도 있다'고 스스로를 위로하는 재능이 있었다면, 내 20대는 그토록 아프고 외롭지 않았을 텐데. 아무리 힘들어도 조금 더 많이 웃고, 조금 더 많이 부모님을 안아드릴걸. 그때는 그런 식으로 '나' 바깥에서 '나'를 바라볼 수 있는 마음의 여유가 없었다.

아버지가 사업에 실패하셨을 때, 나는 그것이 내 작고 완벽한 세상의 종말인 줄 알았다. 그 영향이 10년 넘게 지속되면서 이러다가 우리 가족이 다 뿔뿔이 흩어지는 것이 아닌가 싶은 힘겨운 순간도 많았다. 하지만 사업의 실패보다, 경제적 파국보다, 더 힘겨운 것은 아버지가 편찮으신 것이었다. 가족의 몸이 성치 못하다는 것은 온 가족의 인생을 쥐락펴락하는 끔찍한 고통이었다. 아버지가 뇌경색으로 병원에 입원하셨을 때, 나는 이것이 진짜로 세상의 끝이구나, 그런 생각으로 하루하루를 버텼다.

나는 착한 딸이 되지 못했다. 누군가 보는 사람만 없으면 도망치고 싶었다. 하지만 이제는 겨우 안다. 아직 우리에게 함께할 수 있는 시간이 남아 있다는 것. 화려하지도 대단하지도 않지만, 가족이라는 이름으로 함께 추억을 만들 수 있는 시간이 아직 남아 있다는 것. 그 것만으로도 얼마나 감사한 일인지를.

가족,
조건 없는 미소의 기원

　　　　　　　　　　　나는 길을 걷다가도 형제자매들끼리 웃고 떠드는 모
습을 보면 불현듯 넋을 잃고 쳐다보곤 한다. 난생처음 보는 아이들이지만, 마치 내 잃어버
린 어린 시절이 다시 돌아온 것 같은 행복한 착시현상을 느끼곤 한다. 걸핏하면 우당탕탕 싸
웠지만, 내 동생들만큼 내 모든 것을 속속들이 알고 있는 친구는 없었다. 자매들은 나이가
들어갈수록 더없이 애틋한 친구가 된다. 나의 부모님이 내게 주신 가장 커다란 축복은, '동
기간'이다.

가족의 문제가 어느 날 갑자기 해결되거나, 힘들었던 관계가 결정적인 사건 하나만으로 회복되지는 않는다. 하지만 힘들 땐 '정말 힘들다'고 이야기하는 정직함, 원하는 게 있을 때 '이것을 원한다'고 고백할 수 있는 용기가 관계의 회복에서는 매우 중요한 역할을 한다.

20대는 우리가 진정한 독립을 꿈꾸고 실천하는 결정적인 시기이기에, 가족 때문에 힘들고 아픈 것은 당연하다. 그리고 '내가 이 문제를 모두 해결할 수는 없다'고 인정하는 것 또한 중요하다. 그 모든 문제를 다 떠안고 책임지겠다고 안간힘 쓰다 보면, 나도 부서지고 가족 또한 무너진다.

나는 그 모든 것을 솔직하게 인정하기까지, 너무 많은 시간을 허비했다. 때로는 '착한 척'하면서 견딜 수 있다고 스스로를 설득했고, 때로는 '강한 척'하면서 다 해낼 수 있다고 스스로를 몰아세웠다. 그렇게 자신을 질책하다 보면 가족에 대한 진심어린 사랑조차 흔들리게 된다. 단번에 나아지지 않더라도, 함께 조금씩 노력한다는 것을 서로가 믿는 것. 그것이야말로 가족을 사랑하면서도 가족에 매몰되지 않을 수 있는 첫걸음이 아닐까.

그리고 우리는 못내 부끄럽지만 때로는 인정해줘야 한다. 우리 마음속에는 저마다 영원히 자라지 않는 아이가 있다는 것을. 우리는 모두 어른이지만, 가끔은 아이처럼 어리광을 부리고 싶고, 아이처럼 책임 따위는 벗어던지고 싶을 때가 있다고. 그럴 때 가족은 서로의 유치찬란함을 살짝 눈감아주며, 서로의 어리광을 못 이기는 척 받아줘야 한다. 이런 '어른들의 때늦은 애교'가 여전히 먹히는 장소는, 아직까지 저마다의 '우리 집', 그곳뿐이니까.

젠더

여자다움, 남자다움으로부터의
유쾌한 해방

…여자로 태어나는 것일까?
여자로 키워지는 것일까?…

> 제가 가난하고 미천하고 못생겼다고 해서
> 혼도 감정도 없다고 생각하세요? 잘못 생각하신 거예요.
> 저도 당신과 마찬가지로 혼도 있고 꼭 같은 감정도 지니고 있어요.
> – 샬롯 브론테 『제인에어』 중에서

사춘기 시절 나는 '여성스러운 것'에 대한 깊은 혐오를 내면화했다. 어른이 되는 것은 좋았지만, 소녀에서 여성으로 변해가는 내 몸이 싫었다. 왜 여성은 어릴 때부터 출산과 육아의 의무를 억지로 주입받아야 하는지. 왜 여성은 온갖 위험에 대한 걱정 없이 마음 가는 대로 온 세상을 쏘다닐 수 있는 자유가 없는 것인지. 답답하기만 했다.

내게 여성성은 맨 먼저 '억압'으로 다가왔다. 20대 여성이 되자 더 심각한 억압의 스케줄이 기다리고 있었다. 우리 집에서는 엄격한 통금 시간이 정해져 있었는데, 한참 바깥세상을 향한 호기심으로 불타오르던 20대의 나는 밤 10시가 가까워질수록 극심한 스트레스에 시달렸다.

지금 생각해보면 통금을 비롯한 각종 규율은 '내 딸을 이 험한 세상에서 안전하게 키울 수 있을까' 하는 부모님의 두려움이었지만, 어린 마음에 그런 규율은 억압과 통제로밖에 느껴지지 않았다. 사랑이라는 이름으로 자식의 자유를 빼앗는 것이 부모의 의무라면, 나는 아예 누구의 부모도 되지 말아야겠다는 극단적인 생각도 했다.

책 읽는 여자는
섹시하다

　　　　　　　　　책 읽는 여자의 뒷모습처럼 아름다운 것이 있을까. 나
는 낯선 여자가 조용히 책을 읽고 있는 뒷모습을 보면 나도 모르게 다가가서 말을 걸고 싶
어진다. 그녀와 책만이 나누고 있는 비밀스러운 소통의 현장을 엿보고 싶기 때문일 것이다.
누군가가 내가 모르는 세상과 접신하고 있다는 것. 누군가가 내가 알 수 없는 세계와 접선하
고 있다는 사실만으로도, 이 세상은 좀 더 신비롭고 매혹적으로 느껴진다. 나이 들수록 '멋
진 여성'을 만나는 일에 더욱 커다란 기쁨을 느낀다.

빨리 어른이 되어서 '여자다움'을 요구하는 어른들의 세계로부터 탈출하는 것이 소원이었다. 내게 '여자다움'은 내가 원하는 것을 포기하고 희생하는 엄청난 고통의 이미지로 각인되었다. 나에게 '여성성'이란 '내 마음대로 살 수 없는 것'과 동의어였던 것이다.

여자 선후배들과 이런 저런 이야기를 나누다 보면 '결혼의 진짜 이유'에 대해 의외로 이렇게 대답하는 사람들이 많다.

"집에서 탈출하려고."

"부모님한테서 독립하려고."

'그냥 나 혼자 독립'은 부모님의 허락을 받을 수 없으니, 결혼을 통해 합법적이고 공식적으로 부모님의 감시로부터 벗어나는 것. 그것이 결혼의 중요한 이유였던 것이다. 우리에게 '여성성'은 이렇듯 '뭔가 벗어나야 한다는 것' '뭔가 결핍된 것'으로 시작되었던 것 같다.

나는 스물아홉 살에 간신히 원룸을 얻어 독립을 하면서 '인생에 한 번쯤은 꼭, 혼자 살 수 있는 사람이 되자'라고 다짐을 하며 집을 나왔다. 훨훨 날아갈 것만 같았다. 아, 이제 그 지긋지긋한 감시와 통제로부터 해방되었구나. 그리고 그때부터 나의 진짜 시련은 시작되었다. 또한 그때부터 나의 진정한 '여성스러움'에 대한 깨달음도 시작되었다.

나는 20대 내내 고분고분하고, 아기자기하며, 상냥한 여자가 되지 않기 위해 분투(?)했다. 어른들이 좋아라하는 그런 '바람직한 여성'이 되지 않기 위해 몸부림쳤던 것이다. 까칠하고, 시니컬하고, 무

뚝뚝한 여자가 되어서 어른들의 순진한 기대를 통쾌하게 배반해주고 싶었다. '멋진 인간'이 되기 위한 노력을 '멋진 여성'이 되는 노력에 낭비하기 싫었다.

그런데 시간이 지날수록 나의 이런 행동 자체가 뭔가 강력한 결핍의 소산처럼 느껴졌다. 그리고 여성성에 대한 과도한 혐오 또한 일종의 콤플렉스라는 사실을 뒤늦게 인정하게 되었다.

나는 지독한 남아선호사상을 가진 우리 할아버지, 할머니에게 심한 반감을 가졌고, '아들을 낳아야 한다'는 압박감에 오랫동안 시달리다가 결국 '딸만 셋'을 낳은 어머니를 연민했다. 딸들을 누구보다 사랑하면서도 장녀인 나에게는 '장남 이상의 책임감'을 바라시던 부모님의 기대를 이해했지만 받아들이지는 못했다. 왜 나는 '열 명의 아들 부럽지 않은 한 명의 딸이 되어야 하는가'라는 불만을 숨기지 못했다. 나는 그냥 아무 수식어가 필요 없는 '나'일뿐인데. 나는 늘 '남자들보다 잘해야 한다'는 주변의 압박감과 싸워왔고, 사실 별로 그렇지 못한 나 자신을 남몰래 다그치고 학대해왔던 것이다.

부모님과 떨어져 오롯이 혼자 지내다 보니, 나는 비로소 자연스럽게 세상에 눈을 뜨게 되었다. '가족의 매트릭스'를 벗어난 곳에서, 나의 진짜 인생을 새로 시작해야 했다. 그리고 남성성도 여성성도 그 자체로 나쁘거나 좋은 것은 아니라는 것을 담담하게 받아들이게 되었다.

그리고 '멋진 인간'이 되는 것과 '멋진 여성'이 되는 것을 굳이 날

카롭게 구분하려했던 분별심도 우스워졌다. 멋진 여성과 멋진 인간은 나에겐 결국 같은 것이었다. 여성이 아닌 나란 상상할 수 없었다. 단지 여성으로 태어났기 때문이 아니라, 단지 여성으로 자라났기 때문이 아니라, 어느 순간부터 나는 정말 '여자라서 행복한' 인간이 되어 있었다.

여자라서 느끼는 행복은 텔레비전 광고처럼 멋진 냉장고를 갖고 아름다운 의상을 걸칠 수 있어서가 아니라, 권력과 지배를 벗어난 곳에서도 얼마든지 행복을 느낄 수 있는 여성들 특유의 감수성에서 우러나온다. 살아가면서 내가 느낀 진정한 행복들은 성취, 지배, 통제, 부귀영화, 이런 대단한 단어들과는 상관이 없었다. 내가 느낀 행복들은 하나같이 '여성적'인 것이었다. 조건 없는 배려, 논리적인 이해를 넘어선 무조건적인 존중, 상대방의 애정의 분량을 계산하지 않고 그저 나의 사랑을 아낌없이 줄 수 있는 그런 순간들. 내가 여자라서 느낀 행복은 '힘을 주어서' 느끼는 것이 아니라 '힘을 빼야만' 느낄 수 있는 그런 행복이었다.

남성성은 필연적으로 '자신이 가진 힘의 확인'으로부터 시작된다. 여기서 '힘'이란 나쁜 것도 좋은 것도 아니다. 자신이 가진 수많은 힘을 좋은 곳에 사용하는 남성들도 있고, 나쁜 곳에 사용하는 남성들도 있을 뿐이다. 이 전제를 떠나서는 또한 아름다운 남성성을 논할 수 없을 것이다.

여성들은 자신의 존재를 '관계'를 통해 찾는 반면, 남성들은 자신의 존재를 '지위'를 통해 확인하는 경향이 강하다. 그건 어느 한쪽의 '우위'가 아니라, 아무런 위계 없는 서로의 '차이'다. 소통의 방식, 관계를 맺는 방식, 삶을 이해하는 방식 모두가 현저하게 다른 여성과 남성.

게다가 이 사이에는 '서로 다른 성적 취향'이라는 다채로운 변수까지 개입하게 된다. 우리는 진정 여성성과 남성성, 그리고 동성애를 비롯한 다양한 성적 취향에 대해 얼마나 제대로 알고 있는 것일까. 이런 문제를 '그냥 남의 이야기'가 아닌 '진짜 나의 문제'로 진지하게 생각해볼 수 있는 시기가 바로 20대다.

춤추는 남자의
매혹

춤추는 남자에게는 권력도, 부도, 명예도 중요치 않다.

남자가 춤을 추고 있을 때 얼마나 멋져 보이는지,

그것도 '유혹하기 위한 춤'이 아니라 오직 '춤 자체를 위한 춤'일 때

남자들이 얼마나 멋져 보이는지 안다면.

우리는 좀 더 '춤추는 남자들'이 많아지는 신 나는 세상에서 살 수 있지 않을까.

우리 사회의 남자들은 아직도 너무 근엄하다.

무게 잡고, 젠체하고, 물어보지도 않았는데 자기 권력을 과시하는 남자들은 영 매력이 없다.

때로는 아무 생각 없이 가볍게 날아오를 줄 아는 용기를 가진 남자들이야말로,

성공한 남자나 대단한 남자보다 더 찾기 힘든, 진짜 멋진 남자다.

…우리는 힘겨운 역할극 속에서
애쓰고 있는지도 모른다…

행복한 적은 없어요. 행복한 줄 알았을 뿐이죠. (…)
나는 친정에서는 아버지의 인형이었고, 여기에 와서는 당신의 인형에 불과했어요.
당신이 나와 놀아주면 기쁘곤 했어요. 이것이 바로 우리의 결혼이었던 거예요.
─헨릭 입센 『인형의 집』 중에서

20대의 나는 오랫동안 우리 주변의 남성들의 행동 양태를 잘 이해하지 못하고 번번이 소통에 실패했다. 기본적으로 '남자와 여자는 인간으로서 같다'는 전제에서 움직이려 하지 않았기 때문이었다. 나는 '남자도 여자도 똑같은 인간이다'라고 생각하는 것이 남녀평등이라고 생각했지만, 오히려 그 무차별적인 전제로부터 한 발짝도 나가지 못했기 때문에 여성성과 남성성을 제대로 이해하지 못했다. 서로의 차이를 진정으로 받아들이고 이해하게 되면, 우리는 훨씬 더 깊은 소통의 경지에 다다를 수 있다.

생물학적으로는 물론 사회적으로 전혀 다른 환경과 조건 속에서 자라온 여성들과 남성들은 서로의 '동일성'보다는 '차이'를 배울 기회가 현저히 부족하다. 가정이나 기술 교과서 어디에도, 사회나 정치 교과서 어디에도, 남자와 여자의 본질적 차이에 대한 만족할 만한 설명은 없다. 우리는 사회적 성역할, 즉 젠더의 개념을 누구에게도 제대로 배우지 못한 채 오직 '실생활'이라는 지독한 개인플레이를 통해서만 남녀의 차이를 처절하게 깨우쳐야 하는 것이다.

우리는 여성이면서도 남성적으로 행동하고 싶을 때가 있고, 그 반대의 경우도 있으며, 게다가 여성이면서도 여성성이 부족하다고 느끼는 순간, 남성이면서도 남성성이 부족하다고 느끼는 순간이 있다.

여성에게 '여성스럽지 못하다'고 말하는 것, 남성에게 '남자답지 못하다'고 말하는 것. 이 모두는 사실 여성성을 여성 속에 가두고, 남성성을 남성 속에 가두는 이분법적 사유다. 세상에는 오직 두 개의 성이 있는 것이 아니라, 70억 개 이상의 성이, 저마다 서로 다른 빛깔과 향기를 지닌 성이 범람하고 있는 것이 아닐까.

사람들은 여권신장의 청신호로 '알파걸'이나 '슈퍼맘'을 든다. 사법고시를 비롯한 각종 국가고시에서 여성의 합격률이나 고득점률이 높아진 것도 여권신장의 사례로 제시된다. 남아선호사상은 옛말이 되었고, '요즘은 아들보다 딸을 좋아한다'는 사람들도 2000년대 이후로 급증했다. 그런데 과연 이런 지표들이 '여성해방'의 신호탄이 될 수 있을까. 가부장제도가 아닌 신모계사회가 온다고 해서, 여성성과 남성성의 조화로운 소통이나 여성해방이 실현되는 것일까.

여성해방은 결코 여성이 '더 좋은 지위'나 '더 많은 수입'을 획득하는 것으로 완성되지 않는다. 여성이 대통령이 된다고 해서, 정·재계 요직에 더 많은 여성들이 진출한다고 해서, 남녀평등이 가까워지는 것도 아니다. 여성들이 남성들의 자리를 차지하고 남성들과 똑같이 독점과 소유와 통제로서 세상을 쥐락펴락한다면, 그것은 또 다른 의미의 '여성적 억압'이 되지 않을까.

우리에겐 더 많은
'가면'이 필요하다

　　　　　　　　　　　한 사람에게 한 가지 정체성만을 요구하는 사회만큼
답답한 곳이 있을까. 사람들은 저마다 자신의 직업, 가족에서의 역할, 친구들 사이에서의 역
할 등을 가지고 있다. 하지만 문득 '나다운 것'에서 벗어나고 싶어질 때가 있다. 특히 여자다
운 것, 남자다운 것, 어른다운 것, 엄마다운 것, 아빠다운 것, 심지어 이성애자다운 것에 이
르기까지. 이 모든 역할극들은 너무도 커다란 책임을 요구한다. 저마다의 힘겨운 역할극 속
에서 고생하고 있는 우리. 가끔은 이렇듯 다채로운 가면을 쓰고 나를 전혀 모르는 곳에서 살
아볼 수 있는 자유와 용기가 필요한 것이 아닐까. 지금까지와는 전혀 다른 존재로 살아볼 수
있는 기회. 그것이 가면의 변치 않는 매력이다. 가면은 나를 감추는 '위장'이 아니라, '새로운
나'로 변신하는 무기다.

승리의 여신,
니케

나는 승리의 여신 니케를 바라보며 뭉클하고도 애틋한, 인간의 언어로는 도저히 설명할 수 없을 것만 같은, 장엄하기 이를 데 없는 여신의 가없는 사랑을 본다. 나는 니케를 통해 여성성의 궁극적 승리를 본다. 이것은 힘으로 찍어 누르는 승리가 아니라, 이 세상의 아픈 것, 모자란 것, 실패한 것 그 모두를 감싸 안는 승리다. 여성이 남성을 짓누르고 승리한다는 의미가 아니라, 우리 모두의 결핍을 끌어안는 사랑은 결국 여성성임을 온몸으로 느끼기 때문이다. 사실 진정한 여성성은 우리 여성들에게도 턱없이 부족하다. 세상은 이기고, 짓밟고, 빼앗으라고 가르치지, 나누고, 함께하고, 보듬으라고 가르치지 않기 때문이다. 여성들조차 잃어가고 있는 여성성은 바로 삶의 의미를 '지배'와 '통제'로부터 찾지 않는 여유와 용기다. 나는 니케에게서 '승리한 자들만 골라 포옹해주는 선택적 모성'이 아니라 패배한 자들의 아픈 마음, 죽어간 자의 안타까운 마지막 숨소리까지 품어주는 위대한 대지의 모성을 느낀다.

게다가 '슈퍼맘' '엄친딸' '알파걸' '신모계사회' 이런 식의 여성 파워를 상징하는 말들은 오히려 여성들끼리의 차별과 위계를 강화한다. 많은 사람들이 '예전보다 훨씬 여성의 인권이 신장되었다'고 평가하지만, 여전히 지구상에는 인권은커녕 최소한의 생존이나 자유조차 보장받지 못하는 여성들이 압도적으로 많다.

우리는 아직 여성성에 대해서도, 남성성에 대해서도 충분한 지식을 가지고 있지 못하다. 오죽하면 『화성에서 온 남자 금성에서 온 여자』라는 책을 보며 그토록 많은 사람들이 공감했겠는가. 아주 초보적이고 일상적인 남녀의 본질적인 차이조차도, 우리는 제대로 알지 못한 채 끊임없이 싸우고, 상처 입고, 상처 주고, 다시는 돌이킬 수 없는 이별을 반복하곤 한다.

누군가를 사랑한다는 것, 그리고 그 누군가와 생을 함께 나눈다는 것. 그리고 서로 다른 성격을 지닌 수많은 남녀들이 수많은 조직사회에서 소통과 교감을 반복하는 일. 그것은 바로 이 여성성과 남성성을, 그리고 70억 개가 넘는 'n개의 성'을 우리가 서로 '아직 잘 모름'을 인정할 때 비로소 시작되지 않을까.

사람들은 흔히 과도한 여성성을 가진 여성을 '공주병'이라고 비난하고, 부담스러운 남성성을 자랑하는 남성을 '마초'라고 비난한다. 하지만 여성성과 남성성은 그 자체로 폄하되거나 비난받아야 할 것이 아니라, 아직 더 많이, 더 깊이 탐구되어야 할, 여전한 미개척의 영역이 아닐까. 우리는 더 많은 여성성의 아름다움을, 더 무궁무진한 남성성의 위대함을 경험하고 실천할 권리가 있다.

죽음

오늘이 내 삶의 마지막인 것처럼
사랑하자

…죽음을 생의 한가운데에 둘 수 있을 때, 삶은 더욱 강인해진다…

위대한 순간은 결코 전기를 통해 밝혀지지 않는다.
우리 영혼이 엑스레이에 찍히지 않듯이.
―샤를 단치

20대의 키워드에 웬 '죽음'이야? 독자들이 이렇게 생각하실지도 모르겠다. 그건 너무 때 아닌 고민 아니냐고. 그건 너무 때 이른 걱정 아니냐고. 그렇게 말씀하실지도 모르겠다.

하지만 나는 죽음이 20대의 수많은 키워드들 중 맨 끄트머리나 부록이 아니라 '한가운데' 있었으면 한다. 죽음을 생의 한가운데 놓고 사유할 수 있는 용기를 가질 때, 우리 삶은 더욱 강인해질 수 있기 때문이다. 죽음을 '피하고 싶은 먼 훗날의 미래'가 아니라 '언제든 감당해야 할 생의 일부'로 받아들일 때, 우리는 더 커다란 자유를 얻을 수 있기 때문이다.

사실 이렇게 말하는 나도 아직 그런 자유를 얻을 정도로 성숙하지는 못했다. 다만 그것을 마음으로는 알기에 조금씩 그 앎을 실천하고 싶을 뿐이다. 뭐니 뭐니 해도 죽음과 가장 어울리는 감정은 '공포'일 것이다.

그리고 나에게는 20대야말로 그 죽음의 공포를 온몸으로 느끼는 최초의 시기였다. 내게 언제 '어른이 되어야 한다'는 강박을 가장 크게 느꼈냐고 묻는다면, 장례식 방명록에 내 이름을 적어 넣는 순간이었다고 대답할 것 같다. 부모님과 함께하지 않는, 나 혼자 찾아간 최초의 장례식에서 나는 '이제 어른이구나, 어른이 되어야만 하는구나'라고 생각하며 괴로워했던 것이다.

나의 20대에 가장 힘겨웠던 죽음의 기억은 바로 막내삼촌의 죽음이었다. 삼촌은 겨우 스물여덟 살이었다. 삼촌은 1급 장애인이었다. 평생 목발을 짚었고, 제대로 학교도 다니지 못했지만, 그 어렵다는 공무원 시험에 합격해서 이제 막 '사회인'이 되려는 찰나, 몇 달 일 해보지도 못한 채 삼촌은 어느 날 갑자기 저 세상으로 떠났다.

아무도 삼촌의 사인을 정확히 알지 못했다. 오랫동안 앓았던 지병이 있었다는 것은 나중에야 알았다. 삼촌은 신체적 장애 때문에 너무 많은 수술을 해오셨고, 더 이상의 수술은 감당할 수 없다고 생각하셨던 것 같다. 아무도 삼촌이 그렇게 많이 아픈지 몰랐다. 아무도 삼촌이 그렇게 일찍 우리를 떠날 거라고 상상하지 못했다.

나는 사실 삼촌에게 죄책감을 느끼고 있었다. 어린 시절 나의 말실수 때문이었다. 삼촌은 몇 달 동안 우리 집에서 함께 지낸 적이 있었는데, 그때 나는 삼촌과 함께 뛰어놀고 싶어 답답한 마음이 들었다. 아마도 초등학교 1, 2학년 때쯤이었던 것 같다. 삼촌은 열아홉 살쯤 되었을까. 목발을 짚은 채 벽에 기대어 나와 친구들이 노는 것을 하염없이 바라보는 삼촌에게, 철없는 나는 이렇게 질문하고 말았다.

"삼촌! 삼촌도 걷고 싶지?"

그런데 삼촌의 반응이 너무 쿨했다.

죽은 자들의
대화

　　　　　　　　　　프랑스 각계각층 유명인사들의 유해가 잠들어 있는
팡테옹 내부. 왼쪽은 빅토르 위고, 오른쪽은 에밀 졸라, 중앙은 알렉상드르 뒤마의 유해가
나란히 한 방에 안치되어 있는 모습이 흥미롭다. 프랑스의 대문호 3총사가 전해주는 장엄한
이야기의 오케스트라가 들려오는 것만 같다. 죽음은 삶의 끝이 아니라 새로운 삶의 시작이
라는 것을 증명하는 아름다운 장면이다. 빅토르 위고, 에밀 졸라, 알렉상드르 뒤마가 아무
도 없는 밤이 되면 관 밖으로 살금살금 빠져나와, 서로 티격태격 '인류의 미래'에 관해 논쟁
하는 장면이 떠올라 나도 모르게 미소를 지었다. 그들의 작품을 읽는 독자가 한 사람이라도
남아 있는 한, 그들의 영혼은 여전히 살아 있다. 우리가 사랑하는 사람을 잊지 않고 기억하
는 한, 그는 죽어서도 영원히 살아 있듯이.

"그래, 나도 걷고 싶다."

삼촌은 화를 내지도 않았고, 슬퍼하지도 않았고, 원망하지도 않았다. 심각하게 상대해주기엔 내가 너무 어린 탓도 있었겠지만, 삼촌은 원래 그렇게 멋진 사람이었다. 철딱서니 없는 조카의 '망언'을, 삼촌은 너그러운 마음으로 용서해주었다.

나는 내가 무엇을 잘못했는지, 한참이 지나서야 알게 되었다. 문제는 내 귓가에 아직도 삼촌의 그 목소리가 남아 있다는 것이다. 영원히 사라지지 않는 흉터처럼, 결코 지울 수 없는 문신처럼. 그래, 나도 걷고 싶다. 나도, 걷고 싶다. 걷고 싶다. 그 따스하고 차분한 목소리가 때로는 날카로운 칼날이 되어 후회로 얼룩진 내 마음을 찌른다.

그때로 다시 돌아갈 수만 있다면, 그런 무례한 질문은 결코 하지 않은 채, 가만히 삼촌을 안아주고 싶다. 어린 시절 내가 아빠 다음으로 가장 사랑하고 자랑스러워했던 남자는 바로 삼촌이었다. 우리 삼촌은 그걸 알았을까. 요새 아이들처럼 천연덕스럽게 '사랑한다'는 말을 밥 먹듯이 해본 적도 없고, 손 한 번 따뜻하게 잡아드린 적이 없었다. 어린 시절 나의 애정표현은 기껏해야 일기장에 내 마음을 은밀하게 고백하는 정도였으니 말이다. 가족에게도, 친구에게도, '내가 널 참 좋아한다'는 표현을 잘 하지 못했다.

하지만 지금은 '주책스럽다'는 말을 들을 만큼, 사람들에게 각종 애정표현을 하는 것을 좋아한다. 오늘이 우리가 함께할 수 있는 마지막 날인 것처럼. 오늘이 우리가 서로 사랑할 수 있는 마지막 날인 것처럼. 그렇게 '죽음'을 삶의 한가운데에 놓고 살아갈 수 있다면,

우리는 훨씬 덜 싸우고, 덜 화내고, 덜 후회하며 살아갈 수 있지 않을까.

너무 일찍 내 곁을 떠난 삼촌은 나에게 바로 그것을 가르쳐주었다. 사랑한다는 말을 할 수 있는 날들은 그렇게 많지 않다는 것을. 서로를 힘껏 안아줄 수 있는 시간은 그렇게 자주 오지 않는다는 것을. '죽음이 우리를 갈라놓을 때까지'라고 맹세할 때, 정말 그토록 멀게만 느껴지는 죽음은 언제든지 불현듯 찾아올 수 있다는 것을.

죽음을
끌어안다

베를린 홀로코스트 위령비Berlin Holocaust Memorial

나는 이곳에서 죽음을 '저 먼 나라의 이야기'가 아니라 바로 '오늘의 일상적 이야기'로 끌어안는 사람들의 마음을 느꼈다. 늘 '우리 조상들이 이런 짓을 저질렀다'고 환기시키는 것은 국가의 입장에서도 곤혹스러운 일일 것이다. 하지만 독일은 그렇게 한다. 매일매일 그 죄책감을 떠올리기 위해, 그들이 저지른 짓을 결코 잊지 않기 위해, 도심 한복판에 아무런 입장료도 받지 않는 거대한 위령비들을 세워놓는다. 독일은 아마도 '역사의 속죄'를 위해 가장 많은 비용을 지불하는 나라 중 하나일 것이다. 자기들의 업적을 빛내기 위한 기념물이 아니라 끔찍한 치부를 잊지 않기 위해 기념물을 조성한다는 것은 정말 큰 용기가 아닐까. 사람들은 비석 위에 올라가 사진을 찍기도 하고, 비석을 의자 삼아 한참 동안 홀로 앉아 생각에 잠기기도 한다. 그들은 그렇게 죽음과 함께, 더불어 살아가고 있었다. 그들은 그렇게 죽음을 온몸으로 끌어안고 있었다.

···사랑한다는 말을 할 수 있는 날들은
그렇게 많지 않다···

그 사람이 세상을 떠났을 때야 그 사람의 의미를 깨닫는 순간이 있
다. 정말 스스로가 부끄러워지는 순간, 살아 있다는 것이 미안해지
는 순간이다. 서른의 문턱을 막 넘던 시절, 나는 두 번의 끔찍한 죽
음을 경험했다.

　같은 과 후배 J가 자살했다는 소식을 들었던 그날의 충격을 잊을
수가 없다. 이제 겨우 20대 초반인데. 도대체 왜 그런 선택을 했을
까. 며칠 동안 아무것도 제대로 하지 못한 채 멍하게 지냈지만 차마
장례식장에도 갈 수가 없었다. 내가 그 아이의 죽음을 슬퍼할 자격
이라도 있는 것일까. 그 아이를 직접 본 것은 두세 번쯤 되었을까.
졸업한 후에 알게 된 후배이기에 친해질 기회도 거의 없었다. 하지
만 수많은 사람들이 이구동성으로 그 아이를 칭찬하는 대화를 들은
적이 있었다. 너무도 여리고 착해서 흠잡을 데가 없다고. 누구에게
도 상처를 줄 것 같지 않은 아이. 그러나 누구에게도 쉽게 상처받을
것만 같은 아이. 내가 본 J는 그런 첫인상의 주인공이었다.

　두 번째 죽음의 당사자는 공교롭게도 또 같은 과 후배 K였다. 꽃
처럼 피어나야 할 20대에, 소녀가장으로 힘겹게 살아가느라 그 흔한

연애 한 번 못 해본 여자 후배가 지병을 앓다가 병원에서 세상을 떠 났다는 것이다. 왜 이런 일이 일어나는 것일까. 나는 구멍 뚫린 가슴 을 안고 장례식장에 갔다. J의 죽음을 제대로 슬퍼하지 못한 내 가슴 속에서는, 이번만은 그냥 보낼 수 없다는 강한 책임감이 슬픔을 압 도했다.

하지만 막상 장례식장에 도착하자, 슬픔이나 충격보다도 분노가 앞섰다. 어떤 대상을 향한 분노가 아니라, 이 모든 상황에 대한 분노 였다. 도대체 우리가 여기 모여서 뭘 하고 있는 것일까. 나는 후배의 영정을 차마 똑바로 바라볼 수가 없었다.

J와 K의 죽음의 여파는 예상보다 훨씬 길었다. 오히려 시간이 지 날수록, 그들의 죽음은 새로운 목소리로 내게 말을 걸고 있다. 많은 이야기를 나눠보지도 못했고, '친하다'라고 말할 수 있는 입장도 아 니었지만, 그들의 죽음은 내 삶에 커다란 공동空洞을 남겼다. 故 박완 서 선생은 죽음이 남기고 간 상처를 이렇게 표현한 적이 있다. "존 재가 사라진 후 다른 존재에 남긴 공동의 크기가 살다 갔다는 존재 증명의 전부가 아닐까."

그런데 그 공동은 살아가면서 점점 메워지는 것이 아니라, 살아가 면 살아갈수록 더욱 속수무책으로 크고 깊어져만 가는 것 같다. 마 음속에 갑자기 커다란 동굴이 생겨버린 느낌. 그 텅 빈 마음의 동굴 속으로는 아무도 들여보낼 수 없을 것만 같은 막막함. 공동은 단순 히 '죽은 이의 빈자리'가 아니라, 죽은 이가 우리의 가슴속에 남기고 간, 깊이를 헤아릴 수 없는 거대한 상처의 블랙홀 같은 것이었다.

살아 있는
죽음의 흔적들

어떤 죽음은 살아 있는 사람들에게 끊임없이 새로운 깨달음을 준다. 박물관에 흩어져 있는 수많은 미라와 관들과 비석들, 옛 사람들의 초상화들, 죽어간 자들을 기리는 수많은 예술 작품들. 그런 죽음의 주인공들은 죽었지만 살아 있다. 죽음은 삶의 저편에서 살아남은 이들에게 말을 건다. 죽음은 그렇게 모든 빛깔의 목소리로 살아 있는 이들에게 말을 건다.

지인의 죽음이 아닌 완전한 타인의 죽음. 그런 낯선 이들의 죽음에 가슴이 무너지는 때도 있다. 우리는 인터넷을 통해, 신문을 통해, 영화나 드라마를 통해, 끊임없이 타인의 죽음을 경험한다. 낯선 사람들의 죽음이 결코 남의 일이 아닌 것 같은 느낌이 들 때. 그 죽음 하나하나가 우리 자신의 운명과 연관되어 있다고 느껴질 때. 그럴 때 우리는 조금씩 어른이 되는 것이 아닐까. 타인의 죽음으로 인해 마치 내 자신의 일부가 떨어져나간 듯한 아픔을 느낄 때. 그런 감정을 가장 예민하게 느끼기 시작하는 때가 바로 20대일 것이다.

　아주 가까이 알고 지내던 사람의 죽음만이 고통스러운 것은 아니다. 몇 번밖에 만나지 못한 사람. 아주 간접적으로 이름만 알고 지내던 사람의 죽음 또한 우리의 인생에 커다란 영향을 끼친다. 한 사람의 자살은 최소한 다섯 사람 이상의 지인에게 심각한 정신적 트라우마를 남긴다는 보고도 있다. 우리는 타인의 죽음을 통해 바로 나 자신의 죽음을 상상하게 된다. 수많은 타인의 죽음을 경험하며, 우리는 조금씩 '나의 죽음'을 준비하기 시작한다. 삶을 삶의 시선으로만 바라보지 말고, 삶을 죽음의 시선으로 바라보는 연습을 해본다면. 우리는 삶뿐만 아니라 죽음이 아름다워지는 길을 끊임없이 고민할 수 있지 않을까. 죽음을 겸허하게 준비할 수 있는 용기야말로 삶을 멋지게 누릴 권리만큼이나 위대한 것이 아닐까.

　우리는 이런 죽음을 상상한다. 마지막 순간까지도 위엄을 잃지 않는 죽음. 사랑하는 사람의 따스한 시선 속에서 맞는 죽음. 남겨진 사람들에게 쓰라린 고통이 아닌 아름다운 추억을 선물하는 죽음. 정말 그런 아름다운 죽음의 축복은 아무에게나 주어지는 것이 아니다. 삶이 아름답지 않은 한, 죽음이 아름다울 수는 없기 때문이다.

우리는 '대단한 삶'을 꿈꾸느라 '아름다운 죽음'을 미처 준비하지 못하곤 한다. 죽음 같은 건 떠올리기 힘들 정도로 바쁘고, 혈기왕성하고, 꿈 많은 20대. 바로 이때부터 우리가 멋진 인생뿐 아니라 멋진 죽음을 '디자인'할 수 있다면, 우리의 삶은 훨씬 풍요로워지지 않을까. 아름다운 죽음을 디자인하기 시작할 수 있는 가장 멋진 시기, 그것이 바로 20대가 아닐까.

예술

마음껏 눈물 흘릴 곳을 찾아
떠나는 마음여행

…우리에게 필요한 것은
감성의 촉수를 단련하는 일…

내게는 좀 더 위험스럽게 살아보고 싶은 욕망이 숨겨져 있었다.
그런 안이한 인생의 기쁨 속에 경계해야 할 그 무엇인가가
숨겨져 있는 것 같았다."
– 서머셋 모음 『달과 6펜스』 중에서

어떤 음악을 들으면 나도 모르게 간절히 기도하는 기분이 된다. 쿨
쿨 잠들어 있던 무의식의 소중한 부분이 불려 깨어나는 것 같다. 내
겐 특히 베토벤의 음악이 그렇다. 김광석의 노래를 듣고 싶은 날, 장
필순이나 조니 미첼이나 데미안 라이스의 노래를 듣고 싶은 날, 포
레나 멘델스존을 듣고 싶은 날도 있지만, 내게서 베토벤을 밀어낼
음악은 아직 없는 것 같다.

베토벤은 가장 힘들 때 들어야 제맛이다. 최근에야 깨닫게 된 사
실인데, 나는 인생의 커다란 고비를 넘길 때마다 베토벤을 들었다.
아니, 베토벤에 의지했다. 누가 시키거나 권한 것도 아닌데, 신기하
게도 그렇게 되었다. 베토벤의 피아노 소나타를 처음부터 끝까지 들
어보면, 베토벤이라는 한 사람의 영혼과 온전히 만난 듯한 환희를
느끼게 된다.

내가 기억하는 멘토들은 하나같이 '언어'를 통해 위로를 주었기에
나는 베토벤이 나의 멘토라는 것을 깨닫지 못하고 있었다. 하지만
베토벤만이 줄 수 있는 더없이 따뜻하고 강인한 위로는 내가 초등학
생일 때부터, 어쩌면 우리 엄마의 태교음악이 베토벤이었던 그 시절

부터 시작되었던 것 같다. 어린 시절 내가 가장 열광했던 실존 인물의 이야기도 바로 베토벤의 위인전이었다. 위인전 하면 뭔가 대단하고 화려하고 영웅적인 이미지가 떠오르지만, 베토벤의 전기는 그렇지 않았다. 그가 견딘 엄청난 괴로움을 상상하는 것만으로, 아홉 살 꼬마의 가슴은 세차게 두근거렸다.

그는 자신에게 주어진 고통스러운 운명과 필사적으로 싸우면서도 그 운명을 사랑할 줄 아는 사람이었다. 외롭고 가난했던 어린 시절, 아버지의 지나친 기대와 모진 학대, 그의 사랑을 한사코 받아주지 않는 여인들, 그리고 마지막에는 작곡가로서는 사형선고와 다름 없었던 난청 끝에 청력상실까지.

베토벤은 세련되거나 우아한 지식인은 아니었지만, 자신의 초라한 골방 안에서 오직 자신의 마음속을 울리는 음악소리 하나로 완벽한 하나의 세상을 창조한 사람이었다.

돌이켜보면 나는 실연의 아픔도, 실패의 고통도, 방황의 슬픔도 베토벤의 음악으로 치유했던 것 같다. 가슴을 뒤흔드는 시적 울림, 한 사람의 일생을 모두 담아낸 듯한 이야기의 감동, 책 속에서만 보던 아름다운 그림의 원작을 실제로 봤을 때의 충격, 평범한 일상 속에서도 위대한 기적을 느끼는 순간의 경이로움. 베토벤의 음악 속에는 우리가 예술을 통해 꿈꾸는 모든 것들이 빠짐없이 들어 있다.

영화 〈쇼생크 탈출〉에서 19년 동안 복역한 죄수 앤디(팀 로빈스)가 어느 날 거대한 쇼생크 감옥에 모차르트의 아리아를 울려퍼지게 하는 장면. 수천 명의 죄수들에게 '지금 이곳이 아닌 저 너머의 아름다운 세상'을 꿈꾸게 해주는 그 장면처럼, 우리는 예술을 통해 감옥 같은 현실을 뛰어넘는 탈주의 힘을 발견한다.

죄수들에게 해방의 음악을, 자유의 열망을 심어준 죄로 독방에 갇히게 된 앤디. 사람들은 앤디에게 묻는다. 하루가 1년같이 긴 그 지독한 독방생활이 힘들지 않았냐고. 그러나 앤디는 쿨하게 대답한다. 모차르트와 함께 있어 외롭지 않았다고. 그는 독방 안에 모차르트가 어디 있냐고 묻는 동료들에게 간단한 제스쳐를 취한다. 자신의 머리를 툭툭 치며. 모차르트는 내 머릿속에 있다고. 내 머릿속의 음악은 아무도 빼앗아가지 못한다고.

모차르트의 아리아를 평생 들어본 적 없는 레드(모건 프리먼)의 귀에도, 그 음악은 천상의 메아리처럼 아름답게 들려온다. 레드는 이렇게 말한다. "노랫소리는 더 멀리, 더 높이 날아올라 갔습니다. 이 잿빛 감옥에서는 도저히 꿈꿀 수도 없는 그 어딘가로, 더 멀리, 더 높이 울려 퍼졌습니다. 마치 아름다운 새 한 마리가 우리가 갇힌 새장에 날아 들어와 우리를 가두던 담장을 허물어버린 것 같습니다. 아주 짧은 한순간이었지만, 쇼생크의 모든 사람들은 자유를 느꼈습니다."

예술은 앎을 넘어 존재한다. 이해나 분석이나 비판을 뛰어넘는 곳에, 예술의 감동은 존재한다. 예술은 유용한 정보도 실용적인 지식도 아니지만, 그 어떤 '쓸모 있는 것들'도 해내지 못하는 마음의 기적을 일궈낸다.

이야기가 있는
예술의 힘

안토니오 카노바의 〈에로스의 키스로 되살아난 프시케〉. 루브르 박물관에서 〈모나리자〉나 〈메두사의 뗏목〉에 버금가는 인기를 누리는 이 사랑스러운 조각상은 에로스와 프시케의 아름다운 사랑 이야기, 그 절정의 감동을 되새기게 한다. 나는 스토리가 있는 음악이나 미술작품을 좋아한다. 인간의 딸로 태어나 최초로 신의 아들 에로스와 결혼하는 데 성공한 프시케의 이야기. 결코 넘볼 수 없는 신의 세계, 금기로 우뚝 서 있는 무시무시한 신들의 장벽을 뛰어넘은 프시케의 무기는 바로 그녀의 해맑은 순수와 용기였다. 연인 에로스는 그녀를 홀로 남겨둔 채 신들의 세계로 도망쳐버리고, 시어머니 아프로디테가 아무리 어려운 미션을 주어 그녀를 죽음의 위기에 빠뜨려도, 프시케는 포기하지 않고 삶과 죽음의 경계를 뛰어넘고, 인간과 신의 경계를 뛰어넘고, 마침내 사랑할 수 없는 삶과 사랑할 수 있는 삶의 경계를 뛰어넘는다.

갖고 있는 모든 것을 빼앗겨도, 마음속에 남아 있는 음악, 미술, 문학의 아름다움은 빼앗기지 않는다. 감옥이나 무인도에 갇힌다 해도, 우리는 마음속에 나만의 모차르트, 나만의 고흐, 나만의 도스토예프스키와 대화하며 고통을 잊을 수 있다. 세속적인 일상에 갇혀 살아가야만 하는 인간에게 '이런 세상도 있다'고 속삭여주는 예술의 힘. 우리는 예술을 통해 과거와 현재와 미래의 경계는 물론, 만날 수 없는 모든 사람들, 다가갈 수 없는 모든 세계를 꿈꾸고 상상할 수 있다.

이 멋진 예술의 유혹을 느낄 수 있는 눈과 귀와 마음을 기를 수 있는 가장 예민한 시기가 20대다. 무엇이 유명하거나 중요해서가 아니라, 무엇이 진정으로 내 마음을 두드리는지를 순수하게 느낄 수 있는 감성의 촉수를 단련하기. 예술의 아름다움을 올올이 느낄 수 있는 감수성을 기르는 일이야말로, 20대에 소홀히 해서는 안 되는 또 하나의 미션이 아닐까.

꼭 전시회에 가고, 음악회에 가야만 예술의 감동을 느낄 수 있는 것은 아니다. 유튜브 동영상으로도, 케이블 TV의 예술 전문 채널에서도 오케스트라의 감동을, 명화의 아름다움을 느낄 수 있다. 기술복제 사회에서는 예술의 아우라와 감동이 줄어들 것이라고 걱정하는 사람들도 많았지만, 실제로 우리는 기술복제 사회의 축복으로 더 쉽고, 더 편안하게, 안방에서 예술을 즐기게 되었다.

모든 것을 눈에 보이는 가치, 돈으로 바꿀 수 있는 가치로 계산하는 삶의 피로에 지칠 때마다, 나는 예술이라는 이름의 피난처로 도망친다. 갑갑한 삶으로부터 도망친 곳이지만 그 피난처에서 나는 삶으로 다시 귀환할 수 있는 용기를 얻고 빠져나온다.

…예술은 속삭인다
'당신이 모르는 이런 세상도 있다고'…

예술이란 자연이 인간에게 비춰진 모습입니다.
중요한 것은 거울을 닦는 일입니다.
—오귀스트 로댕

가끔 소극장에서 연극을 보면 서로 얼굴을 모르는 관객들과 난데없는 친밀감을 느낄 때가 있다. 얼마 전 배종옥, 정웅인 주연의 〈그와 그녀의 목요일〉을 관람할 때도 그랬다.

20년이 넘도록 지독하게 엇갈리기만 했던 사랑. 한쪽이 고백하려 하면 한쪽이 도망치고, 한쪽이 마음을 열면 한쪽이 딴청을 피우고. 여주인공의 죽음을 앞두고서야 서로의 진심을 알게 된 두 사람의 이룰 수 없는 사랑. 평생 변함없이 사랑해온 사람이 그토록 가까이 있는데, 왜 한 번도 솔직하게 고백할 수 없었을까.

연극이 절정에 다다른 순간 여기저기서 코를 훌쩍거리는 소리가 들려왔다. 나는 이미 한참 전부터 소리 없이 울고 있었는데, 코를 훌쩍이는 소리들이 왠지 정겹게 느껴져서, 웃으면서 울었다.

그 순간 조명이 꺼졌다. 갑작스러운 어둠이 마음을 차분하게 가라앉혀주었다. 마지막 장면을 준비하기 위한 스태프들의 바쁜 움직임이 어둠 속에서 느껴졌다. 조명이 꺼지자 사람들은 더욱 마음 놓고 울었다. 서로의 모습이 보이지 않자 마음이 편해진 것이다. 나는 어둠 속에서 손등으로 눈물을 훔치며 마음이 따뜻해지는 것을 느꼈다.

춤추는
무덤

        무덤은 왠지 엄숙하고 장중한 느낌을 주는 것이 보통
이지만, 이곳은 그렇지 않다. 죽어간 이들이 조금 다른 방식으로 살아 있는 느낌. 유령 같
은 무서움이 아니라 살아 있는 사람의 생기발랄함으로 여전히 실존하는 느낌을 준다. 비엔
나의 중앙묘지Zentralfriedhof에는 베토벤, 슈베르트, 브람스, 요한 슈트라우스 등 수많은 음
악가들이 잠들어 있다. 음악의 도시 비엔나를 온통 아름다운 음악으로 가득 채웠던 위대한
음악가들의 묘지에서는 지금도 멋진 음악이 들려오는 듯하다. 즐거운 환청이다. 무덤은 무
겁고 슬픈 공간만은 아니다. 요한 슈트라우스의 무덤을 보는 순간 저절로 미소가 번져 나온
다. 그가 지휘하는 아름다운 음악소리에 맞춰서 아기천사들이 춤을 추는 듯한 환각이 그의
따스한 무덤을 가득 채우고 있다.

순간이 영원으로
폭발하는 순간

　　　　　　　　　　　　베르메르 〈진주 목걸이를 한 여인〉(부분). 어떤 순간
이 곧 영원처럼 느껴지는 시간. 베르메르는 그런 일상 속의 기적을 포착하는 데 천재적인 감
각을 지닌 것 같다. 진주목걸이를 하고 거울을 보는 순간, 아침식사를 위해 우유를 따르는
순간, 햇살을 등불 삼아 편지를 읽는 순간. 베르메르는 그런 평범한 일상의 시간들 속에서
순간이 영원으로 폭발하는 듯한 눈부신 장면들을 포착해낸다. 예술의 기적은, 이렇듯 우리
가 미처 경험하지 못한 시공간 속으로 우리를 데려다주는 것이 아닐까.

그 순간 이 연극을 평생 잊지 못할 것을 예감했다. 관객에게 이렇게 친절하게 '마음 놓고 울 시간'을 선물하다니.

어쩌면 우리는 아름다운 작품을 핑계로 펑펑 울 곳을 찾아 헤매는 것인지도 모른다. 꼭 흘려야 할 곳에서 흘리지 못한 눈물을 언젠가 뒤늦게라도 세상 밖으로 방류하기 위해서. 그날 함께 연극을 본 사람들은 서로를 전혀 모르지만, 작고 아늑한 눈물의 공동체에 동참하면서 서로에게 의미 있는 타인이 되었다.

때로는 예술이 허락되지 않은 곳에서 뜻밖의 예술이 시작된다. 거리의 악사가 연주하는 조촐한 바이올린 독주곡이 가슴을 울릴 때도 있다. 내가 자주 두통약을 사러 가던 동네약국의 약사님이 약국에서 홀로 플루트를 연주하는 장면을 본 적도 있다. 그 순간 매일 지나치던 그 평범한 약국이 정말 멋진 실내악 콘서트홀로 변한 것 같았다.

그런 의미에서 나는 빅토르 위고의 『파리의 노트르담』의 주인공 콰지모도야말로 진정한 예술가였다고 생각한다. 콰지모도는 심한 꼽추였고 다리까지 절었으며 애꾸눈에 귀까지 멀었다. 그에게는 자기표현의 통로가 전혀 없었다. 단지 다른 사람들과 말하는 것이 익숙하지 않고, 귀가 들리지 않기 때문만은 아니었다. 사람들은 그가 무언가를 표현하는 존재, 우리와 똑같은 인간이라는 생각을 하지 않았다. 그의 기괴한 외모를 본 순간 모두들 고함을 지르며 도망치거나, 그를 놀림거리로 만들고 웃어대기에 바빴기 때문이다.

하지만 노트르담 대성당 주변의 모든 사람들이 오직 콰지모도만

이 낼 수 있는 아름다운 소리의 청중이었다. 콰지모도가 온몸의 체중을 실어 종소리를 낼 때마다 사람들은 단지 '시간을 알리는 정보'가 아니라 '가슴을 울리는 음악'의 감동을 느낀다.

그가 온몸으로 '청동괴물(노트르담의 종)'을 껴안고 종소리를 내는 순간, 그의 입술은 대장간의 풀무처럼 생동감 넘치는 고함을 지르고, 그의 눈은 이글거리는 불꽃이 되며, 청동으로 만들어진 종은 마치 살아 움직이는 성악가처럼 아름다운 목소리를 낸다. 그럴 때면 그는 '노트르담의 꼽추'가 아니라, "하나의 꿈, 하나의 소용돌이, 하나의 폭풍"이 된다. 노트르담의 종소리는 콰지모도가 지휘하는 음악이며, 노트르담 대성당은 그 자체로 거대한 오케스트라가 된다. 그 순간 콰지모도의 아름다운 종소리는 예술의 기미라고는 찾아볼 수 없는 평범한 저잣거리를 아름다운 콘서트홀로 바꿔버린다.

현대인은 노동을 통해 자신의 존재를 인정받는다. 하지만 그것이 늘 기쁘기만 한 것은 아니다. 사실 대부분은 힘들고 괴로운 순간들이다. 우리의 살아 있음을 우리의 '일'로만 증명받는다면 삶은 얼마나 쓸쓸하고 삭막한가.

다 큰 어른들이 세상물정 모르는 꼬마들을 부러워하는 이유는, 그들이 '무엇을 해서'가 아니라 '아무렇게나 해도' 그 존재를 인정받기 때문이다. 아이들은 그냥 아이들이어서 사랑스럽고, 귀엽고, 존엄하다. 아이들은 아무리 실수해도, 조금 모자라도, 매일 말썽을 피워도, 아이들이기에 어여쁘다.

거리의
악사

음악의 기쁨은 도처에 널려 있다. 단지 우리의 바쁨, 무신경함이 아름다운 음악소리를 수없이 놓칠 뿐이다. 음악은 공간의 깊이와 질감을 바꾼다. 음악으로 인해 상투적인 공간은 특별한 장소로 바뀐다. 인적 드문 골목길, 어수선한 지하철역, 모두가 바삐 걸음을 옮기는 대로변. 이 모든 평범한 장소들이 순식간에 아늑한 '울림통'이 된다. '이 상품을 꼭 사주세요!'라고 외치는 호객소리가 아닌, '그저 아무 목적 없이 이 소리를 들어주세요'라고 속삭이는 음악소리. 음악은 삶으로부터 잠시 비껴날 수 있는 마음의 여백을 선물한다.

어른들에게도 그런 순간이 필요하다. 살아 있다는 이유만으로 행복하고 명예롭고 복된 느낌. 예술은 바로 그런 느낌을 선사한다. 아름다운 음악을 들을 때 귀를 가진 내 운명에 감사하고, 멋진 그림을 볼 때 눈을 가진 내 운명에 감사한다. 예술은 그렇게 '당연하게 여겼던 그 무엇'에 대한 무한한 감사를 배우게 만든다.

얼마 전에 태어나서 처음으로 〈백조의 호수〉 공연을 봤다. 발레리나의 몸짓에 담긴 세세한 의미는 모르지만, 발레의 아름다움을 〈빌리 엘리어트〉나 〈블랙 스완〉 등을 통해 살짝 엿본 게 전부지만, 전에는 한 번도 느껴보지 못한 어떤 낯선 감동에 울컥해졌다. 모두가 '브라보'를 외치며 웃고 박수를 치는데, 나 혼자 생뚱맞게 울고 있었다. 단지 공연에 대한 감동을 넘어서, '왜 이토록 아름다운 것을 이제야 보고 있을까' 하는, 내 자신의 삶을 향한 안타까움의 눈물이었다.

나의 바로 앞자리에서 올망졸망 모여앉아 발레 공연을 보고 있는 초등학생들이 그저 부러웠다. '조금만 마음을 열면' 모두에게 열려 있는 음악과 달리, 발레는 '너무 머나먼 예술'이었다. 발레에 대한 그런 계급적 편견 때문에 나는 발레를 좋아하려는 노력조차 하지 않았던 것이다.

조금만 마음을 열면! 그것이 열쇠다. 그 '조금'이 참으로 어렵다. 하지만 그렇게 첫 발자국을 떼면, 놀라운 감동의 세계가 우리 앞을 기다리고 있다. 예술만으로 세상을 바꿀 수는 없다. 하지만 예술은 일단 우리 자신을 바꾼다. 그렇게 한 사람 한 사람의 뜨거운 감동이 모여 바꾸는 공간의 풍경이, 우리의 삶을 조금씩 바꿀 수 있지 않을까.

질문

삶은 변한다,
어떤 질문을 던지는가에 따라

…세상에서 가장 어려운 것,
스스로에게 솔직해지는 것…

> 다른 사람이 쓴 책을 읽는 일로 시간을 보내라.
> 다른 사람이 고생을 하면서 깨우친 깃을 보고
> 쉽게 자신을 개선시킬 수 있다.
> ─소크라테스

스스로에게 어떤 질문을 던지는가에 따라 삶의 방향이 바뀔 때가 있다. 우리는 대답할 수 있는 질문만을 들으려는 경향이 강하다. 대답하기 어려운 질문은 골치가 아프니까. 하지만 대답하기 어려운 질문에 대답하려 애쓸 때, 우리는 그 어려움 속에서 조금씩 자유로워진다.

20대의 마지막 키워드 후보로 수많은 단어들이 마음속을 다녀갔다. 놀이, 육체, 연대, 취미, 감성, 또는 혁명이나 그리움 같은 아름다운 단어들. 하지만 그 모든 멋진 단어들을 스리슬쩍 포괄할 수 있는 '질문'을 선택했다. 어떤 질문을 던지느냐에 따라 우리 삶은 달라지니까. 세상의 모든 단어들을 기꺼이 보듬어 안을 수 있는 단어, 그것은 질문이니까.

때로는 스무 살의 내가 그 오랜 시간의 간극을 훌쩍 뛰어넘어 지금의 나에게 질문을 할 때가 있다. 지금의 내가 스무 살의 나에게 불쑥 질문을 던지기도 한다. 먼 훗날 죽음을 눈앞에 둔 내 자신에게 질문을 할 때도 있다. 그럴 때마다 내 심장은 두근거린다. 아직 대답하지 못한 질문이 많다는 것을 느낄 때마다, 진정 살아 있음을 느낀다.

마지막 챕터에서는 20대 친구들이 나에게 많이 던지는 단골 질문들, 그리고 20대의 나에게 지금의 내가 던지고 싶은 질문들을 모아

가상 인터뷰를 꾸며보았다. 이 소박한 질문들 속에서 우리 함께 '나만의 질문들'을 떠올리고 가다듬어 볼 수 있는 시간이 되었으면 한다.

Q1: 내가 진정 원하는 것은 A인데, 그 길이 너무 어렵고 힘들다. 조금 덜 원하지만, 그보다 더 쉬워 보이는 B를 택해도 될까. 때로는 최선보다 차선이 낫지 않은가.

A1: 대체재란 없다. 간절히 원하는 것을 대체할 수 있다고 믿는 '좀 더 쉬운 것'을 선택할 경우, 끊임없이 '가장 원했던 바로 그것'이 뇌리를 떠나지 않는다. 가장 원하는 것을 대체할 수 있는 다른 무언가는 처음부터 없다. 나는 수많은 실수를 통해 '대체재란 없다'는 것을 아프게 깨달았다. 좀 더 안전한 것, 좀 더 덜 힘든 것을 찾다가, 가장 원하는 것을 잃어버리고 한참 동안 방황했다.

무언가를 진정 원한다면, 그 무언가를 대체할 '차선'이 아니라 바로 그것, '최선'을 향해 달려가야 한다. 아무리 힘들어도, 아무리 외로워도, 결국 실패하더라도. 온 힘을 다해 간절히 그것을 원했다면, 실패하더라도 후회는 없다. 정말 무언가를 간절하게 원한다면, 그 길밖엔 다른 길이 없기 때문이다. '용의 꼬리보다는 닭의 머리가 낫다'는 생각에서 벗어나자. 원하지 않는 곳에서 대단한 자리를 차지하는 것보다는 원하는 곳에서 소박한 자리를 차지하는 것이 진정한 행복의 비결이다. 그것을 마음 깊이 인정하면 수많은 고민들이 해결된다. 내가 진정으로 원하는 곳에서 가장 하찮은 자리를 차지하더라도, 나는 그곳이 좋다.

Q2: 실연의 상처는 어떻게 극복하나? 아니, 극복할 수 있을까?

A2: 솔직히 상처는, 특히 실연의 상처는 본질적으로 극복 불가능한 것 같다. 더 정확히 말하면, 극복하려고 하면 극복이 안 된다. 나는 상처에 굴복한 자신을 인정하기 싫어서 엄청난 연기력을 발휘했다. 물론 실패했지만. 상처가 없는 척, 아프지 않은 척한 것이다. 스스로 '나는 괜찮다'는 주문을 걸기도 하고, '쿨해져야 한다'고 스스로를 다독이기도 했다. 인생에는 사랑이나 상처보다 더 중요한 것이 많다고 스스로를 다그치기도 했다. 하지만 그렇게 스스로를 속이는 것은 결코 도움이 되지 않는다. 차라리 아픔 속에 흠뻑 빠져 있는 것이 낫다.

극복되지 않은 채 마음 깊숙이 침잠해버린 상처는 오랜 시간이 지나 추억조차 희미해진 시점이 와도, 언제든 다시 재발할 수 있다. 제대로 슬퍼하지 못한 상처는 언젠가는 반드시 되돌아와 우리의 잠든 무의식을 강타한다. 슬픔의 밑바닥까지 속속들이 체험해보는 것이 우리를 성장케 한다. 상처를 곱씹는 일은 지독히 아프지만, 그런 솔직함은 스스로에게 커다란 도움이 된다. 아픔을 치유하려고만 하지 말고 우선 아픔과 친해지는 법을 배워야 한다. 상처도 익숙해지면 어느덧 둘도 없는 친구가 된다. 그 상처가 나를 좀 더 나은 존재가 되도록 이끌어주는 스승이 되기도 한다. 슬픈 것은 결코 부끄러운 것이 아니다.

'차였다' '찼다'라는 표현에 민감한 것이 20대들의 특징 중 하나다. "누가 찼어?" "누가 차였대?" 이런 질문은 호기심을 자극하지만, 중요한 질문은 아니다. 오랜 시간이 지나면, 누가 누구를 떠났는

PEDESTRIANS
push button and wait
for signal opposite

WAIT

wait | cross
       | with care

때로는 기다림이
최선일 때

가장 원하는 것을 향한 길이 완전히 막혀 있을 때가 있다. 그럴 땐 '다른 길'을 찾아 급선회하기보다는, 그저 기다리는 것이 낫다. 제3의 길을 성급하게 찾다가, 원래 가려던 길을 잃어버릴 위험이 있기 때문이다. 기다리는 것밖에는 다른 일을 할 수 없을 때가 있다. 연인에게 프러포즈를 하고 그 대답을 기다릴 때. 중요한 시험을 치고 결과를 기다릴 때. 건강검진을 하고 결과를 기다릴 때. 못 견디게 그리운 사람의 연락을 속수무책으로 기다릴 때. 인생에서 이런 결정적인 순간에는 '기다림' 외에는 뾰족한 수가 없다. 그럴 땐 온갖 '나쁜 가능성들'을 생각하며 스스로를 괴롭히지 말고, 그저 말갛게 기다려야 한다. 기다림의 시간을 아름답게 밝혀주는 것은 '결과에 대한 걱정'이 아니라 잠시만이라도 '나를 놓아주는 것'이다. 걱정하고, 판단하고, 저울질하는 나를 잠시, 그러나 완전히 놓아주는 것이야말로 기다림의 기술이다.

가가 중요한 것이 아니라 헤어질 수밖에 없었던 '공통의 문제'를 정직하게 대면하지 못한 것이 진짜 문제임을 알게 된다.

상처가 마음속에서 제멋대로 날뛰지 않도록 온순하게 길들이지 말자. 안 아픈 척, 센 척, 쿨 한 척하지 말자. 아픔을 절절히 느끼면서 아픔의 무늬와 질감을 가만히 느껴보자. 그러면 내가 미처 몰랐던 나를, 영원히 풀리지 않는 사랑의 수수께끼를, 그리고 헤어진 그 사람의 마음을 조금씩 이해하게 된다. 상처는 전쟁의 대상이 아니다. 상처는 우리가 살아 있는 한 우리가 함께해야 할, 아프지만 더없이 소중한, 내면의 벗이다.

…세상을 향해 던지는
당신의 질문은 무엇인가요…

세상에서 제일 중요한 것은
어떻게 하면 내가 정말 나다워질 수 있는지 아는 것이다.
—몽테뉴 『수상록』 중에서

Q3: 매일 만나야만 하는 사람 중에 정말 싫은 사람이 있다. 사실 어딜 가나 '싫은 사람'이 있다. 좋아하지 않는 사람과 매일 일하고, 대화하고, 밥 먹는 일이 고통스럽다. 해결책은 없을까.

A3: 20대뿐만 아니라 모든 세대들의 고민거리다. 우리가 사회생활을 하는 한, 『월든』처럼 숲속에 숨어 들어가 혼자 살지 않는 한, 평생 겪어야 할 문제다. 사람이 싫은 이유는 크게 세 가지인 것 같다.

첫째, 정말 상식에 어긋난 행동을 할 경우. 그럴 때 우리의 입장을 정하고 관계를 정리해야 한다. 상식에 어긋난 행동을 눈감아주고 지나쳐버릴 것인지. 아니면 내게 소중한 상식을 지키기 위해 그 사람과 싸울 것인지.

둘째, 그는 나무랄 데 없지만 그의 존재 자체가 나를 위협할 경우. 이럴 때 느끼는 증오는 사실 질투에서 우러나온다. 그의 탁월함은 그의 잘못이 아니다. 우선 이 '싫음'의 기원이 질투임을 인정해야 한다. 질투를 통해 나의 결핍을 깨닫고, 그에게서 무언가를 배울 수 있다. 그럴 수 없다면 질투는 관계뿐 아니라 나를 파괴하는 것이다.

셋째, 그의 '보기 싫은 면'이 실은 나의 일부일 경우다. 가장 해결되기 어려운 증오는 사실 이런 경우에 발생한다. 타인의 속물적인

삶은 변한다. 어떤 질문을 던지는가에 따라   353

먼 옛날, 다른 사람들은
어떻게 살았을까

　　　　　　　　　　지금 겪고 있는 문제를 직접적으로 질문하기보다는
나와 멀리 떨어져 있는 사람들과 대화하는 것이 도움이 될 때가 있다. 이미 이 세상 사람이
아니지만, 고민이 있을 때마다 의지하고 싶은 사람들이 있다. 그들은 오래된 책의 저자일
때도 있고, 낡은 사진 속의 이름 없는 주인공들이기도 하며, 이제는 역사가 되어버린 시간
속에 사는 옛사람들이기도 하다. 콜로세움이나 포로 로마노Foro Romano의 장엄한 폐허를
둘러보며 나는 설명하기 힘든 감동을 느꼈다. 먼 옛날 그들의 일상을 괴롭혔을 복잡한 세간
들은 모두 사라지고, 삶을 지탱해주는 최소한의 주춧돌만이 남아 있었다. 우리의 골치를 아
프게 하는 대부분의 고민은 너무 많은 것들을 가지고, 챙기고, 신경 쓰기 때문에 생기는 것
이 아닐까.

욕망, 지나친 경쟁심, 남을 통제하려는 지배욕, 자기 취향을 남에게 강요하는 행태, 자신의 성취를 과장하고 과시하는 몸짓들, 자신을 빛내기 위해 타인을 깎아내리는 행위. 이런 것들이 '우리 자신이 평소에 힘들게 참고 있는 우리 자아의 일부'일 때 증오는 폭발한다.

정말 인정하기 싫지만, 내 안에 해결되지 않은 문제들이 남을 통해 드러날 때 우리는 심한 혐오감을 느끼게 된다. 타인을 통해 나의 그림자를 보기 때문이다. 우리가 알게 모르게 간신히 누르고 있는 욕망이 우리가 싫어하는 사람들을 통해 거침없이 드러날 때. 그럴 때는 그 사람의 과오를 대놓고 지적하는 것보다는 내 안에 해결되지 않은 욕망을 찬찬히 돌봐야 한다. 내 안의 어떤 면이 그 사람을 이토록 증오하게 만드는 것일까. 그를 바라볼 때마다, 먼저 호흡을 가다듬고 '나'를 들여다보는 연습을 해보자. 타인을 향한 증오가 나 자신의 그림자를 뚜렷하게 인식하는 계기가 될 수 있다.

무엇보다도 타인을 향한 증오에 너무 많은 에너지를 써서는 안 된다. 존재를 확장하는 증오란 없다. 증오라는 감정 자체가 존재를 위협하고 축소하는 감정이다. 나를 가꾸고, 나를 돌보고, 내가 사랑하는 것을 지킬 수 있는 감정이 아니라면, 과감하게 털어내야 한다. 내 감정의 에너지를 쏟을 수 있는 더 아름답고, 더 멋지고, 더 사랑스러운 무언가를 찾아내어 거기에 우리 마음을 쏟아야 한다.

Q4: 정말 누군가와 대화하고 싶은데, 마땅한 사람을 찾을 수 없을 때가 있다. 가까운 사람은 너무 가까워서 문제고, 먼 사람은 너무 멀어서 문제일 때. 그럴 땐 누구와 대화해야 하는가?

A4: '대화할 사람'의 문제라기보다는 '대화할 화제'의 문제가 아닐까. 도저히 남에게는 물어볼 수 없는 질문이 있다. 가장 가까운 사람에게도 털어놓을 수 없는 비밀이 있다. 그럴 땐 두 가지 소통의 길이 있다.

첫째, 내 안의 나와 대화하는 것. 둘째, 기도하는 것. 이 두 가지 방법은 꾸밈없는 나 자신과 만나는 아름다운 소통의 길이다. 나는 '도대체 이 길이 맞는 걸까' 싶을 때, 내 안의 좀 더 지혜롭고 세파에 찌들지 않은 현자를 불러내어 대화를 시작한다. 내 안의 나조차 대답을 찾을 수 없을 땐, 10년 전의 나라든가 20년 후의 나에게 물어본다. 그래도 모든 소통의 길이 가로막힌 것처럼 막막하기만 할 때, 나는 드디어 기도한다.

특정한 종교는 없지만, 나는 매일 기도한다. 너무 절망적이어서 기도의 문장조차 떠오르지 않을 때는 타인의 아름다운 기도를 가만히 되뇌어본다. 예컨대 라인홀드 니부어의 〈평온을 위한 기도〉 같은. 그 문장을 천천히 발음하는 것만으로도 번뇌의 파도가 가라앉는다.

하나님, 저에게 바꿀 수 없는 것을 받아들이는 평온을,
바꿀 수 있는 것은 바꾸는 용기를,
그리고 그 차이를 구별하는 지혜를 주시옵소서.

나는 복잡하고 화려한 미디어의 수사학에 질릴 때마다, 인디언의 기도를 찾아 가만히 소리 내어 읽어본다. 우리가 미처 돌보지 못한 내면의 목소리가 꾸밈없이 살아 있는, 소박하고 정겨운 인디언들의 기도문에는 문명인이 도저히 따라갈 수 없는 인식의 깊이가 있다.

모든 소통의 길이 막혔을 때,
누구와 대화해야 할까

　　　　　　　　　기도는 인류가 발명한 가장 아름다운 소통의 방식이
다. 정말 신기하게도, 함께 이야기를 나눌 사람이 없어서 어쩔 수 없이 기도를 시작하면, 기
도가 끝난 후에는 사람들과 편안하게 이야기를 나눌 수 있게 된다. 기도가 끝나고 나면 내
슬픔에 거리를 둘 수 있는 감각이 생기기 때문이다. 절망이나 고통과 한 몸이 되어 '나'를 잃
어버릴 위기에 처했을 때 기도를 통해 나 자신을 되찾을 수 있다.

내 형제들보다 더 위대해지기 위해서가 아니라
가장 큰 적인 내 자신과 싸울 수 있도록
내게 힘을 주소서.
나로 하여금 깨끗한 손, 똑바른 눈으로
언제라도 당신에게 갈 수 있도록 준비시켜주소서.
그래서 저 노을이 지듯이 내 목숨이 사라질 때
내 혼이 부끄럼 없이
당신에게 갈 수 있게 하소서.
—수우족의 기도문 중에서

Q5: 진로를 선택할 때 가장 염두에 두어야 할 기준은 무엇인가. 모든 것이 다 중요해 보여서 어떤 기준을 정해야 할지 모르겠다. 그러다 보면 세상 사람들이 좋다고 하는 것을 무조건 따라하게 될까봐 두렵다.

A5: 무언가를 선택해야 할 때 우리가 두려움을 느끼는 이유는, 무엇을 선택하는 것이 곧 무언가를 버려야 하는 것임을 본능적으로 직감하기 때문이다. 예를 들어 '작가가 되고 싶다'고 한다면, 사실 규칙적인 수입이라든지 명함을 주고받는 삶의 안정감을 버려야 한다. 사람들에게 얼굴이 많이 알려지는 직업을 선택하고 싶다면, 누구의 시선에도 구애받지 않고 자유롭게 살아갈 수 있는 삶을 버려야 한다.

'내가 무엇이 되고 싶을까'를 충분히 성찰했다면, '이미 내가 원하던 그 사람이 되었다'고 생각하고 그 가상의 미래를 차근차근 상상해보자. 그렇게 당신의 꿈이 이루어졌을 때, 당신 곁에 누가 사라졌는가. 당신이 소중하게 생각하는 그 무언가를 잃어버렸는가. 꿈은 이루어졌는데, 정작 자신을 잃어버릴 위험이 느껴지는가. 당신은 그 상실감을 감당할 수 있는가. 그 상실을 감당할 만큼, 그 길을 간절히 원하는가.

나 또한 그런 경험을 했다. 계속 글을 쓰고 싶다면 경제적인 불안정은 물론 어딘가에 소속되어 있다는 안정감도 버려야 했다. 주변의 친구나 선후배들이 저마다 자리를 잡아가는데, 나만 '프리랜서'로 살아간다는 것이 편치는 않았다. 하지만 불안해질 때마다 내가 마음속으로 의지하는 사람들이 있었다. 벌써 10여 년 전, 내가 우러러보던 한 선배는 이제 막 대학원에 입학한 내게 이런 말씀을 해주셨다.

"10년 동안 시간강사만 할 수 있어도 '나는 괜찮다'고 생각할 수 있다면, 그런 사람들이 이 바닥에 열 명만, 아니 다섯 명만 생겨도, 우린 조금 더 행복해질 거다."

그 말은 이상하게도 나에게 커다란 용기를 주었다. 솔직히 '아, 정말 끔찍하다'라는 생각도 들었지만, '10년 동안 시간강사만 할 수 있어도, 아니 그 이상이라도, 그래도 나는 정말 괜찮은가'라고 스스로에게 질문할 시간을 주었던 것이다.

그 질문을 내 식으로 바꾸자면, '아무것도 되지 못한 채로, 내 꿈을 놓아버리지 않고 버틸 수 있는가'였다. 나는 아무것도 아니다. 대단한 직업은 물론 안정된 수입도 없다. 그렇지만 내가 원하는 삶을 살기 위해서라면, '아무것도 아닌 나'를 견딜 수 있다. 나에겐 그런 '깡'이 있었다. 없는 줄 알았지만, 살다보니 생겼다. 그리고 그렇게 버티다보면, 삶을 사랑할 수 있는 지혜와 용기도 생긴다. '아무것도 아닌 나'와 기꺼이 함께해줄 애틋한 동지들도 생긴다. '무엇이 되고 싶은가'를 물어보기 전에 '무엇을 버릴 수 있는가'를 질문해보자.

내 삶의 의미를
함께 나눌 사람은 누구인가

　　　　　　　　　　때로는 완전히 혼자 있을 때, 오히려 더 많은 사람들
과 '함께 있다'는 느낌을 받는다. 내 작은 서재에 푹 파묻혀 혼자 지내는 시간. 그 시간이 있
어 나는 힘겨운 시간을 견뎌낼 수 있었다. 산더미 같은 책 무덤에 파묻혀 혼자 뒹구는 시간.
그때 나는 내가 함께했던 사람들, 함께하고 싶은 사람들, 함께할 수 없지만 그리운 사람들
을 생각한다. 이미 이 세상 사람이 아니기에 만날 수 없는 사람들까지도, 나와 함께한다. 내
작은 서재에서 나는 그저 '책'을 보는 것이 아니라 책을 통해 내 삶의 의미를 나누었던 사람
들과 함께 숨 쉬며 울고 웃는다. 따로, 또 같이.

…내 청춘의
아름다운 뒤풀이를 마치며…

나는 남들에게 들려줄 특별한 이야기가 없는 사람인 줄 알았다. 이
글을 쓰기 전까지는. 얼마 전 친구에게 그런 말을 한 적이 있다. 내
안엔 세상에 내놓을 만한 멋진 이야기가 없는 것 같다고. 그래서 다
른 사람의 이야기를 가만히 전달하는 사람이 되었을지도 모른다고.
하지만 그 친구는 고개를 가로저었다. 그 친구의 맑고 따스한 눈길
은 말하고 있었다. 우리 모두에겐 쉽게 표현할 수 없는 이야기가 있
다고. 쉽게 표현할 수 있다면, 그건 이야기가 아니라고.

정말 신기하게도, '그때 알았더라면 좋았을 것들'이라는 제목이
붙은 이 작은 이 이야기는 나의 자발적인 노력보다는 '이야기를 들
려주고 싶은 사람' 덕분에 태어났다. 내 이야기를 진심으로 듣고 싶
다고 말해준 편집자, 내 이야기를 매주 바지런히 들으러 와준 독자
들 덕분에 이 이야기는 수줍게 시작되고, 튼튼하게 이어지고, 마침
내 맺어질 수 있었다.

우리 안에는 저마다 특별한 이야기가 있다. 그것은 SF영화로도, 멜로드라마로도, 액션영화로도 정리되지 않는, 우리가 살아 있는 한 끝없이 지속되는 마음의 다큐멘터리다. 어떤 장르로도 깔끔하게 정리되지 않는 우리의 울퉁불퉁한 이야기들은 멋들어진 형식이 아닌 '들어줄 사람'을 필요로 한다.

화려하진 않지만 내 것이기에 소중한 이 이야기를 들어줄 사람들이 있는 것만으로도, 지난 몇 달 간 더없이 행복했다. 모두가 걱정하는 진로 문제 대신 '우정'을 최고의 키워드로 삼은 이유는 바로 '내 이야기를 들어줄 사람'의 소중함을, 살면 살수록 더 뼈저리게 느끼기 때문이다.

세상이 많이 바뀌었지만, 나의 20대와 지금의 20대가 느끼는 슬픔과 두려움의 뿌리는 같다. 이 글을 시작하기 전에는, 나의 아픔과 여러분의 아픔 사이에는 건널 수 없는 간극이 버티고 있는 줄로만 알았다. 하지만 내게 소중했던 청춘의 키워드들을 하나하나 떠올려보며, 다정한 댓글을 남겨주고 가슴 저린 편지를 보내주는 독자들의 사연을 들으며, 나는 우리 사이에 '다름'보다도 '닮음'이 훨씬 많다는 것을 깨달았다.

20대가 가장 많이 느끼는 첫 번째 두려움. 그것은 내 꿈을 이룰 수 없을지도 모른다는 불안이다. 내 꿈이 진정 무엇인지도 깨닫지 못할까 봐 느끼는 불안. 누군가에게 내 가장 빛나는 모습을 보여주고 싶다는 소망. 그 소망을 이루지 못할까 봐 느끼는 두려움. 이것은 동서고금의 젊은이들이 느낀 한결같은 아픔이었다.

그러나 우리가 느끼는 이 두려움은 확실히 과장되었다. 우리는 두려움을 마음으로부터 자발적으로 느낀 것이 아니라, 두려움을 학습했고, 두려움에 짓눌리고, 두려움에 잡아먹혔다. 한국사회는 어린 시절부터 개개인에게 과도한 두려움의 문화를 학습시킨다. 남에게 뒤지는 것에 대한 불안. 남들보다 뭐든 잘해야 한다는 강박. 누구에게도 자신의 재능을 인정받지 못하는 삶에 대한 불안. 이런 '학습된 불안'은 우리의 진정한 자아를 만들어가는 데 심각한 악영향을 끼친다.

우리는 불특정 다수의 객관적 칭찬 때문에 행복해지지 않는다. 내가 진정으로 각별하게 여기는 타인이 오직 이 세상에 하나뿐인 나의 존재를 알아볼 때, 우리는 희열을 느낀다. 우리는 나를 깊이 알지 못하는 만인의 칭찬보다는 나를 깊이 알고 소중히 여기는 한 사람의 따스한 시선으로 기쁨을 느낀다. 내 존재의 고유한 빛을 알아봐주는 사람을 만나고, 나 또한 그만이 지닌 빛을 알아볼 수 있는 사람이 될 때. 삶은 끝없는 고통이기를 그치고, 두려움은 더 이상 우리를 무너뜨리지 못한다.

20대를 괴롭히는 두 번째 두려움. 그것은 삶에 대한 조급증에서 온다. 나 또한 '서른이 되기 전에' 무언가를 끝내야 한다는 강박에 시달렸다. 서른이 넘으면 인생은 좀 더 안정되고, 평온하고, 거리낌 없어질 줄 알았다. 하지만 서른을 향한 공포는 숫자를 향한 미신일 뿐이다.

나는 사실 서른이 훨씬 넘어서야 내가 진정으로 하고 싶은 것을 깨달았다. 신기하게도 '서른이 넘어서야 찾은 꿈'은 전혀 '늦다'는 생각이 들지 않았다. 오히려 다행이라는 생각이 들었다. 꿈을 찾기 위해 겪어온 모든 실수와 방황이 내 글쓰기에는 도움이 되었기 때문이다.

모든 사람에게 맞는 꿈 찾기의 속도란 없다. '나만의 속도'를 찾는 것이 중요하다. 그러려면 의미 없어 보이는 시간, 낭비되는 것처럼 보이는 시간을 버틸 수 있는 자긍심이 필요하다.

위대한 사람들의 감동적인 라이프스토리를 다룬 수많은 영화들 속에는 그들의 '트레이닝' 기간을 다루는 장면이 아주 짧게 나온다. 운동선수가 몸을 만드는 과정, 음악가가 재능을 단련하는 과정, 화가가 자신만의 작품세계를 발견하기까지의 과정. 이 모든 지난한 과정들이 영화에서는 마치 5분짜리 뮤직비디오처럼 짧고 간단하게 스치듯 다루어진다.

하지만 그렇게 짧고 불친절하게 다뤄지는 그 '수련'의 과정이야말로 젊은 시절의 거의 대부분을 차지한다. 멀리서보면 드라마틱하지도 않고, 멋질 것도 없는 그 트레이닝의 과정이야말로 우리 인생을 끝내 빛나게 하는 최고의 비밀이다. 영화에서는 5분이 채 안되지만, 인생에서는 거의 평생일 수도 있다. 그 수련의 소중함은 스피드나 드라마틱함으로 증명되는 것이 아니라 우리가 매일매일 만들어가는 일상의 빛으로 증명된다.

무언가를 배울 때, 단기간에 변화가 느껴지지는 않는다. 적어도

1, 2년은 지나야 자신이 '나아지고 있다'는 것을 느낀다. 사실 인생의 교양을 쌓아가기 위한 기간으로 대학 4년도 짧다. 과정의 행복을 느낄 줄 아는 사람이 어려운 상황에서도 마음의 근력을 키울 수 있다. 영화는 2시간 만에 한 사람의 인생을 스피디하게 보여주지만, 우리 인생은 몇 년이 지나도 별 변화가 없는 것처럼 느껴질 수도 있다.

이럴 때 그 '보이지 않는 변화'를 느낄 수 있게 해주는 것이 바로 '나만의 글쓰기'다. 일기든, 편지든, 우리의 '그때 그 시절'을 기억하게 만드는 글쓰기에 조금만 시간을 써보자. 나는 옛날에 쓴 일기나 메모를 우연히 발견할 때마다 '잃어버린 시간'을 되찾는 동시에 '그동안 훌쩍 자란 나 자신'을 발견한다. 과거의 메모가 유치하고 쑥스러울수록, 그동안 조금은 성숙해진 나 자신이 기특하다. 빛바랜 책갈피 위에 휘갈긴 서툰 메모들은 과거의 내가 현재의 나를 향해 보내는 편지가 되어 잃어버린 시간을 되찾아준다.

이 글은 나와 내 친구들이 20대를 보내며 미처 끝내지 못한 사랑과 우정의 '뒤풀이'이기도 하다. 도대체 무엇을 해야 할지 몰라 차라리 빨리 늙어버리기를 바랐던, 그래서 제대로 작별인사조차 나누지 못했던 나와 내 친구들의 20대를 향한 때늦은 뒤풀이.

나는 그 뒤풀이의 주모酒母가 되어 밤새도록 향기로운 술을 나르고 푸짐하게 안주를 요리하며 아직 우리 가슴속에 여전히 시린 꿈으로 빛나는 20대를 다독이고 구슬리고 보듬어주고 싶다. 사랑과 혁명과 우정이 인생의 전부라고 믿었던, 아직 실현되지 않은 너무도 푸른 꿈을 향해 골든벨을 울리고 싶다.

20대의 가슴에 안겨주고 싶은 20개의 키워드를 정리하면서, 스스로에게 물어보았다. 이 모든 단어들이 내게는 소중하지만, 이 스무개의 키워드를 딱 세 개로만 요약한다면? 나는 세 가지를 꼽고 싶다. 바로 사랑, 혁명, 우정이다. 내가 소중하게 가꿔온 청춘의 키워드들은 이 세 가지와 어떤 방식으로든 아름답게 연결되어 있다. 사랑, 혁명, 우정을 향한 순수한 열정이 우리의 20대를 빛나게 하는 힘이다.

세상은 점점 각박해져 20대의 키워드가 '생존, 스펙, 취직'으로 변해버린 것 같다. 하지만 그런 가치들은 '상황'이지 우리가 스스로 지켜내야 할 '가치'가 아니다. 세상이 아무리 바뀌어도, 내 마음 속의 별처럼 빛나는 이 세 단어의 가치는 바뀌지 않을 것 같다. 사랑, 혁명, 우정. 이루어지지 않아도, 끝없이 실패해도, 소유할 수 없어도, 변함없이 아름다운 가치들이다.

바보 같아 보여도, 철 지난 이상처럼 보여도, 난 그것들이 미치게 좋다. 사랑, 혁명, 우정을 향한 변함없는 짝사랑이 나를 여전히 지켜주는 보이지 않는 힘이다. 그 따스한 낱말 3총사가 여러분의 삶도 환하게 비춰주기를 간절히 기도한다. 우정은 나를 바꾸고, 사랑은 너와 나를 바꾸고, 혁명은 세상을 바꾼다.

KI신서 8871

그때 알았더라면 좋았을 것들 | 리커버에디션

1판 1쇄 발행 2013년 5월 10일
1판 27쇄 발행 2019년 7월 22일
2판 1쇄 발행 2020년 3월 11일
2판 6쇄 발행 2023년 1월 1일

지은이 정여울 **사진** 이승원
펴낸이 김영곤 **펴낸곳** (주)북이십일 21세기북스
인문기획팀 양으녕 이지연 최유진 정민기
출판마케팅영업본부장 민안기
마케팅1팀 배상현 한경화 김신우 강효원
마케팅2팀 나은경 정유진 박보미 백다희
출판영업팀 최명열 김다운 **e-커머스팀** 장철용 권채영
제작팀 이영민 권경민

출판등록 2000년 5월 6일 제406-2003-061호
주소 (10881) 경기도 파주시 회동길 201(문발동)
대표전화 031-955-2100 **팩스** 031-955-2151 **이메일** book21@book21.co.kr

(주)북이십일 경계를 허무는 콘텐츠 리더
21세기북스 채널에서 도서 정보와 다양한 영상자료, 이벤트를 만나세요!
페이스북 facebook.com/jiinpill21 **포스트** post.naver.com/21c_editors
인스타그램 instagram.com/jiinpill21 **홈페이지** www.book21.com
유튜브 youtube.com/book21pub

서울대 가지 않아도 들을 수 있는 명강의! 〈서가명강〉
유튜브, 네이버, 팟캐스트에서 '서가명강'을 검색해보세요!

ⓒ 정여울, 2020

ISBN 978-89-509-8527-1 03810